PRIX : TROIS FRANCS

ÉDITION ILLUSTRÉE

LÉON DAUDET

Le Partage de l'Enfant

PARIS
MODERN-BIBLIOTHÈQUE
ARTHÈME FAYARD et Cie, ÉDITEURS,
18-20, RUE DU SAINT-GOTHARD, 18-20

A ma chère femme

MARTHE DAUDET

L. D.

Le Partage de l'Enfant

— Penché sur mon genou il le triture.

LÉON DAUDET

Le Partage de l'Enfant

ROMAN CONTEMPORAIN

ILLUSTRATIONS D'APRÈS LES PEINTURES

DE

A. CAHARD

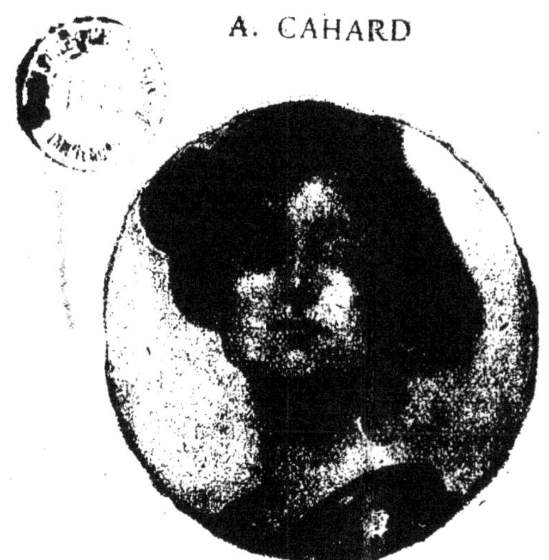

PARIS

MODERN-BIBLIOTHÈQUE

ARTHÈME FAYARD et Cie, ÉDITEURS

18-20, RUE DU SAINT-GOTHARD, 18-20

DES DÉCHARGEURS S'ACTIVAIENT LE LONG DU FLEUVE...

IL ME SEMBLE QUE C'EST UN DEVOIR DE CONFESSER MON ENFANCE MALHEUREUSE...

I

Aujourd'hui que j'ai l'âge viril, que me voici marié à celle que j'aime, que ma conscience et ma vie sont assurées, il me semble que c'est un devoir de confesser mon enfance malheureuse, les déchirements de ma jeunesse. Puissent mes contemporains et ceux qui viendront après moi trouver, dans ce simple et véridique récit, des armes contre l'abominable loi du divorce, qui est en train de tuer la famille française! Je ne regretterai pas mes épreuves si elles servent à éclairer l'honnête homme, le législateur et l'historien.

Je m'appelle Olivier Champdieu. Mon père, Henri Champdieu, jadis officier de marine, aujourd'hui célèbre comme explorateur, avait, à vingt-six ans, quitté son métier et renoncé aux lointains voyages pour épouser Mlle Prévix-Armaud, fille du sénateur républicain, ancien directeur au ministère de la justice. Je naquis un an après ce mariage, au mois de mai 18.., rue François-Ier, à Paris.

Nul ne sait comment s'éveille en nous le sentiment des êtres et des choses qui nous environnent. Je vois un crépuscule de neige. Quel âge pouvais-je avoir? Quatre ou cinq ans sans doute. Je rentre à la maison avec ma bonne, la grosse Célestine. Devant le feu qui flambe joyeusement, mon père me prend sur ses genoux pour me raconter une histoire. Je les aime ces récits de voyage, de tempête, d'île déserte, de révolte à bord, de sauvages, comme s'ils m'ouvraient une deuxième existence plus belle et plus mouvementée que la mienne. La lampe n'est pas encore allumée. Les vitres sont noires de nuit, blanches de neige. La barbe paternelle me frôle la joue.

Tout à coup, ma mère entre. Elle est bien habillée, elle me donne une impression de luxe et de beauté, elle est grande et blonde, avec un visage régulier, un peu sévère, et elle dit ceci : « Vous allez encore lui monter la tête. » L'histoire cesse

On me dépose à terre. Tout devient froid et sombre, et je n'ose pas pleurer pour ne pas aggraver la mésentente que je devine entre mes parents.

Quelquefois j'entends un bruit de voix qui vient de leur chambre. Je sais que c'est encore une querelle. Ma mère sort en frappant la porte. Mon père appelle brutalement : « Françoise !... Françoise !... »

Je ne désire pas en savoir davantage. Je me sauve au fond d'un corridor, où j'ai une armoire à jouets, et je fais semblant de chercher mes soldats, mon ballon, mon petit théâtre. Comme cela au moins tout se passera en dehors de moi. J'ai quelque chance qu'à l'heure du dîner ils soient réconciliés.

Ces repas en commun sont, parmi le gravier de ma mémoire, la pierre de touche des scènes de ménage. Il y a, accrochée au mur en face de moi, la photographie d'un tableau célèbre : *Les Syndics* de Rembrandt, des hommes à tête de chat, qui se regardent et qui nous regardent. Ce chef-d'œuvre est associé dans mon imagination à un malaise presque quotidien, à la question que je me pose en m'asseyant devant mon assiette et mon verre : « Sont-*ils* bien ensemble, ou sont-*ils* fâchés ? » En général, les visages me renseignent. Quand ma mère pince les lèvres, quand mon père mange vite et la tête baissée, je comprends que, comme dit Célestine, « ça ne va pas », et je redoute surtout les silences, desquels rien de bon ne peut sortir. Je voudrais détourner la tempête encore immobile dans l'atmosphère, mais qui doit tout à l'heure éclater.

Je parle, je raconte n'importe quoi. Je m'accuse de n'avoir pas appris ma leçon, pas mis au net mon petit devoir, car mon père est mon professeur. On me fait taire, et souvent mon zèle déchaîne l'orage redouté.

Mes grands-parents du côté maternel ont, même absents, leur rôle dans ces drames. Ils viennent déjeuner le dimanche ; le jeudi soir, nous dînons chez eux, rue Boissy-d'Anglas, et j'ai remarqué que le lundi et le vendredi sont les deux plus mauvais jours de la semaine, comme si le contact de ces vieillards chargeait les caractères d'électricité. Grand-père Prévix est grand, blanc de cheveux et de favoris, solennel, avec une voix aiguë, qui devient très douce en public. On lui témoigne beaucoup de respect. Célestine l'appelle « monsieur le directeur », quoiqu'il ne soit plus en fonction. Il s'occupe, au Sénat, d'œuvres d'assistance et de bienfaisance. Sa femme est sèche, mince, agile, avec des yeux prompts, une peau très douce quand on l'embrasse. Elle me gâte beaucoup, et, lorsqu'on lui parle de son mari, répète cette phrase, qui m'est restée : « Honoré est un saint. » Je me suis longtemps demandé si grand-père avait son portrait avec une auréole d'or, comme dans les livres de piété.

Souvent, en semaine, nous allons rue Boissy-d'Anglas ; il m'est défendu de parler de ces visites, mais mon père ne s'y trompe pas. « Tu reviens encore de chez ta mère. » Je le trouve injuste et méchant. N'est-ce pas le droit de maman de voir les siens autant qu'il lui plaît ? En outre, mes grands-parents ont un hôtel, une voiture à eux avec deux beaux chevaux, un cocher en livrée : « Peux-tu me prêter la voiture ?... Alors je t'enverrai la voiture ? » Ces paroles, qui reviennent dans la conversation, représentent pour moi la richesse, la prééminence.

Ma grand'mère Champdieu habite le Midi. Elle est veuve. Son mari n'était pas influent. Je ne suppose pas qu'elle ait une voiture. Aussi ma mère parle d'elle avec mépris, et seulement quand la vieille dame m'envoie un jouet, des bonbons, une image religieuse. Je redoute ces cadeaux comme des motifs supplémentaires d'aigreurs et de ressentiments.

Par là-dessus j'ai à subir les humeurs changeantes de Célestine. Elle est la personne que je vois le plus, à qui j'ai affaire le plus directement, et je ne crains rien tant que de lui déplaire.

Or, elle s'amuse à me dérouter, à répéter ironiquement : « Corinne ! ah, oui, l'aimable Corinne ! » en parlant de grand'mère Prévix-Armaud, quand je commence l'éloge de celle-ci... Et d'autres fois, en me déshabillant, elle bougonne : « Votre papa n'est pas raisonnable. Il est trop violent. » De sorte que je ne sais plus comment la contenter.

Célestine aussi raconte des histoires très différentes de celles de mon père. Il y est question de dames blanches, de moines bourrus, de loups-garous, de revenants dans de vieux châteaux. C'est à ces récits que j'attribue la crainte un peu ridicule du surnaturel qui a hanté toute ma jeunesse et dont je retrouve, encore aujourd'hui, des vestiges dans mon angoisse à l'approche des ténèbres, dans mon horreur de « l'entre chien et loup ».

Ma vraie amie, c'est la tante Louis, sœur de grand'mère Prévix, mais plus jeune qu'elle, et qui ne s'est pas mariée. Son visage est loin dans ma mémoire... Je ne retrouve que le sourire bon, indulgent, assez douloureux à la réflexion :

— Allons, viens mon Olive...

Elle disait cela d'une voix douce et chantante.

Elle m'emmenait déjeuner chez elle, dans un appartement vaste et sombre où j'avais mes habitudes, un cheval mécanique, ma chaise, mon rond. La salle à manger donnait sur une cour à odeur de fumée ; je n'ai pas oublié deux animaux en plâtre, un lion et un tigre qui rampaient le long d'un buffet d'acajou. J'avais le droit de parler à table et j'en usais largement. Une fois, j'eus l'audace de demander : « Tante Louis, est-ce que les papas et les mamans sont toujours fâchés l'un contre l'autre? » A son air, je compris qu'elle était émue et je regrettai ma question. Elle m'embrassa, m'affirma que ces petites brouilles passagères étaient la règle dans les ménages et que, si les enfants étaient bien gentils, elles se dissipaient avec les années. Je ne demandais qu'à la croire.

Après le repas, je regardais des images, tandis que tante Louis mettait son chapeau, et nous allions au Cirque-d'Hiver, qui n'était pas loin. Je n'ai retenu de ces spectacles que la fièvre de contentement qu'ils me donnaient, mon impatience, et, quand le programme s'épuisait, mon ennui. Il me semble aussi que grand'mère était assez jalouse de tante Louis, et que toutes deux ne s'aimaient pas.

Un jour, mon père et ma mère furent invités à une de nos parties. Pendant le déjeuner, ils paraissaient heureux, confiants. Leurs figures n'étaient plus les mêmes et l'atmosphère autour d'eux était changée.

La tante Louis parla sévèrement des Prévix-Armaud ; ce terme : « leur mauvaise influence... son influence... » revenait dans la conversation. Maman la laissait dire quoique sur ce sujet elle fût à l'ordinaire intraitable. Ensuite tous trois s'enfermèrent dans la chambre, et du petit salon aux meubles de velours vert, où je faisais semblant de lire un antique *Journal des Enfants*, je les entendais s'embrasser avec émotion : « Mes pauvres petits, mes pauvres chéris!... » C'était la voix de tante Louis. Alors je me mis à pleurer doucement et, quand ils me trouvèrent ainsi, ils me serrèrent, en s'étreignant, dans leurs bras.

Minute exquise et bénie, unique! Je compris alors avec l'intuition de l'enfance que *d'autres* s'opposaient sournoisement, méchamment à ce qu'il en fût toujours ainsi et je pris ces *autres* en haine.

Le cirque me parut plus beau que jamais après ce délicieux rapprochement. On ne se disputerait plus chez nous.

Le soir, je pris Célestine à part : « Tu

— Elle m'emmenait déjeuner chez elle.

ne sais pas... Papa et maman sont bons amis... pour toujours. »

La réponse de ma bonne fut un gros soupir. Sa corpulence et son horreur du moindre effort la faisaient gémir continuellement. Dès qu'elle cessait d'être exaltée, elle était essoufflée. Elle abordait la femme de chambre par ces mots : « Ah, ouf! ma chère, je n'en puis plus! »

Quand nous montions ensemble un escalier, elle s'asseyait à chaque étage, mettait ses mains sur ses genoux et haletait comme un gros chien poussif.

Cette gymnastique se reproduisait deux fois par mois, lorsque Célestine me conduisait chez les Ovide, très pauvres gens qui habitaient le faubourg du Temple, quartier lié dans mon esprit à la misère et au deuil. Je n'avais pas grand goût pour ces expéditions, mais le père Ovide, ouvrier relieur, avait été longtemps l'agent électoral de grand-père Prévix, et on le citait rue Boissy-d'Anglas comme le plus respectable échantillon du prolétariat, comme un des soutiens obscurs et vaillants de la République. En réalité ce père Ovide était un pochard invétéré qui battait comme plâtre sa malheureuse femme pâle et maigre et passait son temps à se plaindre du sort avec loquacité.

Cependant je jouais à des jeux vagues avec le jeune Paul Ovide, garçon pares-

Ce père Ovide était un pochard...

seux et mou, mon aîné de quatre ans, trop grand pour son âge, à la figure semée de taches de rousseur. En tout il m'obéissait. Il était le cheval, si j'étais le cocher; le mouton, si j'étais le lion; le serviteur à la dînette... Il m'étonna fort en me proposant un jour de jouer « à la saisie », et m'apprit ainsi que l'on venait quelquefois prendre, pour les vendre, les meubles des gens qui ne payaient pas leur loyer.

Le fait est que le mobilier était rare chez les Ovide.

Ma mère les plaignait beaucoup, mais ne m'accompagnait jamais chez eux, « parce que cela lui eût fait trop de peine ». Nous leur portions, ma bonne et moi, de l'épicerie, des pâtés, des confitures, toutes provisions que la déplorable Aglaé Ovide accueillait avec reconnaissance.

Mon plaisir était généralement gâté par ma crainte de la rentrée du père. Je m'attendais, d'après les récits de sa femme, à ce que cet homme roux et robuste commençât par tout casser dans sa triste maison, et je lui témoignais une extrême déférence. Il m'embrassait et je trouvais qu'il sentait l'anis. Qu'est-ce qu'il pouvait donc boire qui avait cette odeur et qui le rendait fou?

Mais, en notre présence, il se montrait fort raisonnable, presque doucereux. Il caressait son fils, tenait à Célestine des propos qui la faisaient rire en l'essoufflant, et répétait que le « grand-papa Prévix était un zigue comme il en aurait fallu beaucoup », définition bizarre qui m'intriguait.

On entendait dans ce quartier les nombreux sifflets des fabriques. Cela tenait du départ en chemin de fer et d'un tragique signal de révolution. Je plaignais Paul Ovide d'être un petit pauvre.

Mon second camarade était Gaston Vergenet, fils du dentiste de la famille. Celui-là habitait rue Jacob, une rue, pensais-je, de l'Histoire sainte. L'ennui d'aller me faire soigner chez son père était compensé par le plaisir de tourner en courant avec Gaston autour d'une table de salle à manger sur laquelle il y avait une machine à coudre. Dans le redoutable cabinet du docteur, d'autres machines pivotaient à hauteur de mâchoires, de sorte que cette maison hantait mes rêves de manivelles et de pédales.

On ne voyait point la mère de Gaston. J'ai su depuis qu'elle était partie avec un secrétaire d'ambassade, après trois années de ménage, plantant là son mari timide et sourd, qui la regrettait et pleurait encore à son souvenir, en égalisant et creusant les molaires de ses clients.

Le père et le fils se ressemblaient. Ils étaient du même tiroir de la laideur, avec des nez énormes et des yeux larmoyants.

Je n'ai jamais rencontré de pire vantard que ce Gaston Vergenet. Tout jeune il faisait des récits extraordinaires de batailles avec des gamins, de promenades en voiture ou en bateau, d'aubaines merveilleuses. Il ajoutait : « Le paternel fait couïn. Mais je m'en fiche... J'ai le truc pour le saquer. »

Je ne me risquais pas à demander une explication sur le traitement signifié par ce verbe insolite, et Gaston Vergenet est resté pour moi bien longtemps le héros irrésistible qui ose saquer son paternel.

Il disait aussi : « Je ne monte pas à cheval, parce que j'ai les cuisses rondes. » Cette singulière infirmité, qui le faisait modeste sur un seul point, me le rendait fort sympathique.

Enfin, dès l'âge de sept ans, il affichait une vocation, et voulait « se faire avocat ». Il avait écrit sur la porte de sa chambre au crayon bleu : « Cabinet de Me Gaston. »

Moi, je voulais être marin, comme mon

père. J'aurais un bel uniforme avec des broderies d'or, et, debout sur la passerelle, je donnerais des ordres à mes matelots, nullement effrayé par ce nuage noir qui grossit là-bas à l'horizon.

Pourquoi la physionomie disgraciée et la hâblerie de Gaston m'évoquent-elles soudain un après-midi de 14 juillet, chaud et lourd, avec des rues pavoisées, une foule bruyante, des préparatifs de bals pour le soir? M. Vergenet, comme dépouillé des attributs et du signe de sa profession, s'est chargé de nous pour quelques heures. Il n'est plus le dentiste, il est le père de mon ami, et il consent à nous renseigner sur la signification de cette fête morose. C'est peut-être moi qui suis morose. Le dissentiment est réapparu chez nous. L'œuvre de tante Louis était donc bien fragile qu'elle a si peu duré. Je n'écoute que d'une oreille distraite les explications historiques. Ces paroles de mon père me hantent : « Je suis aussi trop malheureux ! » Et il se frappait le visage de son poing fermé. Quand je suis entré dans son cabinet, quand il m'a vu devant lui, il m'a demandé où j'allais. J'aurais voulu crier : « Non, je reste avec toi, papa, puisque tu as tant de chagrin. » Puis décidément je n'ai pas osé. Maman causait dans sa chambre avec Mme Vanne, que je n'aime guère, parce qu'elle déclare en riant que « les enfants, les hommes et les animaux sont également insupportables ». A mon approche elles se sont tues, et maman avait les yeux rouges. Elle était en train de se plaindre.

Tous les pétards, tous les drapeaux du monde, toute l'éloquence de M. Vergenet n'aboliront pas en moi le sentiment de honte que me donne la confidence maternelle. Je pensais que, seules, tante Louis et Célestine avaient le droit d'être renseignées sur ce qui se passe à la maison, et voilà maintenant que Mme Vanne va se trouver au courant, elle aussi !

La fête s'efface. J'ai mal à une jambe. Je suis étendu sur un canapé. Deux amis de mes grands-parents, tous deux médecins, M. Fabère et le Dr Vanne, me tâtent le genou d'un air grave. Le Dr Vanne est une sorte de géant, avec une barbe noire très longue.

M. Fabère, qui est imberbe et qui ressemble à un gros perroquet, s'occupe de médecine par intermittence. « Il est surtout un savant », dit grand-père Prévix. Papa n'est pas de cet avis en temps ordinaire ; mais aujourd'hui il paraît admettre la compétence de cet énigmatique personnage. Ma mère et lui suivent ses mouvements avec une angoisse mal dissimulée. Ses doigts gras palpent mon jarret. Je les examine. Ils ont l'air de jouer du piano... Car M. Fabère est aussi musicien, et, le jeudi soir, rue Boissy-d'Anglas, je le vois de dos, assis sur un tabouret, frappant le clavier, tandis que j'ai envie de dormir et que le vacarme me tient éveillé.

M. Fabère.

Enfin ces hommes sévères ont achevé leur examen. M. Fabère solennellement déclare : « Il faudra consulter Mahon. Lui seul saura décider si l'on doit ou non opérer. »

Opérer, mot sinistre, mais cher à mon cœur, car il a ce pouvoir de faire pâlir *ensemble* mon père et ma mère. Le danger que je cours les rapproche l'un de l'autre, cela est certain, et j'ai envie d'embrasser mes bourreaux, qui viennent d'accomplir un tel miracle.

Le chirurgien Mahon habitait place Vendôme. Un domestique à barbe rousse, qui ressemblait au père d'Ovide, et qui avait l'accent auvergnat, nous fit pénétrer dans un grand salon, mon père, ma mère, le Dr Vanne et moi. M. Fabère ne nous avait pas accompagnés. Je donnais le bras au docteur, qui me répétait : « Appuie-toi, mon petit ami. » Il fallut s'asseoir. Beaucoup de personnes avaient le droit de passer avant nous : un curé, des dames aux yeux tristes, un grand gaillard jaune et maigre qui feuilletait des livraisons, ses béquilles à côté de lui. On entendait sur la place le pas des chevaux et le cliquetis des gourmettes ; il flottait dans l'air de cette pièce luxueuse beaucoup de crainte et une odeur de maladie.

Tout bas je demandai : « Sera-ce bientôt à nous? » Vanne dit, s'adressant à mes parents : « Le domestique est prévenu. Les confrères ont des tours de faveur. »

blait qu'un homme comme Mahon ne pouvait que dépecer ses victimes.

Déjà pâle et tremblant, poussé, présenté par le Dr Vanne, j'étais devant l'illustre maître.

Penché sur mon genou, il le triture; son crâne énorme et presque chauve fleure l'eau de Cologne. Je distingue la pointe de ses favoris. Sur la table, encombrée de pap-

Mon père m'avait pris sur ses genoux...

Je le regardais avec admiration. Il conservait son autorité, même hors de chez nous. Il prenait figure de protecteur.

Je me promis d'aimer dorénavant sa femme, Angélique Vanne, personne bavarde, au visage rond, qui chuchotait toujours des histoires scandaleuses, dramatiques, entre deux portes; qu'on dérangeait toujours dans un potin, et qui, pour se déborder, écrivait des romans sous un pseudonyme.

Il y eut un bruit de serrure, accompagné de cris aigus d'enfant. Une tenture se souleva, et je vis apparaître un bras robuste au-dessus d'une nourrice et d'un poupon. « Celâ ne serâ rien, mâdâme. » La mère du petit opéré sanglotait. Le groupe m'effraya, passa vite, et je n'osais regarder, craignant de voir du sang : il me sem-

rasses, une boîte ouverte et pleine d'instruments luisants me fait frémir. Un silence... Quel silence! Mahon a relevé la tête; puis, de sa voix grasse : « Avez-vous douze enfants, mâdâme, que vous voulez sacrifier celui-ci? »

Tout le monde parle en même temps. Mais j'ai compris qu'on ne m'opérera pas, et cela suffit à mon bonheur. La figure carrée de Mahon, sa bouche rogue, ses pattes velues et ses outils prennent une signification délicieuse. A ce moment précis, une décision se greffe sur mon enthousiasme : je serai médecin et chirurgien. Moi aussi j'épouvanterai, puis je rassurerai et je ferai pleurer de joie les mères.

Car ma mère pleure comme l'autre, en descendant l'escalier. Mon père la soutient, murmure de douces paroles. Le Dr Vanne, latté de l'accueil du grand confrère, me orte presque dans ses bras. « Il le savait ien, lui, que l'opération était dangereuse, mpraticable. » Le beau mot. Il m'appaaît tel que dans mon petit dictionnaire, vec l'explication en italique : « *Qui ne eut se faire, s'exécuter.* »

Rue François-Ier les grands-parents ous attendaient pour connaître le résultat e la consultation. Grand'mère Prévix n'avait apporté des bonbons; grand-père, n atlas de géographie. Ils semblèrent stuéfaits et même un peu déçus d'apprendre ue l'opération n'aurait pas lieu, que le ort d'une simple genouillère suffirait; surout que Mahon avait recommandé un oyage dans le Midi, afin d'activer la conalescence, et dussent mes études en ouffrir.

— Dans le Midi, en cette saison!...

— Mais, chère mère, objecte mon père npatienté, l'automne est admirable en rovence.

— Combien de temps resterez-vous bsents? demande grand'mère Prévix en se ordant les lèvres.

Je comprends qu'elle est mécontente de qu'à Avignon nous retrouverons grand'ère Champdieu.

Mais maman, d'un ton sec, répond :

— Le temps qu'il faudra...

La vieille dame juge qu'il est inutile insister. Elle passe sa mauvaise humeur r le Dr Vanne, qui les a prévenus trop rd, paraît-il, de la visite à Mahon.

— Il m'eût été agréable d'y assister. ous aimons tant cet enfant!

Ici encore, mon père intervient.

— Nous ne pouvions pourtant pas, ma ère, aller en bande chez ce chirurgien, mme une noce de campagne.

J'ai peur de sa hardiesse. Il tient le n bout et il en abuse. Il sent que maman t de son avis. Tout cela à cause de mon enheureux genou, qui d'ailleurs ne me it plus mal.

Trois jours après, nous partions dans Midi. Grand'mère Prévix rassérénée, us accompagnait avec la voiture à la gare. and-père était resté à la maison, retenu r l'espérance d'une combinaison minisrielle, dont il devait faire partie et qui aboutit pas.

Retrouve-t-on, au cours de l'existence, qualité de joie que l'on éprouve quand monte, petit enfant aide d'inconnu et lumière, dans un wagon qui vous emrte vers les paradis du soleil?... J'en doute. Il y a des états profonds de l'âme qui ne s'ébranlent en nous qu'une fois, la première. Mon père m'avait pris sur ses genoux, abrité sous sa couverture et, tandis que le train fuyait en sifflant dans les ténèbres, il me parlait des troupes d'Indiens postés le long de la voie, qui guettaient sans doute notre passage; des dangers que nous devions traverser avant d'arriver le lendemain matin en terre d'Avignon.

Appuyée tendrement contre lui, ma mère riait. Je savais qu'il n'y avait pas d'Indiens, que je n'avais qu'à dormir tranquille pour braver ces périls imaginaires. Mais je jouissais de la nuit, de la vitesse et du contentement de ceux que j'amais. Mahon prenait dans mon assoupissement l'aspect d'une divinité bienfaisante qui dissipait toutes les inquiétudes rien qu'en vous touchant le genou.

J'ai revu souvent la Jasonne, propriété de ma grand'mère Champdieu, à Saint-Brunet, aux portes d'Avignon. L'image qu'elle forme dans mon souvenir sensible ne se confond point avec la première vision que j'en eus par ce beau matin d'automne tout en or.

Grand'mère attendait à la gare. Je la connaissais déjà évidemment. Son nez un peu fort, ses yeux noirs et pareils à ceux de mon père, ses gestes, son accent, sa petite taille ne me surprirent point. Mais elle date pour moi de ce jour-là, au sortir des limbes de l'enfance, c'est-à-dire de ma neuvième année. O surprise! elle avait une voiture, elle aussi, de forme singulière, large et confortable avec des coussins bleus, et son jovial cocher s'appelait Sartan.

Elle me serra dans ses bras à m'étouffer, puis s'informa de ma santé, puis m'annonça que j'allais avoir une gentille petite camarade du nom de Dominique, la fille de notre voisin le poète Alevin, orpheline de mère, pécaïre!

Elle prononçait voiseïn et Aleveïn. Moi, cependant, je regardais ma mère pour m'assurer que ces détails ne la fâchaient pas. Quand elle parlait de grand'mère Champdieu avec grand'mère Prévix, c'était pour se moquer d'elle ou incriminer son insouciance de la toilette et même de la propreté. Elles disaient : « Ces femmes du Midi! »

Je fus étonné de trouver une vieille dame très soignée, presque élégante, alors que j'imaginais une souillon. A la façon dont maman et elle s'embrassèrent, je ... bien qu'elles ne s'en voulaient plus

Il n'était question que de moi, du Dr Mahon et de ses prescriptions tandis que deux vifs chevaux nous entraînaient à travers une campagne de petits cyprès sombres et d'oliviers d'argent où j'aurais voulu bondir et courir. Un chien de berger, noir et feu, suivait la voiture en gambadant.

L'ALLÉE DE PINS DE LA JASONNE.

« C'est Fusil... il est de bonne garde, mais tout jeunet », dit grand'mère.

L'allée de pins de la Jasonne — où je me promène encore — n'est plus celle qu'admiraient mes yeux d'enfant. Celle-là était grande et magnifique et telle que le jeu de Robinson y prenait une apparence de réalité. Elle aboutissait à des rochers que les aiguilles des arbres rendaient glissants et où la corpulente Célestine n'osait s'aventurer à ma suite.

Le surlendemain de mon arrivée, je ne sentais plus du tout mon genou : le Dr Anselme Alevin, cousin du poète, m'avait permis de marcher sans trop courir, tout en conservant ma genouillère.

J'avais, comme Vendredi, Dominique Alevin, jolie petite personne de six ans, qui me tirait par la main avec frénésie pour me montrer les lézards agiles et poussiéreux ou les terrifiants *pregodiou* dressés sur leurs pattes de derrière ainsi que des sauterelles géantes.

Elle ne comprenait pas bien la convention qui faisait d'elle mon serviteur et rendait notre île absolument déserte, certains passages impraticables. J'entrais dans de explications qu'elle faisait semblant d'éco er, riant de ses yeux longs et noirs, fendu omme ceux des chats vers ses tempes am brées. Sa distraction me mettait en colère Alors elle criait plus fort que moi, et d loin Célestine nous apaisait, assise sur u rocher et cousant.

Il y avait un endro appelé le « Cagnard » sorte de grotte formar abri, toujours chauffé par le soleil, que j'avai choisie pour servir d tente et d'entrepôt.

Là je rapportais no provisions et je prépara le feu du soir destiné écarter les bêtes féroce aussi bien qu'à cuire le re pas : « Allons, souffle, di sais-je à Dominique, il n faut pas le laisser étei dre... » Elle m'obéissa avec une ironie qui fron çait son petit nez droit. lui arrivait de murmure « Tout ça, en somme, c'es de la légende... » J'a vais envie de la mépriser de la battre et, en mêm temps, de l'embrasser.

Ses cheveux bruns avaient la même odeu que les herbes de la montagnette. Quand veux retrouver ma sensation d'antan, je n'a qu'à froisser entre mes doigts quelques tige de thym, de fenouil et de serpolet arraché aux pierres chaudes. Aussitôt l'heure, la lumière, les voix m'apparaissent et mo cœur bat de volupté confuse.

Nos jeux étaient interrompus par le pè de mon adorable amie, Marc-Antoine Ale vin, que tout le monde appelait Marc-An toni, lequel revenait de la chasse avec un carnassière généralement vide, motif à nom breuses plaisanteries, et un livre dépassar la poche de son veston jaune. Il était peti très bon, de figure socratique, de geste cou et affectueux. Il récitait des vers, que j ne comprenais pas, avec un accent en flammé. Mon père et grand'mère applaudi saient, puis traduisaient le poème pour ma man qui écoutait, son ombrelle rouge ou verte à côté d'elle, dans une pose de re cueillement.

Quelquefois, c'était l'oncle de Dom nique, l'abbé Alevin, curé du voisinage, qu que Sartan le cocher fît partie à dis-ce respectueuse de l'auditoire, sa large plissée luisant dans le soleil, Fusil re-ant la queue à côté de son camarade.

Je vénérais l'abbé Alevin et j'avais assez r de lui depuis qu'il m'avait parlé du ble. Cela se passait au crépuscule, à trémité de l'allée de pins. Do-ique Vendredi, ayant eu un gnement de nez subit, avait été nenée à la maison par Célestine. i, penaud et embarrassé, je neurai avec l'oncle. Pour dire lque chose, je demandai si le p-garou fréquentait ces para-. L'abbé m'expliqua très ami-ement qu'il n'y avait pas de p-garou :

— Alors il n'y a pas de ble non plus?

— Cela, mon cher petit, c'est autre affaire. Il y a un dia-comme il y a un bon Dieu.

— Quand le voit-on?

— Quand on a oublié de faire prière, quand on est méchant ou iste.

La nuit venait. Il s'éleva un petit vent is, qui allait bien avec mon frisson. Le sin docteur, l'oncle curé, le papa poète veuf traçaient autour de Dominique plu-rs cercles enchantés, redoutables. Elle en devint précieuse et sacrée.

Les moqueries de Célestine, quand je lui part de mes réflexions, n'entamèrent nt mon nouveau respect : « Ah bien, si s écoutez ces Méridionaux!... Votre nd'mère Prévix a joliment raison de les iter tous de blagueurs. Tenez, c'est nme ce Sartan qui prétend qu'il pourrait duire à quatre... et qui pue l'échalote, bénédiction! N'a-t-il pas eu l'audace de embrasser l'autre soir. Ce que je l'ai nis à sa place!... Je vous dis, moi, qu'il a pas de diable, pas plus qu'il n'y a bon Dieu. Ce ratichon n'y connaît rien. is il y a des loups-garous, ça c'est scien-que et certain. »

Au mot de *scientifique*, tous les doc-rs, Mahon, Fabère, Vanne, Alevin, se ssent devant mon imagination. Ceux-là ient donc au loup-garou et négligent allé-ment leur prière.

— Et Audiberte (la cuisinière de nd'mère Champdieu), est-ce qu'elle croit diable?

— Parbleu! Elle en est encore au yen âge, puisqu'elle fait sa cuisine avec de l'huile et qu'elle ne peut pas écrire le français.

Là-dessus Célestine haussa les épaules. Elles détestait le Midi, l'accent, l'ail, les tomates, et surtout les moustiques qui l'avaient élue comme victime de prédilection. Leurs piqûres implacables et renouvelées lui gonflaient le front, le nez, les paupières ; je l'entendais la nuit qui se bassinait la figure avec du vinaigre en maugréant : « En voilà une sale villégiature!... En voilà une drogue de pays! » Le matin au réveil sa tête boursouflée sous ses bigoudis me donnait de furieuses envies de rire.

NOUS CHERCHIONS DES LÉZARDS.

De temps en temps, on me conduisait au mas du Mirau ou du Miroir, propriété des Alevin, à l'autre extrémité du village. Nous suivions l'unique rue aux maisons basses où toutes les femmes caquetaient sur le pas des portes. On voyait les tables desservies. De petits enfants hurlaient dans des pièces sans meubles qui me rappelaient l'intérieur des Ovide. Des chats griffaient de vieilles cosses de melon.

Comme je me sentais loin de Paris, de cette terrible et mystérieuse pension où, sans mon illusoire mal au genou, j'aurais dû entrer depuis huit jours : « Il a maintenant l'âge des études sérieuses. » Comme je profitais de ce dernier répit!

Le mas du Mirau était beaucoup plus simple que la Jasonne, qui avait des allures de vieux château, un perron, un salon, une galerie dallée, une immense cuisine, et des communs où j'aimais à relancer Audiberte.

Le mas était pareil à une grande ferme, avec des hangars et une bergerie à droite, des celliers à gauche, un moulin à eau qui tournait avec un bruit monotone, au milieu un corps de bâtiment pour les maîtres et les serviteurs. La familiarité de ceux-ci m'étonnait, car ils nous prenaient sur leur dos, Dominique et moi, pour simuler la course de taureaux. Je ne connaissais pas cet exercice, mais la fiction m'en semblait héroïque. Ou bien ils nous menaient aux étables, où l'on entendait, vers le soir, les clochettes des moutons rentrant du pâturage, où l'on voyait luire leurs yeux soumis.

Dans la cour, les pintades fuyaient devant nous, les poules escaladaient le fumier, un petit cheval de Camargue s'impatientait d'attendre et hennissait soudain, ce qui faisait chanter les coqs.

Célestine ne frayait pas avec ces rustres. Elle se tenait à l'écart, très digne et comme offensée, armée de son ouvrage, si bien qu'il arriva à l'un des paysans de me dire en parlant d'elle :

— Ne laissez pas s'impatienter votre maman.

...Ma maman ! Je rougis et répliquai :

— C'est ma bonne. Elle boude parce que les moustiques l'ont piquée.

J'étais pleinement heureux. J'avais oublié mes petits chagrins et mes inquiétudes. Je ne pensais qu'à revoir Dominique, à entendre sa voix, à la faire rire, ce qui n'était pas difficile, quand un matin, jouant et courant sans elle dans l'allée de pins, j'aperçus ma mère qui marchait rapidement de mon côté. Elle tenait une lettre à la main. Elle avait son visage sévère. Elle me dit :

— Olivier, tu n'aimes donc pas tes grands-parents, que tu ne leur as écrit qu'une fois depuis notre arrivée ici ? Est-ce que quelqu'un te parle mal d'eux, te défend de leur donner de tes nouvelles ? Allons explique-toi, tu me dois la vérité.

J'étais abasourdi.

— Mais non, maman, je t'assure, je les aime autant que grand'mère Champdieu.

A ce moment je reçus une claque assez rude et, comme j'éclatais en sanglots, je vis, trop tard pour me retenir, mon père et Dominique qui nous rejoignaient.

— Qu'est-ce qu'il a, pourquoi pleure-t-il ?

Ma honte était extrême de ces larmes devant ma petite amie. Mais je redoutais aussi la scène que je sentais planer. M mère évitait de répondre. Elle pinçait l lèvres. Une ride de colère, comme dans l plus mauvais jours, se dessinait sur s front hautain.

— Vous avez reçu une lettre d'eux Montrez-la moi... tout de suite... je l'exig criait mon père, la figure décomposée :

Ma mère hésitait, puis brusquement :

— Tenez... lisez... après tout je m'e moque.

Elle n'était pas sincère, car elle tre saillait avec des yeux froids, tandis que s mari déchiffrait à haute voix, en ricanan la mauvaise écriture de grand'mère Prév Il était question de Méridionaux frott d'ail, de « vieille fourbe », de « retour n cessaire », de « prétexte ».

— Allez, enfants, allez jouer plus loi

Comme je m'écartais, tenant la main Dominique, le cœur déçu, gonflé d'une a goisse affreuse, j'entendis les menaces mon père que traversait la voix sifflante irritée de ma mère. Je compris que c'ét grave, que les méchantes heures étaient rev nues, et je ne vis plus le joyeux soleil, n'aimai plus les rochers ni les pins, ni bonne odeur tiède de la journée. Je souh tai d'être couché et de dormir, d'oublier monde.

Une petite bouche ardente frôla n joue, tandis que les doigts minces serrai mes doigts bien fort. Ainsi Dominique rappelait à Robinson.

— Tu es malheureux parce qu'ils disputent... Pourtant père disait que ce allait mieux. Il disait aussi : *Maintena elle supporte sa belle-mère.*

— Oui ! mais c'est fini... Il n'y a q tante Louis qui pourrait... Ah si tante Lo était là !

— Ecoute, ta grand'mère Champdi est très forte elle aussi pour remettre gens d'accord. Elle l'a fait pour père mon cousin Anselme, pour nos fermie pour d'autres. Elle le fera pour tes p rents. Embrasse-moi à ton tour, je ne ve pas que tu aies de la peine.

Le bruit lointain de la querelle, qui co tinuait, démentait ces prévisions optimist Je me bouchai les oreilles.

Au repas qui suivit, maman fut sil cieuse et bouda, comme je m'y attenda Elle me défendit de manger des oliv des figues, du saucisson, du melon. Tout faisait mal, prétendait-elle, ou avait u odeur. Je n'osais point la contredire et tâchais de deviner les sentiments de

Il récitait des vers avec un accent enflammé.

père, de grand'mère Champdieu, de l'abbé Alevin qu'on avait eu l'heureuse idée d'inviter ce matin-là, car la présence d'un étranger aplanit toujours les difficultés. Maman affectait d'être aimable avec l'abbé, mais le pli de sa bouche indiquait clairement qu'elle méprisait les convives. On était au dessert quand Sartan apporta une dépêche pour « Mme Henri ». Mon père, avec aigreur, murmura : « Naturellement. » Ma mère ouvrit le télégramme, lut, et s'adressant à moi :

— Ta tante Louis est très malade ; elle ne viendra pas nous rejoindre, comme elle en avait eu un moment l'intention.

— Tant pis! déclara mon père ; je l'aime bien, elle.

Je pensais comme lui. Un éloge général de la tante Louis commença et j'eus le plaisir de constater que sur ce point tout le monde était d'accord. L'idée de notre départ flottait dans l'air, mais personne ne la formulait. Enfin, après un long silence. maman interpella mon père :

— Quand comptez-vous que nous rentrerons? Cela doit être grave, autrement on ne nous télégraphierait pas.

— Après-demain, fut la réponse laconique.

Grand'mère Champdieu n'objecta rien et je sentis qu'il y avait une détente.

LES POULES ESCALADAIENT LE FUMIER.

— Eh bien, vous nous quittez déjà, moussu Olivier? me disait Audiberte, la cuisinière, en me tendant mon goûter, un morceau de pain, une tablette de chocolat, tandis que Sartan, assis près de l'âtre, écrasait un anchois sur une petite assiette jaune.

Elle ajouta :

— Célestine va être joliment contente. Elle n'a pas du sang d'ici dans les veines, té!

— Pour sûr.... quelle femelle! grommela Sartan.

— Chut! fit Audiberte.

Grand'mère Champdieu survenait.

— Qu'est-ce que tu fais dans la cuisine, marmiton? Viens plutôt avec moi dans ma chambre. Ton papa et ta maman sont à la ville avec ta bonne pour les emplettes du départ. Je te montrerai mes trésors et puis tu auras une surprise.

Je la suivis. Nous traversions la salle à manger, la grande galerie plus fraîche que le reste de la maison, nous montions l'escalier que chauffait déjà, aux approches de l'hiver, un brasero découvert. Grand'-mère entre-bâilla la porte de sa chambre. Dominique bondit vers nous en riant.

— Voilà ma surprise. Vous allez vous séparer. Il est bien juste que vous passiez ces dernières heures ensemble. Et puis tu sais, gamin, elle dîne ici ce soir.

La vieille dame ouvrit un grand placard où étaient rangés ses souvenirs : un sacré-cœur en étoffe, filigrané d'or avec de petites reliques cousues dans la trame, une

Nous traversions la grande galerie...

photographie de son mari, de grand-père Champdieu, qui ressemblait à mon père avec quelque chose de plus fruste, de plus terrien.

— Est-ce qu'il était sénateur, grand'-mère?

— Ah vaï, mon mignon. Il était cultivateur et propriétaire du mas du Mirau. Ce n'est que plus tard qu'il a pris la Jasonne. Dominique, il était l'ami de ton grand-père... C'est pour cela, mes chers enfants, que vous devez bien vous aimer tous deux en mémoire de ces braves gens et aimer aussi la grand'mère Champdieu, qui reste seule du temps jadis.

Cette chambre où j'ai pris l'émotion du passé, du souvenir que nous devons aux ancêtres, de la grandeur et de la douceur qui s'attachent à la tradition familiale, cette chambre merveilleuse était tendue de brocart rouge lamé d'argent. Il y avait un perroquet empaillé sur la cheminée; au mur, un portrait de ma grand'mère, jeune et méconnaissable, avec un fichu vert et une coiffe paysanne; un autre portrait de mon père en uniforme d'officier de marine; le plan d'un grand village.

— C'est Sisteron, où je suis née comme ton père, petite Alevin, où l'on m'enterra quand je ne serai plus.

Ces paroles ne nous semblaient pas tristes. Les enfants et les très jeunes gens n'ont pas le sentiment du disparaître. Ceux qui partent pour toujours ne diffèrent guère à leurs yeux de ceux qui s'absentent. Ils assimilent les êtres aux saisons et le retour des morts ne les surprendrait point.

On dut assister à une messe dite par l'abbé Alevin, dans la chapelle de Saint-Brunet. Certaines impressions de cette époque voltigent en moi comme des fragments de papier à demi brûlé où on ne lit plus que quelques phrases interrompues, que quelques mots recroquevillés.

Mais je me retrouve dans le train avec une sensation de froid et de gêne, le double mutisme de mes parents, les vitres embuées et les bougonnements de Célestine, car grand'mère a voulu que j'emporte mon cher Fusil, et il est là, docile, sa brave tête poilue dépassant la couverture, tel que l'a installé Sartan.

A mon grand étonnement maman, qui aime les bêtes, a autorisé cette folie. Fusil prendra la succession d'Ovide et de Dominique, c'est lui qui sera désormais mon Vendredi.

Il n'y avait que quelques heures que j'avais quitté ma petite amie et déjà je ne pensais plus à elle, tout absorbé par la perspective de la pension imminente. Je regrettais la trop rapide guérison de mon genou.

Une mauvaise nouvelle nous attendait à Paris. Tante Louis était mourante. Elle ne reconnaissait plus personne. J'avais une peur atroce qu'on ne me fît entrer dans sa chambre. Elle avait, paraît-il, prononcé mon nom dans le délire. Mais on épargna mes nerfs surexcités. Je restai avec Célestine dans le salon de velours vert où je lisais le *Journal des Enfants* avant de partir pour le cirque et je me répétais : « Elle est là à côté, dans son lit, muette, les yeux fermés. Elle ne sourira plus. Elle ne me dira plus : *Allons, viens, mon Olive!* Qui est-ce qui réconciliera papa et maman maintenant que celle-là s'en est allée? » Et au fond de moi survivait l'espérance insensée que tante Louis ne nous quitterait pas, ne nous abandonnerait pas dans notre détresse.

La porte s'entr'ouvrait, livrant passage à des parents tristes et vagues que je n'avais jamais vus auparavant.

Grand'mère Prévix avait les yeux secs. Grand-père recevait les condoléances avec une mine particulière en secouant la tête de côté. Mon père était sombre. Ma mère pleurait. Ils demeuraient écartés l'un de l'autre.

Ensuite l'église, les chants funèbres, un long défilé. Je sanglotais pour faire comme les miens, parce qu'il y avait de la musique et qu'on répétait autour de moi : « Sa tante qui l'aimait tellement! » Mais je n'ai compris que plus tard l'étendue du malheur qui nous frappait...

Je n'entrai pas en pension. On ne s'occupait plus de mes études.

Ma mère n'était plus à la maison que pour les repas. Elle ne desserrait point les dents et mon père l'imitait, de sorte que le déjeuner et le dîner étaient de silencieux et mornes supplices. Ils habitaient deux chambres distinctes. Célestine, en passant auprès du domestique, répétait : « Ça ne va pas... Il y a du louche... On complote quelque chose... » Je n'osais pas l'interroger. Pourtant j'appris par elle que tante Louis avait légué toute sa fortune à maman et que les grands-parents étaient furieux.

Qu'est-ce que cela pouvait bien leur faire?

Chaque fois que nous allions rue Boissy-d'Anglas, c'étaient de longs conciliabules entre maman, grand'mère et grand-père, qui s'enfermaient pour causer entre eux. Un jour on me fit venir. Il y avait là trois messieurs noirs, que je pris d'abord pour des médecins. Grand-père appelait l'un d'eux : « Mon cher procureur, mon cher Maluot » et lui témoignait beaucoup de déférence. Le cher Maluot me regarda et soupira : « Pauvre petit!... »

Grand'mère ajouta : « Cela crée aux enfants une situation lamentable... Le ciel m'est témoin que nous aurons tout fait pour éviter ce qui arrive. »

— Chut! fit ma mère. Et elle reprit : C'est bien, va retrouver ta bonne.

Comme j'obéissais lentement, j'entendis encore grand-père prononcer ces paroles d'un ton navré : « Qui nous aurait dit cela, Maluot, quand nous avons étudié cette loi? » Les deux autres personnages hochaient la tête en cadence, gravement.

Une nuit, je fus réveillé par une voix qui venait de la chambre de ma mère, laquelle était contiguë à la mienne. Le feu était éteint. Célestine n'était plus près de moi. A la faible lueur de la veilleuse, je distinguai que l'alcôve où elle couchait était vide. J'eus le courage de me lever et d'appliquer mon oreille à la porte. Mon père implorait : « Je te jure qu'il n'y a rien d'irrémédiable entre nous; rappelle-toi comme nous avons été heureux les premiers jours, à la Jasonne. Partons encore; allons en Italie, en Espagne, où tu voudras! »

Il se taisait. On n'entendait plus que le tic-tac de la grande pendule. Il attendait une réponse; celle-ci ne venant pas, il continuait d'un ton plus rude :

— Ceux qui te guident sont bien coupables. En admettant même que j'aie eu des torts, que la colère m'ait entraîné, pense à notre petit Olivier. Que deviendra-t-il? C'est lui qui sera la victime de notre séparation.

Ce monologue, ces paroles où mon nom revenait, me serraient la gorge. J'étouffais, agenouillé en chemise contre le mur, et je me mis à pleurer silencieusement sans avoir la force de regagner mon lit.

Les recommandations de l'abbé Alevin me revenant à la mémoire, je priai Dieu de tout mon cœur, je le suppliai de faire un miracle, de rétablir l'accord entre les miens. Je jurai d'être reconnaissant envers la Providence, de redoubler de ferveur, de faire chaque soir « cent signes de croix avant de m'endormir... »

Maintenant, mon père s'irritait devant le mutisme obstiné de celle que rien ne pouvait émouvoir.

— On t'a fait la leçon, n'est-ce pas? *Ils* t'ont conseillé de me mettre hors de moi, e m'amener, par ton indifférence, à un esclandre qui serait un bon motif de divorce. Car c'est cela qu'ils poursuivent, hein, avoue-le donc, le divorce, afin que l'héritage de tante Louis... Tiens, j'ai honte de ce que tu me fais dire, de mes soupçons... Oh! Françoise, ma Françoise, toi qui fus mon amie, qui donc t'a durci le cœur, qui donc t'a écartée de moi?

MADAME CHAMPDIEU.

Jusque-là le mot de divorce avait été prononcé en ma présence, à propos de celui-ci, de celle-là, des Vergniet, et je n'y attachais pas d'importance; mais dans les ténèbres, me parvenant à travers la cloison, mêlé aux imprécations et aux sanglots d'un père infortuné, il m'apparut sinistre, irrémédiable, et me fit peur.

Après un assez long intervalle, où les battements rapides de mon cœur me semblaient emplir la nuit de vacarme, ma mère articula distinctement ces seules syllabes, tranchantes comme un couteau :

— Laissez-moi! Allez-vous-en!

Mes oreilles bourdonnaient; le froid m'envahit. Je me traînai jusqu'à mon lit et me recouchai en gémissant. Le ciel ne m'avait pas exaucé.

A partir de là les choses allèrent de mal en pis. Ma mère s'arrangeait pour qu'aux repas il y eut toujours quelqu'un entre elle et son mari. Mes grands-parents Prévix n'avaient pas remis les pieds rue François-Ier depuis notre retour du Midi. Célestine ne quittait point sa mine grave. Une atmosphère de désastre planait sur la maison.

Un dimanche matin que j'étais chez ma mère en train de regarder par la fenêtre la rue froide, jaune, et les passants emmitouflés, mon père entra, l'air soucieux.

— Vous vous habillez de si bonne heure!

— Vous le voyez.

— J'ai des courses à faire toute la matinée, je ne rentrerai peut être pas déjeuner. Ne m'attendez plus après midi et demi.

— Comme il vous plaira.

— Au revoir, Françoise.

— Au revoir.

Une minute après, maman me dérangea pour suivre des yeux mon père qui tournait rapidement le coin de la rue. Mon observation s'était affinée depuis que je connaissais la douleur. Je songeai : « L'aimerait-elle encore? »

On gratta à la porte. C'était Fusil, qui circulait libre et indifférent à travers notre désarroi; j'étais trop inquiet pour m'occuper de lui et sa présence même m'agaçait comme une distraction aux pensées noires qui me troublaient l'âme.

— Inutile de lui ouvrir, nous partons tout de suite et nous l'emmenons.

— Où ça, maman?

— A Jouy-en-Josas, chez les grands-parents.

A Jouy-en-Josas en cette saison! J'étais stupéfait.

Ma surprise augmenta encore quand Célestine, qui paraissait prévenue, reçut l'ordre d'aller chercher une voiture et quand je vis ma mère jeter rapidement dans deux sacs de voyage ses effets et les miens, enfermer ses bijoux et ses flacons de toilette dans son nécessaire, le boucler, confier le tout au valet-de-chambre.

— Quand monsieur rentrera, vous lui remettrez cette lettre de ma part. Allons vite, Olivier, nous n'avons pas de temps à perdre.

Elle était extraordinairement nerveuse, elle nous bousculait et regardait de tous côtés, comme dans la crainte d'oublier quelque chose d'important. Elle ne se rassura que dans le train, quand il fut en marche. Fusil remuait la queue et nous léchait les mains.

Une question me torturait. Je savais qu'elle était intempestive, mais je ne pouvais la retenir, car elle me gonflait la poitrine, m'oppressait comme une lourde pierre. Je jetai mes bras autour du cou de ma mère et, tout bas, avec quelle angoisse :

— Maman, est-ce que papa va venir nous rejoindre?

— Tu le verras.

C'était dit du même ton que le « laissez-moi, allez-vous-en », de l'inoubliable nuit. Je compris qu'il fallait me taire, qu'un destin inexorable s'abattait sur moi.

La figure sournoise et obéissante de Célestine fit que je pris cette fille en haine. Je ne voulais pas penser à l'autre départ, quelques semaines auparavant, pour Avignon, parce que mes larmes, hélas, ne pouvaient qu'irriter ma mère davantage.

Plus je désirais chasser ce souvenir et plus il s'imposait. Le goût amer et passager de la vie, je jure que je le sentis là, au tournant de ma neuvième année, avec plus d'intensité qu'un homme mûr. Cette âcre boisson se glissait dans mes veines et elle désenchantait la tendresse, la famille, l'espérance. Son poison s'insinuait en moi.

J'étais timide devant ma mère, je la redoutais secrètement et je n'osai point insister. Mais d'affreuses questions intérieures me bouleversaient : Qu'était-ce au juste que le divorce? Devais-je jamais revoir mon père?

Nous arrivâmes à Jouy par un demi-brouillard qui couvrait comme une gaze les arbres dépouillés de la vallée. Mes grands-parents nous attendaient à la gare. Quel trajet différent de celui qui va, par le soleil et les champs d'oliviers, d'Avignon tout en or à Saint-Brunet!

— Eh bien? demanda grand-père.

Ma mère répondit :

— Tout s'est bien passé.

Et grand'mère nous fit asseoir en face d'elle, avec un soupir de soulagement :

— Enfin te voilà sauvée, ma pauvre enfant.

II

Ces premières journées de notre exode à Jouy-en-Josas ont conservé pour moi un goût d'humiliation. On s'y préparait contre un ennemi, et cet ennemi était mon père. On ne se gênait pas, dans cette période de lutte ouverte, pour traiter, devant moi les Champdieu de bandits et de malhonnêtes gens. Il fallait bien justifier notre fuite. Aux amis avertis qui venaient s'informer, avec des mines avides et curieuses, on racontait des scènes invraisemblables, des traits de brutalité et de scélératesse de papa, d'avarice et de malpropreté de ma grand'mère d'Avignon, des histoires que je savais fausses et exagérées. Grand-père Prévix prenait les hommes à part, et les emmenait au fumoir avec de grands gestes, des hochements de tête, des « c'est épouvantable! c'est affreux! », murmurés, mâchonnés entre les dents. Grand'mère et maman se chargeaient des dames, leur donnaient des détails horrifiques. « Enfin, figurez-vous, ma chère... Oui, elle a eu cette patience-là... Depuis neuf ans... Ça a commencé dès leur voyage de noces. — Mais alors pourquoi restait-elle? — A cause de celui-ci. »

On me montrait avec attendrissement. On m'entourait. On me plaignait. Cet intérêt qu'on accordait à ma petite personne ne m'eût pas été désagréable, si je n'avais senti derrière lui l'hostilité contre l'autre côté de ma famille, contre ceux dont je portais le nom. Alors les apitoiements, les gâteries, mes jouets même me devenaient insupportables, et je me sauvais dans le jardin, tout au fond, pour pleurer à mon aise, en compagnie du seul Fusil qui courait après moi, croyant que je jouais.

La brume ne laissait paraître dans le ciel qu'un soleil rouge et rapetissé. L'air avait une saveur de menthe. La chaleur du corps de Fusil m'arrivait à travers ses poils humides, quand je le caressais à deux mains, quand j'embrassais son confiant museau. Je lui disais : « Ça n'est pas vrai, bon chien, papa n'est pas un méchant homme; grand'mère Champdieu n'est pas une vieille sorcière. »

Il comprenait enfin que j'avais de la peine, et me léchait le visage pour me consoler.

Quand j'entendais la voix aiguë de Célestine, qui me cherchait et appelait « monsieur Olivier », je faisais exprès de ne pas répondre. Elle avait eu son rôle dans le drame. Bientôt elle se montrait, énorme et essoufflée, au tournant d'une allée, entre Adolphe, jeune valet de chambre qui se moquait de tout et de tous, et Rose Gamache, fille du jardinier chef, belle et robuste campagnarde au teint frais.

— Pourquoi vous cachez-vous, vilain garçon? Vous savez bien que vous devez rester sur le devant?

Célestine était beaucoup plus familière depuis les derniers événements. Souvent on faisait appel à son témoignage. Elle était devenue « ma chère Célestine ». Afin de ménager ses susceptibilités, on évitait de la sonner chaque fois qu'on avait besoin d'elle. On avait augmenté ses gages. Ces petites attentions la rendaient fière de son importance. Elle aimait les atmosphères tragiques, les craintes les soupçons, les haines inexpiables : « Madame se rappelle la fois que monsieur... » Cette phrase tintait encore dans mes oreilles, je répliquai :

— Je ne me cache pas, mais vous m'ennuyez tous...

Rose Gamache se mit à rire :

— Vous n'êtes pas aimable, monsieur Olivier.

Elle avait les cheveux noirs, de jolies dents blanches, une fossette dans la joue, et elle croquait toujours quelque chose. Son frère, Jérôme Gamache, avait été mis à ma disposition comme compagnon de jeux. Mais sa placidité, son indifférence, sa grosse tête niaise m'agaçaient.

Chassé du jardin par les domestiques, je les laissais à leurs confidences et je revenais à la maison. J'évitais de passer devant le salon et le cabinet de grand-père, où se tenaient généralement les visiteurs. Par un petit escalier dérobé, je montais dans ma chambre, qui était située entre celle de mes grands-parents et celle de ma mère. C'était une pièce aux rideaux bleus, assez étroite, qui donnait sur la grande rue du village. L'hygiéniste Fabère, consulté, avait déclaré qu'elle était trop exiguë pour deux personnes, de sorte que j'étais débarrassé de Célestine.

Là, je m'emparais d'un livre quelconque afin de n'être pas surpris à rêvasser si l'on entrait à l'improviste.

Mais je ne lisais pas et je réfléchissais. Que s'était-il passé exactement entre mon père et ma mère et comment tout le monde avait-il maintenant le droit de s'immiscer dans leurs affaires, de déclarer qu'ils ne devaient plus vivre ensemble? Car là-dessus il y avait unanimité. L'ami Maluot, venu déjà deux fois à Jouy, le gros Fabère, M. et Mme Vanne, Célestine, tous et toutes félicitaient maman d'être *délivrée*. C'était cela le divorce. On faisait ses paquets un beau matin, on sautait dans le train, et chacun vous donnait raison. Le silence et l'absence de mon père me stupéfiaient. Comment n'était-il pas accouru, n'avait-il pas essayé de nous reconquérir, de nous ramener rue François-Ier? D'abord on paraissait redouter cette éventualité. Il en était question dans les conciliabules. « Ne crains rien — déclarait grand-père — s'il a l'audace de venir, c'est nous qui le recevrons. » Pourtant mon père était un brave. Il avait couru jadis sur les mers d'autres risques que celui d'un mauvais accueil, d'une scène de violence. Il aimait maman. Il m'aimait. Allait-il renoncer à nous aussi aisément? Ne devais-je plus le revoir jamais?

Cette supposition me serrait le cœur d'une angoisse telle que je mordais mon mouchoir pour ne pas éclater en sanglots. Auprès de qui me renseigner? Ceux qui venaient ici et qui, quelques jours auparavant, fréquentaient rue François-Ier, semblaient avoir pris mon père en horreur et mépris. Avait-il réellement commis une action tellement noire qu'elle le retranchait de la société? Paul Ovide m'avait parlé d'un petit voisin dont le père était en prison. Je chassais avec horreur cette hypothèse.

Il me répugnait de m'adresser à Célestine. Elle était une esclave sans justice. Les cadeaux et les gâteries déterminaient ses jugements. J'avais de l'éloignement pour M. Fabère. Mes grands-parents étaient trop mêlés au débat. C'est ainsi que, par élimination, j'en arrivai à me décider pour Rose Gamache. Elle avait une figure loyale. Elle paraissait me plaindre sans grandes phrases. C'était elle qui me donnerait la clé de l'énigme et me rassurerait, car en vérité je ne pouvais demeurer dans cette incertitude.

Je refermai mon livre et redescendis au jardin. Le crépuscule d'automne était venu, rapide et sournois ; dans la grande cour sablée qui s'étendait devant le perron, grand-père marchait de long en large avec Mme Vanne. Ils se turent quand je passai près d'eux, mais ne m'interrogèrent point.

Je pris par l'allée du milieu, qui aboutissait à un réservoir où le père Gamache pompait de l'eau pour l'arrosage. J'arrivai à un petit kiosque désert et triste, dans les demi-ténèbres. Plus loin commençait le potager. Là, je découvris la belle Rose qui cueillait des légumes et les mettait dans un panier.

— Comment c'est vous, monsieur Olivier! Mais vous allez vous enrhumer à cette heure-ci dehors.

— Rose, je voudrais savoir si papa a fait quelque chose de très mal, si je ne le reverrai jamais.

J'avais réuni tout mon courage pour articuler cette question. Celle à qui je la posais ne l'attendait certes point, car elle leva brusquement la tête et je lus l'étonnement dans ses regards. Elle ne se moqua pas de moi, ce qui m'eût fait une peine affreuse.

— Mais non, monsieur Olivier, votre papa n'a rien fait de très mal, et il est certain que vous le reverrez bientôt.

— Jurez-le moi, Rose.

— Je vous le jure.

Du coup elle lâcha sa salade et me considéra de près, avec une sorte de commisération. Je compris que j'avais confiance en elle à cause de sa beauté et de sa fraîcheur.

— Dites-moi encore, Rose, c'est la faute de l'un ou de l'autre s'ils sont divorcés maintenant. Eh bien, lequel a commis la lâcheté?

Elle soupira :

— Ça, mon pauvre monsieur Olivier, c'est trop difficile à savoir. Si jamais vous répétiez ce que je vous raconte là, sûr que vous me feriez mettre à la porte; mais je crois bien que votre grand'mère est pour quelque chose dans cette histoire.

— Grand'mère Champdieu ou grand'mère Prévix?

Rose se pencha vers moi et murmura : « Ma patronne », frôlant mes lèvres de sa joue froide, mêlant la douceur de ses yeux graves et cernés à l'amertume de cette révélation. Comme tout cela avait le goût de la nuit et du brouillard!

En m'en retournant, l'âme déliée, je rencontrai Jérôme Gamache qui portait un fagot de bois. On m'avait donné, le matin, une pièce de cinq francs toute neuve. Je la mis dans la main terreuse de mon camarade d'occasion.

— Tiens! tu t'achèteras un ballon comme le mien, dimanche, à la fête...

C'était la saison de ces grands feux qui annoncent l'approche de l'hiver. J'étais prêt pour le dîner avant tout le monde et, assis au coin de la cheminée dans le salon, je regardais les châteaux de braise qui s'écroulaient au milieu des étincelles. Adolphe entra et posa le courrier sur la table. Ce quotidien paquet de lettres et de journaux semblait avoir pris, depuis l'événement, une importance extraordinaire. Grand-père le dépouillait seul, avec des yeux sévères et une grosse ride au milieu du front. Cette fois, d'une petite enveloppe non cachetée des découpures sortaient. La curiosité fut la plus forte. Je tirai sur la feuille qui vint,

— ROSE, JE VOUDRAIS SAVOIR SI PAPA A FAIT QUELQUE CHOSE DE TRÈS MAL...

et je lus ceci de biais, en tremblant, sous la lampe de famille :

Après les indiscrétions de plusieurs de nos confrères, il nous est aujourd'hui permis d'imprimer en toutes lettres les noms dont nous n'avions cru devoir donner que les initiales. L'instance en divorce, qui défraie les conversations du Tout-Paris, concerne l'éminent explorateur Henri Champdieu et sa femme, née Prévix-Armaud, fille de l'ancien directeur au ministère de la justice. Nous souhaitons de grand cœur que tout puisse encore s'arranger dans le cabinet du président.

J'ignorais le sens du mot *défrayer*, mais je fus heureux d'apprendre que rien n'était perdu, qu'il fallait mettre mon espoir dans le président, l'arbitre inconnu qui tenait nos destinées dans ses mains.

A ce moment la porte s'ouvrit. Je m'écartai de la table. Grand-père entrait, causant avec M. Maluot. La conversation les intéressait tellement qu'ils ne remarquèrent point tout d'abord ma présence. Le procureur achevait une phrase :

« Comme sur des roulettes... mon cher maître... Le président a été exquis... Ça n'a pas duré vingt minutes... d'ailleurs votre fille a dû prendre le même train que moi. »

Grand'mère survint, s'élança vers Maluot, lui serra les mains avec effusion.

« Merci, cher monsieur, merci... Françoise vous dira elle-même... »

On m'aperçut, la surprise fut grande : « Comment ! tu es là, mon chéri... Et depuis quand? Que fait Célestine?... Va donc dans le bureau de grand-père. Il y a un Jules Verne pour toi sur le guéridon. »

Je commençais à avoir l'habitude d'être de trop ; mais j'en avais entendu assez pour renaître à l'espérance. Le journal n'avait point menti. Peut-être la joie m'était-elle réservée de voir arriver mon père et ma mère réconciliés ; peut-être ce dîner marquerait-il la reprise de la vie commune.

Hélas, ma mère vint seule et je ne parus point à table. Je pris ce repas dans ma chambre avec Célestine et je dus écouter les interminables potins de l'office. Appelé dans la salle à manger pour le dessert, je ne remarquai rien de particulier qu'un air général de contentement. Grand-père versait du cognac à son ami Maluot. Mère et grand'mère causaient à voix basse :

— Mais si, le deuxième canapé, celui que tu as acheté chez Maple... qui est maintenant dans l'antichambre.

— Et la commode de la Jasonne...

— Tâche de la garder. Elle fera bien avec ta petite pendule de Boule.

J'essayais de ne pas perdre un mot, de saisir l'essentiel sous les détails. Grand-père se planta devant ces dames avec un sourire infatué.

— Eh bien, êtes-vous satisfaites? Pas d'esclandre... à l'amiable... et tous les honneurs de la guerre...

Comme je venais de me coucher, maman, ce soir-là, entra dans ma chambre : « Mon petit Olivier, demain dans la journée, Célestine te conduira à Paris voir ton père ; elle t'attendra et te ramènera ici. »

Quelles actions de grâces, quelle prière ardente et reconnaissante j'adressai au ciel après son départ! Il me semblait que tout était sauvé, puisque j'allais avoir un confident... celui de qui dépendait la reconstitution du foyer. Je rêvai que, par mon éloquence, je décidais mes parents à oublier leurs griefs réciproques, que nous partions tous les trois pour Avignon, que Fusil gambadait devant nous.

La matinée fut longue ; je faisais semblant de copier des pages d'histoire de France, et tout le temps je regardais la pendule. J'en arrivai à compter les minutes. Des marchands passaient sur la route avec des cris divers ; des mendiants, le boucher, le boulanger sonnaient à la porte. J'écoutais, avec ravissement, le sifflet du chemin de fer qui était, derrière tous ces bruits, comme une promesse et une espérance.

Je devais prendre le train de midi.

Je déjeunai en face de Célestine. Grand'mère Prévix et maman vinrent nous tenir compagnie. Grand'mère m'accabla de recommandations : « Si l'on t'interroge, mon enfant, sur nous, notre vie, sur les personnes que nous recevons, tu répondras que tu ne sais rien. A neuf ans, on est un petit homme. Tu es assez grand pour comprendre la gravité de la situation.

— Oui, grand'mère.

— Quant à vous, Célestine, je n'ai pas besoin de vous conseiller la discrétion la plus absolue. D'ailleurs vous n'avez qu'à conduire Olivier à l'Hôtel Continental et à le reprendre deux heures après sans faire la conversation avec qui que ce soit.

— Oh! madame peut être tranquille, ça n'est pas moi, pour sûr, qui compromettrai jamais madame.

Je remarquai que ma mère, plus directement intéressée dans la question, demeurait silencieuse et sa soumission me choqua.

En wagon Célestine retrouva toute sa morgue. « Elle m'embête, moi, l'illustre Corinne. Je ne suis pas une petite fille à qui on fait la leçon ; si je voulais raconter des choses à votre papa, il serait peut-être bien étonné. »

Elle avait un chapeau neuf donné par maman, des gants tout frais, cadeau de grand'mère, et un petit sac à main offert pour le voyage par grand-père Prévix.

Or, ces marques d'estime ne lui suffisaient pas. Elle eût préféré la confiance tout court. Elle me raconta l'histoire embrouillée, que je n'écoutai guère, d'une précédente maîtresse qui ne lui payait pas ses gages et pour laquelle elle se serait jetée à l'eau.

Je ne suis jamais entré depuis à l'Hôtel Continental sans évoquer le trouble de cette première visite, la majesté des vestibules, la physionomie sympathique du portier, le grand escalier chaud et son moelleux tapis, les longs corridors, les numéros des chambres. Je courais presque. Célestine me suivais en gémissant. Au 223 — comment oublier ce numéro — le cœur battant, je m'arrêtai. Mais je n'avais pas eu le temps de frapper que déjà la porte était ouverte, et grand'mère Champdieu m'attirait dans ses bras. Je m'aperçus là qu'elle était à peu près de ma taille. Derrière elle, mon père se tenait très ému et ne voulant point le paraître.

Dès que Célestine eut disparu, c'est à lui que je m'adressai.

— Tu vas revenir, dis, papa? Il faut que tu pardonnes à maman. Ces messieurs ont promis que tout s'arrangerait très bien...

Mon père souriait tristement sans répondre; alors je me tournai vers grand'mère :

— Et toi, est-ce que tu ne peux rien faire? Est-ce que tu ne vas pas les réconcilier, comme la tante Louis?

Je sentais que je leur faisais mal, qu'ils souffraient de mon exaltation, mais celle-ci, contenue depuis huit jours, avait besoin de s'épancher. Les mots me venaient aisément, comme dans les rêves, alors qu'une parole habile peut résoudre les pires difficultés. Je m'étais jeté à genoux et je les suppliais, je joignais les mains, tandis qu'ils s'efforçaient de me calmer avec des visages grimaçant de douleur.

— Oh! grand'mère, toi que Dominique dit si bonne, fais qu'*ils* rentrent à la maison, qu'*ils* ne soient pas séparés pour toujours.

Peu à peu cependant je m'apaisai, sur la promesse que les choses s'arrangeraient; je consentis à m'asseoir, à enlever mon manteau, à regarder des photographies qui représentaient Saint-Brunet, la Jasonne, le mas du Mirau et Fusil couché aux pieds de Sartan. J'espérais le portrait de Dominique, et je n'osais le réclamer, pris de je ne sais quelle pudeur bizarre. Quand il apparut, délicat et pareil au modèle, j'oubliai la circonstance, mon récent désespoir, la chambre d'hôtel, mon père et grand'mère penchés au-dessus de moi, et m'aidant à reconstituer mes souvenirs; je respirai l'odeur de la colline, les cheveux de ma petite amie, j'entendis son rire adorable.

— Crois-tu que je pourrai la revoir?

— Certainement, mon chéri, cette année même. Je l'ai quittée il y a six jours; elle m'a chargée de bien t'embrasser et de te dire qu'elle t'attendait.

Cette promesse momentanément me consola. J'avais un besoin infini de tendresse. Celle-ci se confondait pour moi avec la chaleur et le soleil. D'autre part le courage me manquait pour la multitude de questions que je voulais poser à mon père. Je le voyais si défait et si sombre!

Quand les vues de Provence furent épuisées, on proposa une partie de dominos. Ils étaient là dans leur boîte toute neuve, auprès d'un nain jaune et d'un jeu de patience. Chacun de nous trois y mettait du sien et feignait de s'intéresser au double six, au double blanc, à « la pioche », mais nos pensées étaient ailleurs, et l'on marquait les points sans conviction.

Par la fenêtre on apercevait les Tuileries pâles et le ciel gris. Je ne pouvais arriver à comprendre quel était le but caché de cette visite. L'indécision me serrait le cœur. Jusqu'à la dernière minute je m'imaginai que quelque événement heureux devait se produire; que ma mère allait nous surprendre; que nous découvririons ensemble un remède à cette situation lamentable. Rien ne vint. Le temps passa. Comme trois heures sonnaient, on frappa. C'était Célestine. Grand'mère l'emmena dans le corridor. Je restai seul avec mon père. Il s'agissait de se décider.

— Papa, que devrai-je dire de ta part à mam...

Il m'interrompit :

— Ne lui parle pas de moi, mon cher petit, et ne me parle plus jamais d'elle. Plus tard, je t'expliquerai... Tiens, emporte ce livre, dans lequel il y a une histoire de voyage comme tu les aimes. Tu reviendras ici mercredi prochain.

Il me prit la tête à deux mains et m'embrassa rudement. Je n'eus pas la sottise d'insister. Je comprenais enfin que ce qui s'était passé était irrémédiable. M. Maluot avait menti ou je m'étais trompé sur ses intentions. Je ne reverrais plus mes parents que séparément. Leur injustice et leur

IL NE CESSAIT DE PORTER DES TOASTS
A LA RÉVOLUTION...

cruauté m'apparurent alors excessives. Je me repliai en moi-même. Je fis un pacte avec la solitude morale et le droit de garder mon secret, puisqu'il était intransmissible. Ce fut ma première leçon d'égoïsme.

Pendant le trajet de retour, Célestine me montra des enveloppes préparées : « C'est votre grand'mère Champdieu, une bien digne femme, qui me les a données ; comme ça, vous n'aurez qu'à écrire une fois par semaine à votre papa sans vous préoccuper des adresses. »

Je ne répondis pas. Je contenais difficilement mon chagrin. Le jeu de patience que l'on m'avait mis dans les mains me pesait. Il représentait une maison avec des vitres de couleur, et j'aurais voulu l'habiter sans famille, sans amis, sans bonne, fermer à double tour la petite porte de bois ouvragé, penser librement à mon infortune.

A Jouy il fallut subir l'interrogatoire de grand'mère Prévix : « Qu'est-ce qu'*il* t'a dit ? Qu'est-ce qu'*elle* t'a dit ? Qu'avez-vous fait pendant ces deux heures ? A-t-on prononcé le nom de ta maman et le mien, celui de ton grand-père ? Où était Célestine pendant ce temps-là ? »

J'avais une peur atroce de me tromper, de me couper, de commettre une gaffe irréparable. Je balbutiais, je bafouillais. Ma mère s'en mêla plus vivement :

— On t'a fait la leçon, n'est-ce pas ? On t'a défendu de parler. Cette vieille guenon a quitté son Midi pour te souffler la haine des Prévix. Qu'est-ce que c'est que cette sale boîte avec ces morceaux de verre qui pourraient te blesser ? Tiens, voilà comment je les traite, leurs cadeaux !

Le jeu de patience vola dans l'espace. Mais grand-père solennellement intervint :

— Calme-toi, Françoise. Olivier est raisonnable. Il a du jugement. Il verra par lui-même de quel côté sont les torts. Quand on a le droit pour soi, on peut mépriser l'injustice et la méchanceté.

Célestine jura qu'elle n'avait même pas vu « monsieur ni sa mère », qu'elle ne pouvait fournir aucun renseignement : « Tout ce que je sais, c'est que M. Olivier m'a remis ces enveloppes dans l'escalier, et qu'il a promis comme ça d'écrire le dimanche. »

Oh ! cette lettre du dimanche, elle devint mon principal cauchemar pendant la période aiguë, initiale du divorce, où j'étais tiraillé par deux influences contraires qui se disputaient mon cœur âprement. Ce jour-là, dès le réveil, grand'mère était dans ma chambre. Elle me parlait de choses indifférentes, mai je lisais clairement dans ses regards s préoccupation immuable.

— Fais comme si je n'étais pas là, mo enfant, écris ta lettre.

Je m'y mettais. Elle rôdait autour d la table, se penchait, lisait par-dessus mo épaule : « Plus large... Comme cela tu aura moins de place et ce sera plus tôt fini... Ne parle pas de nous... ni de Rose G. mache... ni de Jérôme... ni de Fusil... N raconte pas que tu es sorti hier par la pluie Ne raconte pas que tu as dîné avec Célestine. »

Je me creusais la tête pour trouver de phrases insignifiantes et inoffensives sur l température, le jardin, mon travail, me lectures. Elles renfermaient toujours u venin que je n'avais pas soupçonné. Grand mère Prévix se fâchait. Souvent il me falla recommencer.

Maman entrait en coup de vent .

— Est-ce fini cette correspondance N'oublie pas que tu as une leçon d'anglais

Célestine disait à Adolphe : « Ils le ren dront gâteux cet enfant, ma parole ! » E attendant je découvrais peu à peu la néces sité d'être hypocrite, et, comme on ne ce sait de me harceler sur mes préférences, j déclarai que Jouy-en-Josas était bien plu beau que Saint-Brunet. Je lâchai carrémen le soleil pour les brumes, et Dominique Al vin pour Rose Gamache. Après cet aveu pendant quelques jours, j'eus la paix.

Grand-père employait une autre mé thode. Il m'emmenait au jardin après dé jeuner et me faisait de la morale. Il parla avec tant de facilité et j'étais si habitué son ronronnement que je l'assimilais, dan ma pensée, au bruit de la machine à coudre Pendant ces promenades, les allées fam lières changeaient d'aspect ; tout prenait u air morose et fastidieux. Néanmoins j'éprouvais quelque fierté à être morigén par ce grand vieillard.

Si nous rencontrions Rose Gamache, faisait semblant de ne pas la voir. Quan elle était passée, il se retournait et cons dérait sa jolie silhouette avec une mansu tude particulière.

Jamais on ne s'est tant appliqué à m distraire qu'à cette époque.

Ma vocation médicale, éveillée jadis pa les visites à Mahon, paraissant un peu asso pie, le Dr Vanne fut chargé de la stimule Il m'apporta une salamandre dans un boca et une planche de papillons afin de m'in tier à l'histoire naturelle, prélude, affi mait-il, de la physiologie. J'installai mon laboratoire dans un débarras. De vieilles bouteilles d'eau de mélisse et d'huile de foie de morue, des balances, un microscope rudimentaire complétèrent mon installation. Cela me faisait un abri de plus pour rêvasser en liberté.

Je me sentis bien proche de la science le jour où le gros Fabère me fit cadeau d'un phonographe. Celui-ci ne marcha jamais qu'en présence du donateur ; mais, même immobile et muet, il m'inspirait de la vénération.

Les leçons de calcul, de français, d'histoire et de langues étrangères qui me préparaient aux études sérieuses, me semblèrent dès lors sans attrait et je bâillais au nez du pâle M. Suaux, mon nouveau professeur.

Paul Ovide vint avec son père. Il avait pour la circonstance un costume neuf, et il n'osait faire aucun mouvement, de peur de le froisser ou de casser son col. Il était enrhumé, je lui proposai de le guérir, l'entraînai vers mon laboratoire et lui versai dans le cou une potion composée d'un œuf, d'encre et d'huile de foie de morue. En quelques minutes sa veste et son pantalon ne furent plus qu'une loque odorante et gluante. A nos cris son père et mon grand-père, qui causaient politique, accoururent. Ce fut affreux. Je fus giflé successivement par tous les membres de ma famille. Mon camarade échangea son vêtement contre un complet à moi, beaucoup trop court pour sa longue personne, mais qui convenait à sa mine de Jocrisse.

Le soir au dîner le père Ovide, fort exalté, tout fier de sa familiarité avec un sénateur, se grisa abominablement. Au dessert il demanda la permission de chanter l'*Internationale*, et je me rappelle les éclats de sa voix éraillée, la mine effarée et contrite de Paul, la gêne des autres convives. Il ne cessait de porter des toasts : « à la Révolution, à la Liberté, à la Jeunesse, à l'Union des peuples ». Je me serais caché sous la table avec plaisir. Cependant, quand ils furent partis, je songeai tristement que Paul Ovide, même pauvre, avec un père braillard et pochard, était encore plus heureux que moi.

La journée de Gaston Vergenet, moins mouvementée, ne dissipa point ma mélancolie. Celui-ci aimait déjà le malheur des autres. Pendant une partie de cache-cache il demanda « pouce » pour me dire : « Le paternel m'a raconté que tu étais comme moi maintenant... bien que ça soit tout le contraire... si.. si... je sais, ton auteur s'est trotté, et te v'là seul avec ta mère... nous pouvons nous donner la main. »

Cette parité de destin me choqua. Je répliquai rageusement :

— Ça n'est pas du tout la même chose. J'irai chez papa tant que je voudrai...

Gaston Vergenet m'interrompit :

— On croit ça, vieux, les premiers temps. Ensuite ça fait tellement de chichi, des affaires, quoi, qu'on aime mieux n'en plus connaître qu'un. Moi je rencontrerais ma mère et ma sœur Jeanne dans la rue que je ferais semblant de ne pas les voir.

Cette affreuse parole me hanta longtemps.

Ma seconde visite à l'Hôtel Continental est demeurée pour moi entièrement distincte des suivantes qui se confondent un peu dans mon souvenir.

Je trouvai mon père irrité. Grand'mère avait un autre visage. Chacune de mes paroles provoquait leurs remontrances. J'eus la maladresse de vanter ma nouvelle installation, mon microscope, mon phonographe : « Ce sont des bêtises, déclara mon père, tu ferais mieux de travailler. » Je racontai qu'à Jouy nous nous promenions en voiture. « ... Ah ! la fameuse voiture !... elle sert pour toute la famille à présent... voilà un carrosse dont nous aurons entendu parler ! »

Grand'mère eut un rire sans bienveillance. Il fallut ensuite énumérer les personnes qui venaient chez ma mère. Chaque nom soulevait des imprécations : « Mme Vanne, tiens, tiens !.. Je parie qu'elle fait de grandes marches dans le jardin... C'est ça... et avec M. le sénateur... parbleu !... Le docteur Vanne n'est pas souvent là. Il a sa clientèle, cet homme. »

Sous chaque remarque je devinais une allusion perfide. J'eus l'intuition que je ne devais point parler du terrible procureur M. Maluot. Je redoutais, à son sujet, une question directe. Elle arriva. Je compris le bienfait du mensonge qui jusqu'alors m'avait répugné. Je jurai hardiment que M. Maluot ne mettait plus jamais les pieds à la maison. A ce moment mon cœur se gonfla. Je me demandai si je devais désormais passer mon existence entre deux tribunaux, devant des juges adverses, aux mines sévères. J'entrevis la torture de Saint-Brunet se greffant sur celle de Jouy. Tante Louis étant morte, grand'mère Champdieu renonçant à l'indulgence, je n'avais plus de recours ni d'abri.... ... ...

Sur un mot plus dur, je fondis en larmes : « C'est cela, fit mon père, tu t'ennuies avec nous, tu ne nous aimes pas, tu préfères t'en tirer avec des grimaces. » Il reprocha à sa mère de m'amollir, de me traiter comme une petite fille. Lui aussi certifia que « j'étais un homme, et que je devais démêler le juste d'avec l'injuste... » Puis, comme cette scène ne faisait qu'accroître mon désespoir, il partit avec un juron.

Hors de sa présence grand'mère Champdieu recouvra sa sérénité coutumière. Elle me prit dans ses bras pour me rassurer.

— Aussi, petit *fada*, tu nous as écrit une lettre d'enfant de cinq ans, où il n'était question que du chaud et du froid, de ta salamandre empaillée et d'un phonographe ; quand on a un papa comme le tien, on lui ouvre son cœur davantage, on se laisse aller, on ne s'observe pas.

Ma mère et grand'mère causaient.

J'avais envie de répondre : « Je voudrais bien te voir à ma place, avec une surveillante dans le dos. » Et je m'étonnais qu'elle ne comprît pas les difficultés de ma situation.

Peu de jours après, par un froid assez vif, je courais pour me réchauffer dans le jardin. Celui-ci me semblait rapetissé par la chute des feuilles. Les taillis serrés étaient tels que des fagots noirs. En approchant du kiosque, je vis ma mère et grand'mère Prévix, vêtues de fourrures, qui causaient appuyées à la balustrade de bois. Mon arrivée n'interrompit pas leur dialogue. Grand'mère me rapprocha d'elle et me caressa les cheveux.

— Nous avons pensé, ton père et moi, qu'il y avait là une excellente affaire pour toi comme pour nous. Maluot et Géron sont de notre avis. Avec l'héritage de la tante Louis tu nous achètes l'hôtel de la rue Boissy-d'Anglas, tu l'habites, nous devenons tes locataires, et nous te payons un loyer de dix mille francs. Cela nous dégrève dans un moment où nous avons besoin d'argent liquide et tu fais de ton côté une spéculation magnifique.

Maman n'avait pas l'air convaincu. Elle murmura : « Moi aussi, j'ai besoin d'argent liquide... pour ma toilette... mon coupé... l'éducation d'Olivier. Qu'est-ce que je ferai d'un aussi vaste appartement ?

— J'ai établi un devis approximatif, continua grand'mère ; sitôt le divorce prononcé, je te le soumettrai. La pension d'Olivier à l'école Fourier sera de deux mille francs ; ta toilette, ton coupé, je m'en charge... Enfin tu ne seras peut-être pas toujours seule.

Ces chiffres, ces projets, cet étalage de fortune m'intéressaient énormément. J'entendais pour la première fois le nom de ma future école, je me réjouissais d'habiter rue Boissy-d'Anglas, dans un hôtel, avec un concierge à livrée. Grand'mère était encore plus impatiente que moi d'une solution rapide ; elle insista :

— Honoré hésitait à te parler de ces choses ; tu connais sa délicatesse. Je n'ai pas ses scrupules, puisque l'opération sera à l'avantage des deux parties. Géron vient demain avec les actes tout préparés. Tu n'auras qu'à signer.

— Si vite ! s'écria maman, qui demeurait troublée.

Grand'mère prit sa figure irritée, sa voix sèche :

— Te méfierais-tu de nous, par hasard ? Ce serait d'une jolie ingratitude après ce que nous venons de faire pour toi. Au reste, j'aperçois ton père. Il achèvera de te persuader.

Grand-père apparaissait au tournant d'une allée. Jamais il n'avait eu plus de prestige. Sa haute taille, ses favoris blancs la certitude de sa démarche, tout contribuait à le rendre vénérable. Mais, à mon vif regret, dès qu'il fut près de nous, il dit à sa femme : « Emmène l'enfant. » Grand'mère obéit. Nous fîmes quelques pas, et je voyais de loin le noble vieillard dans l'attitude de l'objurgation, en face de ma mère encore un peu récalcitrante.

Le lendemain soir néanmoins Célestine était de méchante humeur. Elle ronchonnait : « En voilà un plaisir d'habiter sous le même toit que Corinne. Ça va être un déluge d'observations. On n'aura plus une minute de tranquillité. Ah! on était plus heureux du temps de votre papa. »

C'était bien mon avis. Mais alors pourquoi cette inconséquente Célestine avait-elle favorisé la séparation? Après avoir remué sa tête dans tous les sens, ce qui indiquait une tempête intérieure, elle ajouta : « Il faut tout de même qu'elle en ait une couche de naïveté, votre maman... »

Au milieu de ces histoires confuses, il y avait ce fait précis que nous approchions de Noël et qu'un arbre était en projet. Grand-père avait horreur des prêtres, des églises, des cloches, des livres de messe, mais le respect de ce qu'il appelait « les cérémonies familiales ». Grand'mère partageait son avis. Il neigeait, pour la première fois, le jour où j'allai, en compagnie du père Gamache, de Jérôme et de Rose, choisir un oranger trapu et bien fourni, attendu qu'il n'y avait pas de jeune sapin.

Cela sentait bon dans l'orangerie. Il y faisait tiède. Sur le sol, un gros tas de terreau noir et des piles de pots de terre emboîtés les uns dans les autres. Par les fenêtres on voyait la campagne toute pâle sous les flocons qui tombaient lentement d'un ciel gris. Tandis que les Gamache père et fils mesuraient la hauteur des arbustes, je m'enhardis à prendre la main de Rose. Elle était grosse et crevassée, cette main, sans aucune harmonie avec la jolie figure et le cou blanc, serré dans une pèlerine de laine noire. Cette discordance me frappa beaucoup. Elle dérangeait mon premier songe voluptueux. En revanche j'aimais que Rose eût des sabots vernis, sur lesquels brillaient des paillettes de neige. Fusil, qui nous avait entendus, gémissait contre la vitre où s'écrasait son museau rose.

Gaston Vergenet ayant la grippe, Paul Ovide fut invité seul, « en orphelin », comme disait maman, à réveillonner et coucher au château. Ce fut une belle et longue soirée. M. Fabère avait amené son ami Xavier Germard, marchand de meubles et amateur d'art. Celui-ci avait une barbe rousse, des yeux exaltés, un langage furieux qui m'effrayait et m'amusait. Il traitait les anciens peintres, sculpteurs ou littérateurs de « pompiers » et de « vieilles badernes ». D'interminables discussions s'engageaient entre grand-père et lui. Germard haussait frénétiquement les épaules, rugissait : « C'est comme des pommes, mon brave monsieur Prévix », et ne se calmait que sur une plaisanterie du « bon gros ». Veuf après quelques années de mariage, il promenait dans le monde sa fille unique, jeune

Cela sentait bon dans l'orangerie.

personne maigre, à l'air contraint, aux yeux fuyants, que grand'mère appelait « ma douce Geneviève. »

Le Dr Vanne et sa femme assistaient aussi à cette petite fête. Une sauterie s'organisa. L'assiduité de Fabère auprès de maman, son ton de familiarité, ses plaisanteries que je comprenais à moitié, me choquèrent beaucoup. Je me mis à le détester de toutes mes forces. Ce sentiment de haine s'effaça quand je vis entrer Rose et Jérôme Gamache derrière notre arbre de Noël, étincelant et chargé de choses merveilleuses. La beauté de Rose fit sensation. Elle avait une ancienne robe à maman en velours bleu et une légère coiffe de dentelle blanche. Sa fossette était très apparente et elle riait de toutes ses dents, sans nulle gêne. Je dansai le quadrille avec elle, Geneviève Germard et Paul Ovide nous faisant vis-à-vis. J'étais désolé de sentir que, malgré toute sa gentillesse, elle me traitait en petit garçon. Elle me répondait sans me regarder.

Geneviève Germard.

Elle me disait : « Maintenant, vous avez trop chaud, il faut vous asseoir, monsieur Olivier. » J'aurais donné beaucoup pour être un homme.

M'étant couché tard, je me réveillai morose le lendemain. Je devais aller déjeuner chez mon père. Il venait de s'installer rue de Médicis ; les fenêtres de la salle à manger donnaient sur le jardin du Luxembourg, tout noir et blanc d'une neige qui fondait. Je retrouvai, accroché au mur, le tableau des *Syndics*, de Rembrandt, qui me rappelait tant de scènes. Grand'mère Champdieu avait préparé une petite crèche qu'on alluma. Ce fut un repas mélancolique pendant lequel je fis effort pour ne pas m'endormir à table. Aujourd'hui encore, en y pensant, je ranime le trouble que me causaient ces changements brusques de milieu, ces adaptations instantanées à des caractères opposites, à des habitudes différentes. Dès que la timidité et la gêne m'abandonnaient, que je redevenais moi-même, on entendait un coup de sonnette dans l'antichambre démeublée. C'était Célestine qui venait me chercher. Mon père m'embrassait froidement. Grand'mère dissimulait son émotion : « Je t'ai emballé ta crèche, petit. Tu prendras garde aux personnages qui sont au milieu dans du papier. »

Je me remémorais le sort du jeu de patience et je tremblais de rapporter ce cadeau à la maison. Je devinais une crainte du même ordre dans les yeux de Célestine. Un peu avant d'arriver à Jouy, elle me proposa d'oublier le paquet dans le wagon : « Comme ça, mon pauvre monsieur Olivier, nous éviterons les histoires. »

Mais je ne voulais pas avoir l'air de revenir de chez mon père les mains vides, le jour de Noël, et courageusement je refusai.

Il y a de l'imprévu dans les lubies familiales. C'est à peine si grand-père haussa les épaules quand j'avouai ma crèche. Il est vrai que M. Fabère était encore là et devant lui on n'osa point faire montre de tant de petitesse.

Mais voilà que, pendant le dîner, ce gros imbécile s'avisa de railler lourdement les militaires, les officiers de marine, les explorateurs, de renouveler ses incongruités de la veille. Je me rappelai le mot de grand'mère Champdieu : « Il ne faut jamais être lâche, ni supporter qu'on dise devant toi du mal de ton père. » Je m'écriai, serrant les poings, renfonçant mes larmes : « Les Champdieu sont des gens honorables. Je m'appelle Olivier Champdieu. »

Ce fut une stupeur. La large tête de Fabère devint écarlate.

— Sors de table, tout de suite, Olivier ! ordonna grand-père.

Je ne me le fis pas répéter. Avec une dignité frémissante, je glissai de ma chaise, pliai ma serviette à côté de mon assiette, étonné moi-même de mon audace. Dans le corridor, je me heurtai contre Célestine, portant une saucière derrière Adolphe chargé d'un rôti. « Où allez-vous comme ça, monsieur Olivier ? »

— Tout à l'heure, Célestine... dans ma chambre, je te communiquerai une importante nouvelle.

Ah ! si Rose Gamache avait pu me voir !

Le lendemain fut moins héroïque. Mon exaltation était tombée et je supportai avec patience les trois séries de reproches que adressèrent consécutivement grand-père, ınd'mère et maman. Dans les trois disırs on m'affirma « que M. Fabère était s bon pour moi, et que je devais lui ıdre de l'affection ». Je promis mais, ıcontrant Fusil seul au jardin, je confiai i à ses oreilles velues : « Je suis comme , je l'exècre. Nous trouverons une occan de nous venger ensemble de *lui.* »

Car Fusil, plein de bienveillance envers ıt le monde, ne faisait d'exception que ır le « bon gros ». Dès qu'il l'apercet, il grognait. De sa main, il refusait t, le pain, le sucre et même les os. Il ʼait ses caresses, et cette aversion inexpliıle étonnait le personnel du château. Les ırboires de Fabère devaient être minces, j'avais entendu le cocher murmurer : C'est malin les bêtes, ça s'y connaît. »

J'avais l'habitude le Jour de l'An de lever dès le matin et d'aller dans le lit mes parents, tandis que Célestine ouvrant rideaux me révélait le mystère des ennes. A cette occasion il y avait trêve ıs les malentendus et les querelles. Cette s rendez-vous avait été pris dans la ımbre des grands-parents, mais j'avais ie de pleurer en déficelant mes paquets.

— Est-ce que ça ne te fait pas plaisir? croyais pourtant que tu avais envie d'un pareil photographique.

— Oh! mais si, grand'mère, très plai-

Maman, mal disposée, boudait. Elle ıpatienta parce que je ne démaillotais assez vite une épingle de cravate emsonnée dans du coton : « Ce que tu es ladroit, mon pauvre Olivier!... Comme Champdieu... et ça n'est pas peu dire. »

Je songeais que le soir, quand j'ouvri- d'autres boîtes, on m'accuserait d'être ébrile et égoïste comme un Prévix-Arıd. » Cette perspective détruisait mon isir.

Comme, après un copieux déjeuner, je usais une meringue, grand'mère me deında sévèrement si je me réservais pour rue de Médicis. Je saisissais des lamıux de griefs que renouvelait cette date ditionnelle,

— Tu es mieux cette année que l'année ıière, hein, Françoise?

— Plus tranquille surtout, père.

— Ma chère enfant!

Grand-père se leva pour embrasser m ı. Ce fut un attendrissement général. me sentais le cœur vide et froid. Ni pas, ni ici, ils ne tenaient compte de mon angoisse : En effet pour eux c'est bien simple, ils s'en vont chacun de leur côté; ils ne se connaissent plus, ils s'oublient. Moi je garde les deux blessures.

Au dessert M. Fabère arriva en surprise avec de grands paquets. On lui fit fête. Il offrit à maman une boîte en laque pleine de chocolat; à grand'mère une petite pendule ancienne.

— Quant à vous, Olivier, j'ai pensé qu'un herbier vous serait agréable. Prenez garde, c'est très fragile.

Je rougis de satisfaction et de la honte d'être satisfait. J'avais tant envie d'une collection de plantes, et celles-là étaient admirables. Leurs formes bizarres, leurs couleurs éclatantes, leurs noms exotiques valaient, pour l'imagination, un voyage. Certaines venaient du fond des mers. Elles avaient vu passer de mystérieux poissons. D'autres étaient nées dans des forêts d'Afrique, dont elles conservaient les ténèbres sur leurs tiges luisantes... Fabère était heureux de ma joie. Je le trouvais moins laid, moins insolent, presque supportable.

Dans la journée ce fut une avalanche de bonbons et de présents de toutes sortes. Le père Ovide apporta deux volumes magnifiquement reliés. Plusieurs chefs de bureau du ministère de la justice, anciens subordonnés de grand-père, vinrent lui offrir leurs hommages et leurs condoléances à l'occasion du triste événement qui... que... Des dames vulgaires, timides et prétentieuses les accompagnaient, accablaient de compliments ma mère et ma grand'mère. On me relégua dans ma chambre jusqu'à l'heure du train.

J'arrivai triste rue de Médicis. La vue des trois couverts dans la petite salle à manger m'émut, changea le cours de mes idées. La condition semblait ici moins brillante. Je voulus rétablir l'équilibre par mon entrain.

Sous ma serviette, dans un porte-monnaie de cuir rouge, je découvris en riant trois pièces d'or.

— Comme on te confisquerait nos cadeaux, tu t'achèteras ce que tu voudras... dit mon père.

— Pécaïré! ajouta grand'mère, ceci au moins tu pourras le porter toujours sur toi. Approche que je te le passe autour du cou.

C'était un médaillon plat, en argent, renfermant un minuscule portrait de mon père.

— Nous avons fait demander par l'avoué l'autorisation de te le confier. Si jamais ton papa s'en va en voyage, tu auras le moyen de te rappeler ses traits, de penser à lui...

— Oh! grand'mère!

— A ton âge, Olivet, on oublie si vite! Bref tu n'as pas à avoir peur. Personne ne te fera d'observation là-dessus.

Cette petite scène m'était restée sur le

DES DAMES VULGAIRES LES ACCOMPAGNAIENT.

cœur. Quand on sortit de table, je m'approchai de mon père :

— Tu sais que je n'ai pas besoin du médaillon pour penser à toi. Qu'est-ce qui va m'arriver si tu pars? J'aurai beaucoup de chagrin. On ne me laissera plus voir grand'mère Champdieu. Ne t'en va pas, dis, je t'en supplie!

Tandis que je parlais, il tenait la main de sa mère et tous deux très émus me regardaient avec une sorte de ravissement. Je crus qu'ils m'étoufferaient de baisers. Ils m'assurèrent que ce départ n'était pas proche, ni même certain; que l'absence en tout cas ne serait pas longue et qu'il n'en sortirait que du bonheur. Grand'mère me recommanda bien de ne jamais oublier, quoi qu'il advînt, ma prière du soir : « Souviens-toi, cher petit, que seul le bon Dieu nous exauce et qu'il protège les voyageurs. » Je réfléchis, non sans remords, que depuis notre fuite de Paris j'avais fort négligé cette obligation quotidienne. Le bon Dieu avait laissé mes parents divorcer, mais qui sait si mon impiété n'allait pas amener les pires catastrophes? Depuis lors, pas un soir je n'omis de m'agenouiller au pied de mon lit, quelles que fussent d'ailleurs mes crises morales. Dans toutes les circonstances graves, j'entendis la voix de ma grand'mère, son accent convaincu :

« Et qu'il protège les voyageurs! »

— Qu'est-ce qu'ils vous ont donné, eux? me demanda avidement Célestine. Je répondis : « Trois pièces de vingt francs. Je m'en vais faire des économies. »

Le lendemain, Adolphe, le domestique, profitant de ce que j'étais seul dans ma chambre, entra sans frapper et me dit : « Monsieur Olivier, il m'arrive un ennui de famille et j'aurais besoin de cinquante francs. Si vous vouliez bien me les prêter, je vous les rendrais dans huit jours. » Sa face plate et ses yeux obliques ne me rassuraient guère, mais l'argent était là dans la bourse où je ne cessais de le compter, et je n'osai refuser ce service à un homme avec qui j'étais en rapports quotidiens. Je m'exécutai donc avec une rage polie. Il me remercia brièvement et sortit.

Célestine, mise au courant, m'affirma que je ne devais parler de cet emprunt à personne : Adolphe était un brave garçon. Je risquerais de nuire à son avenir par un bavardage inconsidéré. Il me les rembourserait certainement.

Les huit jours s'écoulèrent. Je ne pensais plus qu'à mes cinquante francs. D'autre part, la timidité me retenait. J'interrogeai discrètement Adolphe, qui déclara de haut que « ça ne pressait pas ». Cela pressait si peu en effet que je ne revis jamais mes pièces d'or. Furieux de ma sottise je songeais : Tout ça n'arriverait pas si mon père était là. J'irais le trouver et je lui dirais : « Adolphe ne veut pas me rendre mon argent. » Je redoutais que ma mère ne se moquât de moi. C'était là, dans mon esprit, une de ces affaires qui ne peuvent se traiter qu'entre hommes. Quant à grand-père Prévix, je savais par avance qu'il prendrait le parti du valet de chambre et cette perspective m'humiliait.

J'étais en train de relire, pour la dixième fois peut-être, *L'Ile au Trésor*, de Stevenson, que m'avait prêtée Gaston Vergenet. En même temps que le plaisir de la page présente, je savourais l'espoir de la page à venir. Je m'enfonçais littéralement dans les aventures de John Silver, ne conservant de la réalité extérieure que le fouet du grésil sur la vitre et le cher tic-tac de la pendule. Un bruit de voix derrière la porte me fit tressaillir. Etaient-ce déjà les pirates qui complotaient entre eux de mettre le feu au navire et de m'enlever?...

C'était grand-père et un monsieur de sa taille, solennel comme lui, blanc de cheveux comme lui. Il avait en plus une barbe et une paire de lunettes d'or.

— Voilà le sujet... qui sera, je l'espère, un bon sujet... Olivier, c'est M. Ménotrie, le directeur de l'école Fourier où tu vas entrer la semaine prochaine.

Grand-père était heureux de m'annoncer cela, comme s'il se fût agi d'une joyeuse nouvelle.

M. Ménotrie me considéra pendant quelques minutes en silence. Ensuite il prit mon livre dans ses mains longues et gelées :

— L'*Ile au Trésor!* Ah! ah! nous sommes un imaginatif.

— Je crois bien. Il souhaitait d'être marin et explorateur. Aujourd'hui, plus raisonnable, il a le désir d'étudier la médecine.

— Belle profession, mais qui exige de l'abnégation et du savoir. Je recommanderai donc à ses maîtres de le pousser vers les sciences naturelles.

Grand-père se plaça de trois quarts. M. le directeur suivit le mouvement, mais je ne perdis pas un mot de la confidence.

— Le père a fait de grandes difficultés pendant les délais d'appel... Famille du Midi très religieuse... Il ne voulait pas de l'école Fourier... Il a fallu que Marot s'en mêlât... J'ai tenu bon à cause de vous.

— Oh! monsieur le sénateur, vous êtes trop indulgent. Que de reconnaissance!

— Vous me la témoignerez sur cette petite tête-là... C'est que je suis à la fois père et grand-père.

Ils disparurent, me laissant perplexe. Mon père ne voulait pas de l'école Fourier. Pourquoi? Qu'étaient-ce que ces délais d'appel? Rue de Médicis, lors de mes dernières visites, on ne m'avait parlé de rien. J'avais remarqué seulement un peu plus d'irritation que de coutume à mon égard. Comment ces nouveaux obstacles allaient-ils s'aplanir?

Deux jours plus tard ma mère et ma grand'mère m'emmenaient visiter mon école, située boulevard Saint-Germain. Je retrouvai là ce glacial M. Ménotrie qui nous guida lui-même à travers son morose établissement. Nous traversâmes des cours tristes où jouaient bruyamment des garçons de tailles différentes. Ils nous dévisageaient en dessous, ricanaient; l'idée que tels seraient désormais mes petits camarades me donna une forte envie de pleurer. Je la contins. On passa au réfectoire où s'alignaient des tables de marbre très propres qui me parurent sinistres. Le menu du lendemain était prêt. Le directeur nous le lut avec un fin sourire.

— Tu ne seras pas à plaindre, déclara grand'mère. Comme tu dois être demi-pensionnaire, ce n'est pas la peine de voir le dortoir.

Mais on ne nous fit pas grâce des salles d'études étroites et sombres, ni des classes où les bancs s'étageaient en gradins. M. Ménotrie faisait fonctionner les pupitres, vantait l'éclairage, l'hygiène, la bonne répartition des heures de travail et de récréation.

— Enfin nous avons une gymnastique très complète et des douches pour ceux qui ne craignent pas les rhumatismes.

Je les craignais, à cause de mon genou, et la gymnastique m'était interdite.

Quand le tour de ces merveilles fut achevé, maman et grand'mère se placèrent de trois quarts, comme l'avait fait grand-père dans ma chambre, et, comme alors, j'entendis ces recommandations douloureuses qui me mettaient à part des autres, qui semblaient me créer par avance une infériorité morale.

— Le père viendra le voir une fois par semaine et le président a décidé qu'Olivier irait chez lui le mercredi. N'avez-vous pas encore reçu sa visite?

— De qui, chère madame?

— De M. Champdieu.

— Ma foi non, chère madame.

— Cela ne m'étonne pas; c'est un rustre.

J'aurais volontiers battu grand'mère, ainsi que M. Ménotrie pour son geste d'excuse hautaine. Il avait l'air de dire : « Un rustre ne peut pas blesser un personnage de mon importance. » Mon sang bouillait. Il fallut saluer, remercier, promettre d'être sage et laborieux, serrer les phalanges fuselées de mon directeur.

Le lendemain de cette mémorable séance, je fis une dernière promenade à pied, bien couvert, en compagnie de mes grands-parents, tandis qu'on achevait les

L'ANE GRELOTTAIT SOUS DES COUVERTURES.

malles. Nous quittions Jouy-en-Josas pour nous réinstaller à Paris, rue Boissy-d'Anglas. Je courais en jetant mon ballon sur la route durcie, au-dessous des grands corbeaux noirs, et quand je revenais vers les vieillards, j'entendais des bouts de dialogue. Je savais qu'*elle* signifiait maman, *il* ou *lui* représentant mon père. Cela me permettait de comprendre ce qu'on croyait au-dessus de mon âge, hors de ma portée.

— Elle a cédé, grâce à Géron. Ce n'est pas malheureux. Un moment j'ai craint qu'avec son entêtement naturel...

— Nous aurons un allié dans Fabère.

— ... Complètement libres quand il sera parti pour son expédition. J'aurai des renseignements par les bureaux des colonies...

Ils paraissaient pleins de tendresse l'un pour l'autre. Que mes parents n'avaient-ils suivi leur exemple !

Comme nous revenions, nous vîmes une roulotte basse et longue arrêtée en plein air. L'âne grelottait sous des couvertures. A l'intérieur un enfant dormait auprès d'une lampe allumée pour le repas du soir. Un peu plus loin le père et la mère ramassaient du bois mort en riant et soufflant dans leurs doigts.

J'enviai ce petit bohémien. Il avait chaud. Il était libre, et sa famille était unie. Il m'apparut pendant un instant que le château, l'hôtel, la voiture, le concierge à livrée, les beaux jouets, l'argent dans la poche, tout cela ne faisait pas le bonheur. L'impression fut aiguë et nette. Je me gardai de la communiquer, mais elle n'en conserva que mieux au fond de moi son double parfum de sauvagerie allègre et de servitude dorée.

III

Le calendrier est un artifice commode pour raconter une biographie. Mais les vrais repères de la mémoire sont dans la sensibilité. Chacun de nous a ses dates personnelles, qui marquent en lui l'éveil de la joie, de la douleur, de l'amour, de la crainte, de la confiance et du remords. Si l'on voulait être absolument sincère, on ne tiendrait compte que de ces stades-là. L'homme a ses saisons, comme la nature et, pour chacune d'elles, des fruits et des paysages appropriés.

Au moment de mon entrée en pension, j'eus certainement une crise d'indifférence. Le divorce, que j'ai su depuis avoir été prononcé en faveur de ma mère, la dualité de la vie familiale, cessèrent pendant plusieurs mois de me faire souffrir. La nouveauté des études, des camaraderies, des habitudes, emporta tout.

Je me levais de bonne heure. Notre récente installation, dans l'hôtel de la rue Boissy-d'Anglas, comprenait une chambre d'enfant magnifique, avec électricité, cabinet de toilette et vue sur de grands jardins gris d'aube ou blancs de neige. Sitôt habillé, j'embrassais ma mère encore endormie et j'entrais, à l'étage inférieur, dans 'appartement des grands-parents. Je bu-ais mon chocolat au pied de leur lit. Quel-quefois grand'mère était debout et me te-nait compagnie, tandis que grand-père étendu parcourait les premiers journaux à la lueur d'une petite lampe en forme de leur.

Nous partions à pied Adolphe et moi. Ce mauvais serviteur portait ma serviette, mais ne s'occupait pas plus de son jeune maître que de Fusil qui généralement nous accompagnait. Nous tra-versions la place de la Con-corde et suivions le boulevard Saint-Germain jusqu'au niveau de la rue de Rennes. Là s'é-levait une porte haute et noire, devant laquelle mon domesti-que me quittait. Il était exac-tement huit heures.

Je me rendais aussitôt en classe. Ma place était au pre-mier banc, au pied de la chaire, entre Bernard Aulnoy et Amé-dée Maluot, le fils du procu-reur, tous deux intelligents, stu-dieux, prompts à lever la main, à faire claquer leur index pour demander à être interrogés. Combien j'admirais leur cou-rage, leur aisance, la façon dont ils cachaient leurs livres sous leurs pupitres en récitant !

Le professeur, M. Cointat, avait une grosse tête rogue et dure dans le genre de M. Fabère, deux lorgnons superposés sur la courbe majestueuse de son nez. Il passait pour extrêmement sévère. Dès le début il nous prévint que ceux qui voulaient signa-ler leurs devoirs à son attention n'avaient qu'à mettre en tête un *lege quœso*. J'igno-rais le sens de cette locution. Je crus que « léger quœso » signifiait une petite prière et, ne connaissant que le *Credo*, je le copiai le lendemain en marge de ma ver-sion latine. Le résultat fut foudroyant :

— Champdieu !

— Présent.

— D'abord il faut vous lever, mon en-fant, quand je vous parle. Ensuite pour-quoi avez-vous commencé votre version par une profession de foi catholique?

Je dus m'expliquer, rouge de honte, au milieu de la joie générale. Mes camarades ne me désignèrent plus que sous ce nom : « Monsieur le curé », et ils me deman-daient avec ironie « si je n'avais point, par hasard, oublié mon livre de messe ».

Après la classe, on allait en étude sous la surveillance de M. Valence, grand gar-çon jaune et bienveillant qui ne cessait de tousser et de cracher dans un mouchoir bleu.

J'étais particulièrement recommandé au professeur de physique, chimie, histoire na-

Nous partions a pied, Adolphe et moi.

turelle, M. Cabarrot. Il avait d'épaisses moustaches blondes, une voix formidable quand il se mettait en colère, enfantine quand il faisait une démonstration. Il m'apostrophait ainsi : « Eh ! là-bas, le fu-tur docteur ! » Il ratait régulièrement toutes ses expériences. Alors il murmurait désap-pointé : « Supposez que ça se soit passé comme il aurait fallu... » De sorte qu'on l'appelait « Auréfallu ».

L'heure consacrée hebdomadairement aux langues étrangères, sous la direction du vieux M. Wurm, était, comme c'est l'usage, un tumulte ininterrompu. Mes voisins ne cessaient de chanter, de pousser des cris d'animaux, de jeter au plafond des per-sonnages en papier découpé. Seul je de-meurais calme et attentif à cause de mon excessive timidité. M. Wurm prit peu à peu l'habitude de ne s'occuper que du plus sage et il venait m'interroger à mon banc, indifférent au vacarme de la ménagerie.

Le directeur, M. Ménotrie, ne se mon-trait guère que le samedi, pour la lecture des places de composition. Il était rare que je fusse dans un bon rang. Le plus souvent

..on nom venait le dixième ou le douzième sur trente élèves. Alors M. Ménotrie faisait une pause, me lançait un regard de reproche, soupirait et je me rasseyais plein de confusion. A tour de rôle Maluot ou

On l'appelait « Auréfallu ».

Aulnoy était premier. Cela devenait monotone.

Les récréations étaient nombreuses et me semblaient toujours trop courtes. Fils unique élevé à l'écart, n'ayant comme compagnons de jeu que Paul Ovide et Gaston Vergenet, je n'avais pas connu jusque-là l'ivresse des parties de barres, de balle, de « mère Garuche », la fierté de tordre un cache-nez de laine, et, loup improvisé, de poursuivre, en les rossant, les agneaux. Chacun de ces plaisirs fut une révélation. Pendant les classes et les études, au réfectoire, rentré chez moi, je ne pensais qu'au moment où M. Valence, frappant dans ses mains, donnerait le signal des courses et des luttes qui laissent le vainqueur haletant et le vaincu sans mauvaise humeur. Ni les frimas ni la giboulée n'ont le pouvoir d'empêcher ces joutes magnifiques. Il est sain de se réchauffer par une fuite éperdue sous un ciel froid. Rien n'existe plus alors au monde que l'espoir d'atteindre l'adversaire ou la crainte d'être saisi par lui. C Olivier vif et hardi prend en pitié pauvre Robinson de la Jasonne, qui s'am sait avec une petite fille sous la surveillanc de Célestine!

La voix du garçon de cour m'appelar au parloir interrompait mon ardeur. Dan la salle aux fauteuils rouges, ornée de portraits des directeurs et sous-directeur de l'école Fourier, je trouvais à jour fix mon père ou ma mère, ou une de mes deu grand'mères. Et c'étaient les mêmes re commandations écoutées avec la même im patience, les mêmes gâteaux que j'empo tais pour les distribuer à mes camarades Quand les visiteurs s'attardaient, j'e arrivais à compter les minutes. J'entendai avec mélancolie les cris et les rires loin tains des joueurs. Je reconnaissais les voix Je conjecturais qu'Amédée Maluot vena d'être fait prisonnier, que Robert Aulno était délivré. Souvent grand'mère Prévi avait pitié de moi et me disait : « V jouer, puisque tu as des fourmis dans le jambes. » Je ne me faisais pas répéte l'autorisation.

Maman vint me voir accompagnée d M. Fabère. Ce fut une désagréable sur prise. Le bon gros n'était pas moins gên que moi ; il se réfugiait dans un rire niais tandis que je demeurais silencieux. I m'avait acheté un ballon anglais. Je refu sai de le prendre. Nous jouions à la ball et je craignais les moqueries si je revenai chargé de cet œuf de cuir. Donc il dut l garder sur ses genoux. On se sépara fro dement.

Je chassais de mon esprit les idées qu me suggéraient ce zèle et l'attitude de plu en plus familière du personnage. J'a passé mon enfance à me cacher la figur pour ne pas voir ce qui m'ennuyait. De so côté Célestine brûlait de me faire des con fidences. Elle employait d'étranges détour pour arriver au nom de Fabère, et moi, pa des ruses d'Apache, des fuites soudaines j'éludais ses indiscrètes révélations. Aprè plusieurs vaines tentatives, elle comprit qu je ne voulais rien savoir : « Vous êtes drôl tout de même, monsieur Olivier. » La com mère paraissait déçue et secouait la têt en me regardant. L'intuition des enfant est aiguë ; elle se nourrit de circonstance fortuites, de clins d'yeux, d'allusions va gues. Je n'osais pas m'avouer, en dépit de plus flagrants symptômes, que ma mèr pourrait bien épouser à un moment donn l'odieux Fabère.

Cependant je dus l'entendre, un oi

ɔongé que j'étais rentré de meilleure 'e, se plaindre de ses parents à Vanne. Là encore il était question 'héritage de la tante Louis : « Je n'en as vu un sou », répétait-elle avec irri- ›n. Plus elle insistait, plus Mme Vanne nait la stupeur et l'incrédulité. Maman ta que grand-père ne lui payait jamais loyer. « Dix mille francs de moins ; un budget, vous imaginez. »

— Oh! ma chérie, c'est navrant!

Ma mère, après un soupir, murmura : abère lui-même en est indigné », puis cette exclamation : « Pas possible... › croyais *avec eux*... » elle eut un « Oh ! » spontané, qui la fit rougir. Ensuite supplia son interlocutrice d'oublier ces hants propos. Elle serrait les mains de ' Vanne. Elle avait des larmes dans yeux. Elle répétait : « Je n'aurais ja- s dû vous avouer cela. »

Je n'en revenais pas. Une nouvelle ne de brouille allait-elle s'installer rue ssy-d'Anglas comme jadis rue Fran- -Ier? Se séparait-on de ses parents ıme de son mari et pour des motifs si mystérieux?

Le mercredi je n'allais à ma pension dans la matinée et je déjeunais chez ı père. L'après-midi grand'mère Champ- ı et lui m'emmenaient au musée, ou me daient chez eux avec un livre. Entre les x familles les rapports étaient déten- . Je passais sans contestation des mains ,dolphe ou de Célestine dans celles de petite bonne qui faisait le service rue Médicis.

Papa semblait se désintéresser de mes des. Les premiers temps je lui soumet- ; mes cahiers de notes et il me gron- t pour mes mauvaises places. Je lui ontais nos leçons de choses, une prome- le à l'Arc-de-Triomphe, un discours de Cointat blâmant la guerre et ses hor- rs devant le bas-relief de Rude. Ce récit mit de mauvaise humeur. Il me dit : Ton maître est un imbécile. Ne me parle ıs de ce qu'il t'enseigne. Il te faudra t rapprendre plus tard si tu veux faire ıneur à ton nom. »

Ma confiance en M. Cointat fut désor is très ébranlée. Grand-père Prévix eut ıu vanter sa vaste culture, son bon sens nineux, il demeura pour moi « l'imbé- e ». Sans comprendre les motifs de sa vérité, je n'admettais pas que mon père t porter un jugement téméraire. Je lui nnais invariablement raison pour les oses sérieuses, ou qui touchaient à la cons cience, et je me rangeais à l'avis maternel quant aux questions mondaines, d'intérieur ou d'existence courante. C'était ma manière discrète et tacite de rendre à chacun ce qui lui était dû. Au reste ma terreur des scènes de famille faisait que je ne contredisais jamais personne. Quand un propos, une théorie, choquait mon sentiment intime, j'allais monologuer dans ma chambre. Là au moins je me sentais libre et j'osais être brave devant mon miroir.

— On ne vous parle donc jamais du bon Dieu, à ton école me demandait parfois grand'mère Champdieu. C'était vrai. Mais cela ne m'étonnait point. Jusqu'à l'âge adulte, j'ai considéré le problème de la Providence comme un sujet brûlant qu'il est préférable de garder pour soi, de ne pas mettre sur le tapis. L'étude du catéchisme, la lecture des Evangiles, m'apparaissaient ainsi qu'un devoir à part, spécialement imposé rue de Médicis, ignoré à l'école Fourier, et qu'on n'approuvait point

CÉLESTINE BRULAIT DE ME FAIRE DES CONFIDENCES.

rue Boissy-d'Anglas. Quand grand-père Prévix affirmait d'une voix sentencieuse qu'il haïssait les mômeries, je savais bien à qui il s'adressait. Je ne puis oublier l'effroi qu'il me causa un jour, le docte vieillard, avec ces graves et étranges paroles : « Le bon Dieu, mon enfant, est en toi-même. Il n'est pas à l'église ni dans le ciel. Consulte ton cœur et tu l'entendras. » Pendant une semaine, je me crus hanté, possédé. Je regardais avec terreur ma prière, qui s'adressait ainsi à moi-même. Je répétai ce propos à grand'mère Champ-

Xavier Germard.

dieu, en l'attribuant à M. Ménotrie. Son rire franc et clair me rassura. Décidément rue Boissy-d'Anglas on n'entendait rien aux choses religieuses.

Deux humiliations similaires datent pour moi de ce temps-là. Amédée Maluot, invité à venir jouer à la maison, me répondit évasivement que cela déplairait peut-être à sa mère. Bernard Aulnoy m'avoua que ses parents lui interdisaient de me fréquenter, parce que les miens étaient divorcés.

C'était donc une tare, le divorce? De peur d'un affront nouveau, je ne me hasardai plus à chercher d'autres amitiés en dehors de Gaston Vergenet et de Paul Ovide.

Comme j'entrais à l'école Fourier, Gaston devenait pensionnaire à Louis-le-Grand. Il faisait des récits dramatiques sur la vie libre et ardente qu'on menait là, les complots contre le proviseur, les batailles, monômes. Renonçant à la profession d'avocat, il voulait désormais être journaliste. avait entendu parler d'un jeune homme vingt ans, « ignorant comme une carpe qui se faisait deux mille francs par m en qualité de reporter et ne fumait que d cigares authentiques de la Havane.

Paul Ovide avait des visées plus m destes. Son père, le relieur, avait déci qu'il serait ouvrier d'art. En même tem qu'il suivait les cours d'une école d'ébénis rie professionnelle au faubourg du Temp il était accepté, grâce à la recommandati de Falbère, comme petit employé ch Xavier Germard, aux appointements trente francs par mois.

Je reçus des confidences sur sa nouve vie un dimanche que j'étais allé sans pl sir passer l'après-midi chez lui. Le pè Ovide, plein d'attendrissement, propos tout à coup de nous emmener faire u promenade le long des fortifications. chemin nous rencontrions un mastroqu L'ivrogne nous quittait pour prendre verre et, après une vaine attente d'u demi-heure, nous continuions mélancoliq ment notre route.

Le ciel était bas et livide. Des fumé jaunes, noires, rousses s'emmêlaient a dessus des fabriques. Voûté, débile et m vêtu Paul Ovide, quoiqu'il n'eût q quatre ans de plus que moi, était déjà ouvrier. Je le sentais différent par le la gage, les aspirations, le maintien, la faç de téter un bout de cigarette, de cracher de rire en se balançant. Cet écart me f sait de la peine, mais je l'écoutais av intérêt.

« Mon vieux, tu sais, le singe... ent le papa Germard... c'est un des plus ross du mobilier ; il dit comme ça qu'il est ana cho, mais c'est d'la frime, et il n'y a pas un comme lui pour donner rais aux contremaîtres. Si tu rates une pièc une supposition, eh bien on te colle amende, et c'est retenu sur ton mois. C' vrai que les syndicats défendent ça, ma les syndicats, Germard s'en fiche. Tu l'e tends gueuler chez ton grand-père qu'o n'en fait pas assez pour le peuple et q les ouvriers devraient crever les bourgeo à cause de leur injustice. Une fois da sa boutique et dans sa caisse, ça n'est pl le même boniment.

— Alors, pourquoi restes-tu chez lu Il doit y avoir d'autres maisons d'ébén terie où l'on est mieux traité et mieux payé

— C'est que je ne pratique pas encore ›ien le travail. Plus tard, je serai plus xigeant... Quand j'aurai attrapé le molern-style, comme un qui taille en ce moaent une levrette et un autre cabot avec les lys dans un panneau de chêne, alors n verra... et puis, et puis...

Ici Ovide se gratta la tête et regarda utour de lui, comme s'il craignait une ndiscrétion :

— Si j'étais sûr que tu aies bouche ousue, je te raconterais quelque chose... nais là... d'épatant!

Très intrigué, je donnai ma parole l'honneur, comme grand-père Prévix, la nain sur mon cœur.

— Tu connais sa môme à Germard, Mlle Geneviève? Mon vieux, je la gobe et lle me gobe...

Paul Ovide prit un air fat qui allait nal avec ses taches de rousseur, sa veste ripée et sa dégaine. Il jeta sa cigarette et ontinua :

— Ça date du bal à Jouy, pour le réveillon. Nous avons dansé. Elle m'a reuqué et nous nous sommes convenus tout le suite. Des fois je la rencontre en sorant de l'atelier. Des fois elle vient à la naison avec sa bonne, censément pour apoorter des provisions à ma mère.

— Qu'est-ce qu'elle te dit?

— Rien du tout. On se comprend sans arler, avec les mirettes. Elle a donné son ortrait chez nous. Elle raconte qu'elle est lu peuple, qu'elle n'épousera jamais qu'un uvrier, sans curé ni maire, à la bonne ranquette; hein, ça te fait loucher, mon onhomme?

Le fait est que tant de précocité, une onquête si rapide et de si beaux projets n'ébahissaient. Je n'avais, sur l'amour et e mariage, que des idées rudimentaires. Iais comment Ovide et Geneviève se passeraient-ils du maire et du curé? Mon obection l'amusa beaucoup.

— Ce que tu es poire, c'est à se rouer! Je ferai comme papa et maman. Et ls ne sont pas les seuls au faubourg. Se narier, c'est bon pour les riches.

Je n'y étais plus du tout et je n'osais as solliciter d'explications, de peur de araître encore plus godiche. Les parents 'Ovide n'étaient pas mariés! Cependant s vivaient ensemble. Les miens avaient té mariés et ils vivaient séparément...

— Dis-moi, Paul, est-ce que c'est vrai ue ton père bat ta mère quand il a bu?

A ce moment, nous dûmes nous ranger sur le talus, à cause d'un de ces troupeaux de moutons qui vont aux abattoirs par les boulevards extérieurs. Je vois encore le geste négligent de mon camarade. J'entends son « Parbleu! » lancé d'une voix railleuse.

— Et ça ne te fait pas de peine?

Il haussa les épaules :

— Un homme soûl, ça cogne. C'est naturel. Il paraît que le papa Champdieu ne se gênait pas non plus pour épousseter la sienne. Seulement chez vous les bourgeois ça fait plus de mistoufle que chez nous. Si dans la coterie on divorçait à cause d'une beigne... Ah! là là!

Je ne puis exprimer le désarroi où me jeta ce rapprochement. Le décor de désolation, la banlieue pelée, les fumées de couleur, les animaux promis au couteau, tout ne servait qu'à encadrer le plus navrant parallèle entre le brutal Ovide et mon père, entre la sordide Aglaé Ovide et mon élégante maman.

— Vas-tu devenir un petit snob? me demandait grand'mère Champdieu, inquiète du coup d'œil que je jetais dans la glace à mon complet neuf, à mes souliers vernis, à ma cravate.

Depuis quelque temps en effet des idées de luxe et de supériorité sociale me troublaient. Je les devais à grand'mère Prévix, laquelle m'emmenait dans la voiture chez des tailleurs en renom, choisissait avec ma mère les étoffes et la coupe de mes vestons, insistait sur la nécessité d'être élégant et correct. Tous les enfants connaissent ce genre de sottise. Il fut développé par l'éducation qu'on me donnait au logis maternel.

Un grand-père sénateur, un hôtel, un coupé en hiver, une victoria en été, un château, un concierge à livrée, tels étaient les éléments de ma naïve fierté. Je devinais autour de moi l'envie et le respect de mes camarades et mon travers s'en trouvait accru.

Je ne me dissimule point que, pendant cette période, les visites de grand-mère Champdieu plus modeste et privée de carrosse m'humiliaient, tandis que je m'enorgueillissais d'apercevoir par les vitres du parloir les têtes riches des chevaux et du cocher Prévix. Je faisais la différence avec Sartan, trop familier, fagoté par un tailleur d'Avignon et conduisant un attelage sans prestige.

J'appelais Célestine « ma gouvernante »; dans mes récits revenait la personnalité d'Adolphe, mon valet de chambre.

Quand par hasard nous allions au théâtre c'était invariablement dans une loge de face, et le concierge en ces occasions remplissait l'office de valet de pied. Quelle joie alors de rencontrer un condisciple de l'école Fourier, modestement placé au balcon, et dont le père sans vergogne faisait avancer un fiacre à la sortie!

Chaque fois qu'il s'agissait d'une dépense nouvelle, d'un achat, d'un embellissement, grand'mère Prévix encourageait maman en ces termes : « Lance-toi donc... tu as les moyens... tu ne seras pas toujours jeune. »

L'antichambre ne désemplissait pas de iournisseurs chargés de cartons qui attendaient patiemment leur tour. D'autres apportaient leurs factures. Je traversais, en revenant de l'école, cette foule éminemment bienveillante : « Tiens, voilà monsieur Olivier... Vous ne me reconnaissez pas, monsieur Olivier?... Quand aurai-je le plaisir de vous faire votre premier chapeau haut de forme? »

Ce premier « tube » eut son histoire. Il était brillant et uni comme une pièce d'eau au crépuscule. Du côté Prévix on l'admirait fort. Mais, connaissant les sentiments du côté Champdieu, je redoutais un mauvais accueil. Mes tristes prévisions se réalisèrent. Mon père déclara que j'avais l'air d'un petit singe, que « ces femmes étaient folles », qu'on me rendrait idiot et fat. Vexé, je murmurai : « C'est la mode anglaise. » On rit davantage et le mot resta. Ces blessures d'amour-propre me cuisaient, mais elles ne me guérissaient point.

Les réceptions bientôt se firent nombreuses. Il était de nouveau question de grand-père pour une place importante dans le gouvernement. Il y avait chaque semaine un grand dîner. Je n'apparaissais qu'au dessert. Je faisais le tour de la table, serrant les mains de ceux que je connaissais, complimenté par ceux et celles que je ne connaisssais pas, suivi par les regards attendris des grands-parents et de ma mère. On me bourrait de petits fours. Je répétais que j'étais en septième à l'école Fourier, que mon professeur s'appelait M. Cointat. Des dames décolletées riaient et m'embrassaient. Puis c'était un bruit confortable de robes, d chaises remuées, de propos interrom[illegible] .es invités se rendaient par couples dans la galerie. Cette pièce longue, brillamment éclairée, venait d'être aménagée par grand'mère Prévix, malgré la r sistance de maman qui déclarait que c'ét trop cher. J'aidais à servir le café, je pa sais le sucre, et l'on continuait à me féli ter sur ma bonne mine, mes excellentes f çons. Je n'entendais que ces mots : « Est gentil! »

Ces fêtes de l'orgueil m'étaient gâté par la présence inéluctable de M. Fabèr Son importance ne faisait que croître. avait pris la fâcheuse habitude de m'app ler « l'Olive » comme jadis tante Louis. commençait même à me tutoyer dans privé et en public. Ce m'était une humili tion d'une amertume spéciale dont n'osais me plaindre à personne.

Se doutait-on de quelque chose rue Médicis? En tout cas les allusions dés gréables avaient cessé et ni mon père grand'mère Champdieu ne me parlaient j mais de l'intrus. Seulement quand il ét question de la vie que je menais rue Boiss d'Anglas, papa interrompait sa mère au sitôt : « Ne nous occupons plus de c gens-là. D'ailleurs tu sais bien qu'Olivi est un cachottier; on lui a fait la leçõ sois tranquille. »

C'était exact. Avant chaque visi grand'mère Prévix me chapitrait comme première fois : « Quand on te demand quoi que ce soit sur nos relations, nos i vités, dis : *Je ne suis qu'un petit garço je ne me mêle pas de ce qui ne me regar. pas.* »

Je ne me serais jamais hasardé à fai une pareille réponse qui eût déchaîné d orages. Je cherchais à diriger la causer vers mes compositions, mes camarade mieux encore vers des sujets généra d'histoire ou de géographie. Paul Ovi avait de la chance d'être déjà en appre tissage, indépendant et amoureux.

Un mince épisode de cette partie ma jeunesse s'encadre ainsi qu'un table très net dans la frayeur qu'il me procur Je pourrais l'intituler : Comment je fis co naissance avec la scélératesse.

J'avais comme condisciple le neveu mon professeur de physique et d'histo naturelle. Il s'appelait Marcel Cabarr Son visage a conservé pour moi le pli la grimaçante confidence qu'il me fit un sc au tableau noir, à voix basse, sous p texte de m'expliquer un problème : « m'entends?... regarde les chiffres... le pi nous surveille... 45, c'est le nombre centilitres... rapproche-toi... J'ai volé u machine électrique à mon oncle, la semai dernière, et je l'ai revendue ce matin. Ça me fait cent francs de bénef. Tiens, regarde. » Il tenait un billet, avec le bâton de craie, entre ses doigts. Ce cynisme me donna le frisson. Un voleur... Je voyais ce mot dans les livres et les journaux, imprimé et lointain. Mais l'être qu'il représentait n'avait point de figure. Il prit aussitôt celle de Marcel Cabarrot. D'une voix basse, étranglée, je murmurai : « Va le rendre... va le rendre. » Je voulais qu'il restituât tout, la machine et l'argent. Il eut un mauvais rire, bas et lâche, et cette réplique : « Tu n'es qu'un gosse. » Je regagnai ma place tout tremblant, plein d'horreur pour l'humanité.

Rentré chez moi, je voulus conter ce drame à Célestine. Elle était honnête. Elle comprendrait mon indignation. Mais Célestine avait la tête ailleurs. Dès les premiers mots elle m'interrompit : « Ah bien je m'en fiche un peu de votre école et de vos garnements !... Voilà qu'à cause de ce sacré Fabère on me renvoie... comme un chien... Oui, votre maman et la belle Corinne... Elles m'ont donné mon congé ce matin... Ce que j'ai été bête, tout de même ! »

Elle m'épiait, guettant mon émotion. Celle-ci, occupée ailleurs, n'était pas disponible. Je ne tenais guère à Célestine. Elle s'en aperçut et se fâcha :

— Vous êtes un indifférent comme les autres, vous... Un petit bourgeois tout craché. Que ceux qui servent se démanchent pour vous, ça vous est bien égal. C'est du propre, ce qui se passe ici ! Je la quitterai avec plaisir, votre boîte...

Elle me retirait violemment mes bottines mouillées et les jetait à l'autre extrémité de la chambre. Son essoufflement cédait à une étonnante volubilité. Elle énumérait pêle-mêle ses griefs, ses services, leur durée : « Onze ans, il y a onze ans que je trime ici pour des prunes ! » Notre ingratitude noire, l'avarice de grand'mère, la maladresse d'Adolphe, la perversité de Fabère, formaient les phases périodiques de ce lamento. Hébété, je l'écoutais sans l'interrompre. Ceci ne faisait pas l'affaire de la forcenée. Elle s'enhardit jusqu'à parler de ma mère dans des termes que je compris mal, mais que je jugeai irrespectueux. Je ressentis la même irritation profonde que jadis au dîner de Noël, quand le bon gros s'était permis de railler devant moi les Champdieu.

— Si tu ne te tais pas immédiatement, Célestine, je te flanque mon éponge pleine d'eau à la figure.

Je l'aurais fait, dans ma rage. Cette menace calma la grosse fille. Elle maugréa encore que « ça n'était pas convenable de se remarier aussitôt après un divorce » ; puis elle me quitta et jusqu'à son départ, qui eut lieu impitoyablement huit jours plus tard, elle ne m'adressa plus la parole.

Paul Ovide, indépendant et amoureux.

C'est par Adolphe que je connus les motifs vrais de cette exécution : « Il ne faut pas vous faire de bile, monsieur Olivier (je n'y songeais guère). Célestine ne valait pas cher. Elle écoutait et espionnait tout ce qui se disait ici et elle allait cancaner au dehors. Si bien que M. Fabère l'a su et a averti vos grands-parents et votre maman... C'est comme ça qu'elle s'est fait mettre à la porte. Moi je dis que les domestiques n'ont qu'à faire leur ouvrage sans causer. Et puis vous pouvez lui répéter, à M. Fabère, qu'il a mon estime et que, dans cette affaire-là, à la cuisine, nous sommes tous de son parti. »

Je trompai l'espoir du subtil Adolphe, et ne fis pas la commission.

Mais je me demandai et je me demande encore quel intérêt avait pu pousser Fabère à faire renvoyer Célestine. Celle-ci fut remplacée par une « miss » sèche et sévère, avec qui nous n'échangions pas vingt phrases par jour, quoiqu'elle dût me perfectionner dans la langue anglaise. Je la considérais comme un automate.

Il m'était pénible de constater que de jour en jour ma mère s'écartait de moi davantage. Je le sentais à mille petits détails. Autrefois elle venait le soir dans ma chambre pour m'embrasser. Elle avait renoncé à cette formalité. Les premiers temps qui suivirent mon entrée en pension, elle s'intéressait à mes notes, aux appréciations de mes maîtres. De cela il n'était plus question. Elle cessa même de s'occuper de ma toilette, abandonnée aux soins de grand'mère et de miss. Elle me laissait aller avec elles deux au cirque et au théâtre. Chaque fois elle promettait de nous rejoindre et, son absence me gâtant mon plaisir, j'épiais le moindre bruit des couloirs; la porte de la loge s'entre-bâillait avec un claquement sec... Désillusion! C'était l'ouvreuse qui réclamait son pourboire.

Célestine fut remplacée par une miss...

Depuis le départ de Célestine j'attendais, en la redoutant, l'annonce officielle des fiançailles de maman et de M. Fabère et j'aurais donné tout au monde pour ne rien pénétrer de ces projets avant leur réalisation. J'étais obsédé par la perspective de ce deuxième père, qui chercherait sans doute à restreindre l'influence de mon père véritable, qui prendrait de l'autorité sur moi. Chacune de ses trop fréquentes apparitions me jetait dans un vif embarras accompagné de conjectures : « Que pensera-t-on de cela rue de Médicis? Comment papa acceptera-t-il la chose... Avec chagrin, fureur, calme, rancune? Quelle sera ma nouvelle attitude? »

Ici il y a un blanc dans ma mémoire. J'ai dû, sous une de ces influences organiques qui annoncent les maladies, vivre pendant quelques mois d'une vie purement végétative; ou bien la rougeole, qui me guettait, a effacé les impressions qui la précédèrent immédiatement.

Des rêves passent, se déforment, exaspérés par la fièvre et la soif. La physionomie rouge et bestiale de mon professeur M. Cointat se superpose à celle d'Elie Fabère. Il en résulte une sorte de monstre qui me punit, me tutoie, me menace, m'inflige mille humiliations. Ovide a pris pour me faire ses confidences la figure louche de Marcel Cabarrot. Le vol de la machine électrique devient un forfait mystérieux dont je suis à moitié responsable, que je n'ose avouer. Le remords me torture. Il me dessèche la gorge, me brûle les lèvres, et il ne s'apaise merveilleusement que quand la douce main de ma mère me donne à boire... ma mère... elle paraît triste et découragée. Son visage penché sur le mien est comme un ciel brouillé où flottent les nuages de l'inquiétude. Je voudrais deviner si elle se remarie bientôt, si elle a oublié *celui qui va partir*.

Car le départ imminent de mon père est le principal de mes cauchemars. Il se localise rue François-Ier. Il emprunte la douleur d'une autre séparation, l'atmosphère tragique du divorce. Il est peuplé d'hommes de loi, de Géron, de Maluot, qui chuchotent à son sujet, se querellent, se réconcilient. Célestine est mêlée à ces sombres imbroglios. Elle les complique et les envenime. D'un mot elle pourrait me rassurer et ce mot elle ne le prononce pas.

Je reviens à la conscience nette du monde et de ma situation par une matinée d'été admirable, au chant des oiseaux nichés dans les grands arbres du jardin. Ma chambre était pleine de lumière. Ma gouvernante anglaise préparait un verre de sirop. Deux personnages en redingote noire causaient au pied de mon lit. Dans l'un, qui avait une grande barbe, je reconnus le Dr Vanne.

— Eh bien! Olivier, — me demanda l'autre, avec un fort accent méridional — on ne dit pas bonjour au cousin Anselme?

Alors je me rappelai les rochers et les pins de la Jasonne, la bonne odeur de la montagnette et le rire de ma chère petite amie. Je m'informai de sa santé.

— Elle va bien toujours, Dominique?

— Oh! c'est une demoiselle à présent : mais elle n'a pas oublié Robinson.

Le brave homme me tâtait les mains pendant que son confrère me palpait le front. Ils murmurèrent : « C'est parfait —

pleine convalescence — on peut maintenant? — Evidemment. »

Anselme Alevin alla ouvrir la porte et introduisit mon père et grand'mère Champlieu, tandis que le docteur Vanne, après un profond salut, s'esquivait avec discrétion. Miss le suivit. Depuis quelques minutes, reporté par ma faiblesse nerveuse à plusieurs mois en arrière et m'exagérant l'entente des deux familles, j'espérais comme jadis une réconciliation miraculeuse. La réalité fut une déception. Quand ils m'eurent embrassé, grand'mère posa sur mes draps une boîte de fruits frappés et un livre; papa me considéra longuement.

« Enfin tu es guéri, petit homme; tu vas bientôt pouvoir te lever. Te doutes-tu que grand'maman et moi sommes venus te voir presque chaque jour? »

Je secouai tristement la tête. Je retrouvais ma mémoire : l'école, mes professeurs, mes camarades, ma crainte du mariage Fabère; et chaque détail blessant de la vie ajoutait à mon malaise. En même temps j'éprouvais le besoin singulier de me confesser, d'avouer ce qui m'étreignait l'âme. Je choisis grand'mère comme confidente :

« Approche... Baisse-toi. » Elle avait autour du cou un boa de plumes qui me gênait pour lui parler à l'oreille. Avec cela je tremblais et je me grossissais l'importance de la révélation.

« Imagine-toi... Il est question que maman devienne la femme de M. Fabère... Qu'est-ce qui va se passer, mon Dieu!...

— Pauvre chéri!... Devinez un peu... dit grand'mère avec attendrissement.

Elle regarda mon père et le docteur Alevin d'une façon si profonde, si humaine que je compris et qu'ils comprirent.

— Ah! la grande nouvelle!

— Oui... le mariage...

Cet effort m'avait épuisé. Je me retournai sur mon oreiller, délivré mais avide de solitude. Les consolantes paroles de mon père ne me parvenaient que confusément. Tout à coup je me redressai :

— Est-ce que tu vas nous quitter, toi, maintenant?...

— Mais non... Il n'est pas question de cela... Voyons, dors un peu... repose-toi... Nous reviendrons demain.

Eux partis, miss rentra, accompagnée de maman et de M. Fabère. Tous deux, élégants et joyeux, semblaient occupés de leur union prochaine. Le bon gros me fit tirer la langue, m'ausculta, compta les battements de mon pouls, me traitant comme si j'étais sa chose, comme si je n'avais qu'à lui obéir. La sensation de sa tête dans mon dos, son ton de rudesse bienveillante, son sourire béat à l'adresse de ma mère, tout en lui m'était odieux.

L'examen achevé, il fredonna un petit air pour marquer l'étendue de sa satisfaction, grogna entre ses dents : « On se lèvera bientôt »; puis s'adressant à moi :

« Tu as faim, docteur? » J'avais envie de l'insulter. Je répondis poliment : « Très faim... »

— Eh bien! miss, vous devrez lui préparer pour dîner une petite cervelle... Fameux, hein, mon gaillard, ce remède-là? Et mâche bien, sans te presser. Si tu es sage et raisonnable, je t'apporterai un pot de confitures.

Ma mère levait vers lui des yeux reconnaissants. Forte et neuve comme mon jeune appétit, la jalousie me mordait le cœur. Etait-il assez laid, ce Fabère! Pourtant il me faudrait désormais vivre auprès de lui, supporter sa familiarité, ses plaisanteries stupides, surtout cet air de domination qui convenait à ses bajoues, à ses deux mentons, à la courbe de son nez luisant; et il s'appelait Elie, l'animal, et maman répétait ce nom avec ravissement... Et elle admettait sa compétence en médecine, en physiologie, en archéologie, en musique, en cuisine, car le farceur s'occupait de tout et donnait son avis sur tout.

Débarrassé de sa présence, je vis accourir les grands parents Prévix.

— Qui t'a apporté ces fruits beaucoup trop froids? demanda grand'mère courroucée, sitôt qu'elle aperçut la boîte.

Quand j'eus nommé la donatrice, elle murmura :

— Parbleu, la vieille toquée...

Puis remit aussitôt les bonbons à miss.

— Vous les mangerez à l'office...

Ensuite elle s'installa près de moi avec son ouvrage, grand-père à ses côtés, l'air soucieux. La curiosité a toujours été mon défaut. Je fis semblant de m'assoupir, mais je ne perdais pas un mot du dialogue, d'ailleurs elliptique et discret.

— Alors ils s'installeront ici au retour?

— C'est décidé, paraît-il.

Grand'mère mit dans ce « paraît-il » une nuance de mécontentement ironique. Au bout d'une minute grand-père reprit :

— Quel étage nous laissera-t-on?

— Le nôtre... c'est heureux.

— Et lui?...

Je sentis qu'on me désignait.

— Oh! c'est le moindre de leurs soucis... Pauvre chérubin, s'il ne nous avait pas!

Ma détresse était-elle si grande? Quand je passais en revue les visites de la journée, je trouvais au contraire qu'on s'occupait trop de moi et d'une manière trop disparate. L'équité me commandait de tenir la

IL N'Y AVAIT QUE NOTRE HOTESSE AVEC UNE CARRIOLE ATTELÉE D'UN ANE.

balance égale entre les deux tronçons séparés de ma famille, sans espoir de les voir jamais se rejoindre. Je me mis à rêver d'une tendresse qui serait unique et totale, que personne ne me disputerait, et dans laquelle je plongerais comme dans une eau de métamorphose.

Ma convalescence fut longue, retardée par une bronchite qui me tint quinze jours de plus à la chambre. Je ne retournai donc pas à mon école. M. Ménotrie vint en personne m'apporter mes devoirs de vacances et me féliciter de ma guérison.

Il affirma qu'avec un peu d'application je pourrais, dès la rentrée, me placer à la tête de ma classe. « J'en doute fort », déclara Fabère, avant que grand-père, présent à l'entretien, eût le temps d'exprimer son opinion. M. Ménotrie regarda avec stupeur cet inconnu si bien documenté; c'est alors que grand-père, pinçant les lèvres, se décida à présenter Fabère en ces termes pour moi inoubliables :

— Mon futur gendre.

Au cours d'une de ses dernières visites grand'mère Champdieu, baissant la voix, m'annonça que j'allais pendant deux mois d'automne lui appartenir ainsi qu'à mon père : « Nous partirons pour Saint-Brunet?... C'est vrai, tu me le jures?... »

Mon allégresse et mon émotion ne se communiquèrent pas à la chère femme, qui me répondit mélancoliquement.

— Non, pas pour Saint-Brunet, mon mignon. Mais pour un autre pays tout aussi beau, celui d'Audiberte. Eh oui... la cuisinière de la Jasonne!

Devant mon air soudain dépité, elle ajouta, rougissant un peu :

— La Jasonne est en réparation : on ne pourrait pas l'habiter...

Les enfants ont d'étranges pudeurs. Je n'osais plus poser de questions. Mais voilà que grand'mère, d'elle-même, prononça ces paroles enivrantes:

— Marc-Antoine viendra nous rejoindre avec Dominique. Ah! celle-là, je parie, gamin, que tu seras content de la retrouver. Et M. le curé en sera aussi... Tu n'as pas oublié M. le curé, avec ses terribles histoires?

Certes non. Ces instants de bonheur étaient redevenus mes compagnons depuis la fuite de la fièvre et des cauchemars. Je me reportais à eux sans cesse, dès que la tristesse du présent m'envahissait. Ils étaient ma nostalgie secrète.

La nuit qui suivit cette nouvelle, je ne m'endormis que très tard et je m'amusai à reconstruire des visages de paysans, des coins de hangar, tout un décor. Quand ces choses m'étaient bien présentes, j'apercevais une petite figure fine et ambrée sous des cheveux noirs qui venait dominer mes songeries. J'avais peur de la voir s'évanouir, et je rusais avec ma pensée, feignant de la diriger vers d'autres points, d'autres détails, pour qu'elle ne se crût point captive et conservât sa précision.

Notre arrivée à Sauvenières, pays d'Audiberte dans l'Hérault, après un voyage de toute une nuit entre mon père et grand'mère Champdieu, m'a laissé le souvenir d'une déception. Ni Dominique ni son père n'étaient à la gare. Il n'y avait que notre hôtesse avec une carriole attelée d'un âne. Il soufflait un furieux vent d'automne. Enfin j'étais navré d'avoir laissé Fusil à Jouy-en-Josas, auprès de mes grands-parents et de ma mère qui le négligeaient, et de Fabère qui ne l'aimait pas.

On m'expliqua que les Alevin père et

fille, retenus par des travaux d'agrandissement au mas du Mirau, n'arriveraient que dix jours plus tard. Je dissimulai une forte envie de pleurer.

Les rues de Sauvenières sont étroites, avec des cailloux pointus et une rigole au milieu pour l'écoulement des eaux. Les maisons hautes, solennelles et délabrées, sont

César Estouviès.

pour la plupart d'anciens hôtels. Elles ont de vastes cours, des frontons blasonnés, des escaliers de parade, des balcons de fer forgé, un air de tristesse et de vétusté qui saisit.

Elles ressemblent à ces palais de contes de fées qui viennent de se transformer en masures. Les gardes, métamorphosés en chats, bâillent et miaulent le long des couloirs et se frottent en ronronnant aux pilastres. Les princesses, devenues paysannes, font la lessive dans des salons désaffectés, où subsistent quelques boiseries poussiéreuses. Les brillants palefrois sont changés en ânes paisibles, que taquinent les mouches et les moustiques.

L'habitation d'Audiberte et de son frère le maréchal ferrant était de ce syle grandiose et minable. La vieille servante de la famille, tout émue de recevoir ses maîtres chez elle, riait avec des larmes dans les yeux, me soulevait de terre, m'embrassait, me demandait, moitié en patois moitié en français, si j'étais content de ma chambre. Celle-ci était une pièce immense et nue, avec des patères pour les vêtements, un lit, une planche en bois supportant une cuvette, un pot à eau ébréché et, luxe rare, une bouteille d'eau de Lubin.

La fenêtre donnait sur une petite place servant au marché, encombrée de melons, de tomates et d'aubergines. Par la porte de droite je communiquais avec mon père, par celle de gauche avec grand'mère, et leur installation ressemblait à la mienne. Au fond du corridor se trouvait l'appartement réservé aux Alevin. On nous le fit visiter en détail et j'étais ravi de songer que bientôt Dominique serait là, sous le même toit que moi, que de mon balcon je pourrais lui parler.

Pour me faire trouver le temps moins long jusqu'à son arrivée, on me donna comme compagnon de jeux le fils Estouviès, descendant des épiciers de ce nom, qui depuis plus de cinquante années monopolisent à Sauvenières le commerce de l'huile et de la cassonade. Influence des milieux ! A Paris, j'aurais rougi de cette relation. Elle me parut ici toute naturelle.

Maigre, bronzé, timide et braillard, César Estouviès me changeait un peu de Paul Ovide et de Vergenet. Il acceptait ma supériorité avec enthousiasme. Il m'appelait « moussu Olivier ». Je l'appelais familièrement César. Il écoutait mes récits de la vie parisienne et de l'école Fourier, plein d'une admiration qui lui écarquillait la figure.

Il m'expliquait en patois à ses concitoyens, et ceux-ci ne demandaient pas mieux que d'être mes soldats, mes chevaux, mes serviteurs, que d'attendre mon signal et mon ordre. Leur moindre velléité de désobéissance était sévèrement réprimée par lui. « Le moussu l'a dit. » Telle était sa formule péremptoire.

Le matin je travaillais aux devoirs que m'avait préparés M. Cointat ; mais à peine achevions-nous de déjeuner dans la pièce du bas, qu'Estouviès faisait son apparition, les yeux brillants, sa casquette à la main.

— Ah, ah, disait mon père, il y a encore quelque chose d'organisé pour aujourd'hui. Allons, tu peux sortir de table, Olivier, grand'mère permet. N'est-ce pas grand'mère?

Cher papa! Il semblait absorbé depuis notre arrivée à Sauvenières. Il passait quelquefois toute la journée dans sa chambre, au milieu de cartes de géographie clouées au mur, étalées sur de grands établis. Il écrivait beaucoup de lettres et recevait souvent des visites : des messieurs graves, pressés, d'allure militaire, qui ne restaient que quelques heures, d'anciens camarades de la marine, avec lesquels il préparait son expédition.

Aux phrases rapides qu'ils échangeaient, lui et grand'mère, quand ils me croyaient inattentif, je conjecturais bien ce dont il s'agissait. Mais l'égoïsme des enfants est tel que je chassais toute préoccupation capable de jeter une ombre sur mon plaisir.

Le lundi je recevais une lettre de miss, en anglais, que je ne me donnais guère la peine de traduire. Le mardi et le samedi arrivait ponctuellement la correspondance alternée de grand'mère ou de grand-père Prévix, pleine de recommandations, d'allusions, de bons conseils. On ne me demandait plus ce qu'elle contenait. Je répondais avec régularité, sans trop de détails sur notre vie, de la façon la plus vague possible, me rattrapant sur le paysage, mes projets d'avenir, « quand je serai médecin », puisque cette perspective agréait à mes grands-parents du côté maternel. Enfin, de temps en temps, maman m'adressait quelques lignes au bas d'une carte postale représentant le château de Jouy-en-Josas, ou en travers de son papier bleu parfumé.

Je la devinais préoccupée d'un mariage imminent, distraite, et je souhaitais que la chose eût lieu désormais le plus tôt possible, que ce cap désagréable fût franchi. M. Fabère n'avait-il pas l'aplomb d'ajouter parfois quelque plaisanterie stupide ou quelque élucubration prétentieuse sous la signature de celle dont il me volait la tendresse. Un de ces billets aux écritures conjointes tomba par hasard sous les yeux de mon père. Il le prit, le parcourut, puis sans un mot, avec une grimace de dégoût, le rejeta. Je lui en voulus de ce geste, comme à ma mère de l'avoir provoqué. Il m'était décidément moins pénible de leur donner tort à tous les deux ensemble que de les séparer dans mes griefs.

Ces tristesses, je les oubliais quand je quittais la maison d'Audiberte, suivi d'Estouviès, avec la perspective d'une bonne course dans la garrigue. En chemin nous levions le ban de nos guerriers : le fils du pharmacien, celui du boucher, les jumeaux du libraire et plusieurs petits galvaudeux sans profession déterminée, qui portaient les provisions, installaient le camp, montaient la garde. Les filles étaient écartées de ces exercices, comme indignes. Certaines, moins fières ou plus coquettes, nous suivaient de loin et riaient en se poussant le coude, quand j'admonestais mes soldats.

La campagne qui entoure Sauvenières se prêtait merveilleusement à ces équipées, avec ses vignes coupées de canaux, pour l'inondation périodique du phylloxéra, ses débris de remparts, ses vallonnements. Jadis protestants et catholiques se battaient pour de bon sur ces terres aujourd'hui paisibles et fertiles. Les deux entrées distinctes du cimetière, l'une surmontée de la croix, la seconde d'une urne funéraire, témoignent encore maintenant de cet antagonisme confessionnel.

Souvent nous changions d'itinéraire, et nous allions au cloître de Saint-Martin, ruines d'un couvent abandonné où campent les bohémiens de passage. L'endroit était commode pour les assauts, les mines, les contre-mines, les tranchées. Mes camarades ne comprenaient qu'à moitié ces termes techniques que j'employais à tort et à travers en distribuant à chacun son poste, mais ils admiraient aveuglément mon savoir et ma compétence.

— Vé, vé, le caraque! criaient-ils quand un vagabond, surpris dans son sommeil, montrait ses loques et sa face asiatique.

Cela nous faisait un ennemi vrai qu'avec la cruauté de notre âge nous pourchassions de loin à coups de pierres.

L'arrivée de Dominique, de son père et de l'oncle donna un autre cours à mes sentiments et à mes jeux. J'avais souhaité éperdument cette heure qui nous remettrait en présence, ma petite amie de Saint-Brunet et moi; mais, quand la carriole partit pour la gare avec Audiberte, j'inventai un prétexte et restai à la maison. Par exemple, je comptais les minutes et je guettais le trot de l'âne sur les cailloux pointus de la ruelle.

Cela se passait à l'heure du déjeuner : les voyageurs étaient en retard. Tout à coup l'on entendit tinter la clochette de la porte et je vis entrer, précédant un petit homme chauve et barbu à la mine joyeuse, une délicieuse demoiselle aussi grande que moi,

AU-DESSOUS DE NOUS, DES FUMÉES MONTAIENT VERS LE CIEL ROSE...

qui m'embrassa sur les deux joues comme si nous nous étions quittés la veille.

— Hein, que la voilà bravette!

— N'est-ce pas qu'elle est gentille?

— Bou Diou! qu'elle a pris des couleurs! criaient en même temps Marc-Antoine Alevin, grand'mère et Audiberte. Mon père et l'abbé étaient plus silencieux, mais ils s'étreignaient de bon cœur : « Comme je vous remercie, disait papa, quelles braves gens vous faites! Sans vous, je ne sais pas comment je m'en serais tiré. » Marc-Antoine très ému répondit : « Ne parle pas de ça, c'est tout simple. Depuis longtemps j'avais envie d'une vraie terre. C'est moi qui réalise une excellente opération. »

Comme je le compris par la suite, les Alevin venaient d'acquérir *la Jasonne*, que cultiverait le cousin Anselme avec Sartan comme régisseur. Par cet achat immédiat ils avaient permis à mon père de compléter les frais de son expédition.

Désormais les heures s'écoulèrent avec une rapidité déconcertante. Je n'aurais pas su exprimer la nature du trouble où me jetait la présence de Dominique, mais je ne crois pas que rien de plus vif et de plus intense ait jamais agité l'âme d'un enfant. Tout était plus beau et plus large, le ciel, les ruines, les environs. Le parfum pénétrant de ses cheveux me rendait sensible aux fines odeurs de la campagne et de l'automne, me ramenait aux herbes aromatiques de la Jasonne, réveillait ma douleur et ma joie. Sa voix me donnait envie de rire et de faire quelque chose d'héroïque. Tout ce qu'elle disait m'enchantait. Le soir, avant de m'endormir, je recherchais le changement de ses yeux longs sous l'influence du grand soleil, de l'étonnement ou de la malice. Et, mon Dieu, qu'elle était taquine!

Elle commença par me dégoûter de César Estouviès et de mes guerriers habituels. J'avais compté, pour l'impressionner, sur mon prestige de chef de bande. Ah bien oui! Elle usurpait ma fonction, donnait des ordres à ma place, les révoquait, changeait d'idée toutes les cinq minutes, si bien que, me voyant l'esclave et le jouet d'une fille, mes hommes perdirent le respect et successivement m'abandonnèrent.

Je n'en fus pas fâché. Depuis que Dominique était là, ils m'apparaissaient brutaux et stupides. Ils me faisaient honte. Nous nous retrouvions seuls et libres tous deux comme jadis dans le parc de la Jasonne. C'était l'instant du crépuscule. Nous avions gravi les marches de l'église qui domine la ville de Sauvenières. Nous nous étions assis sur un banc, devant le porche au pied d'une haute croix de pierre. Au-dessous de nous, des fumées montaient vers le ciel rose, masquaient à demi les toits de briques grisâtres, accompagnées de cris d'enfants, de braiements d'ânes, de chants de coqs, de tous les murmures de la vie.

Dominique balançait son petit pied chaussé d'un soulier jaune. Le vent ébouriffait ses cheveux bruns. Nous avions oublié notre voyage de découvertes, qui rappelait, en plus romanesque, les robinsonnades d'autrefois. Nous causions de nos parents, de leurs habitudes, d'Audiberte, de nos études, de nos amis.

J'étais prodigieusement, pleinement heureux. Je ne pensais plus du tout au départ prochain de mon père, au mariage de ma mère, à ma situation tiraillée. La nuit venait avec lenteur, et faisait les ombres plus fraîches. Nous rentrions par des ruelles étroites où l'on fermait déjà les volets.

Dans la forge du frère d'Audiberte, il y avait sous une hotte un grand feu clair auquel les ouvriers présentaient les pièces. Puis ils les martelaient sur l'enclume, sans prendre garde aux étincelles qui voltigeaient comme des mouches d'or. Ce spectacle nous hypnotisait. A la dérobée, je m'en distrayais pour contempler ma jolie Dominique. Elle était mystérieuse dans les demi-ténèbres et audacieuse dans la lueur rouge. Quand l'embrasement était le plus vif, ses yeux riaient, sa bouche demeurant grave, et elle me serrait la main de toutes ses forces. Cette étreinte-là, dans une admiration partagée, me donnait l'impression que je n'étais plus seul, que nous nous comprenions par le contact. Le secret de mon enfance douloureuse se livrait, puis s'affaissait avec les flammes.

Un soir de la fin novembre, comme après une de nos escapades nous rentrions ensemble à la maison, on me remit une lettre de grand'mère Prévix. Elle m'annonçait en quelques lignes le mariage tout récent de maman avec M. Fabère, le départ du couple pour l'Italie : « De toutes les villes qu'ils traverseront tu recevras de belles cartes postales. Envoie tout de suite de tes nouvelles à petite mère *Hôtel d'Angleterre, quai des Esclavons, Venise.* »

Cet événement, jadis tant redouté, ne me fit aucune impression. Mon père et ma grand'mère Champdieu l'accueillirent avec une égale indifférence. Dominique elle-nême ne m'en parla point. Je ne m'attachai ju'au *post-scriptum* qui limitait mon court oonheur : « Encore un mois sans te voir, non chéri. Le temps va nous paraître ong. » Quel aspect soudainement sombre et morose prenait l'hôtel de la rue Boissy-l'Anglas avec le concierge, la voiture, et 'inévitable installation de cet étranger!

IV

Il pleuvait. On était au début de dé-embre. Mon père et grand'mère Champ-lieu, qui rentraient avec moi à Paris, me emirent entre les mains de mon valet de hambre, l'obséquieux Adolphe. Je devais epartir aussitôt pour Jouy, où les grands-arents Prévix me garderaient jusqu'au etour prochain de maman et de M. Fa-ère. Les adieux furent brefs et doulou-eux.

J'avais dans ma poche un petit porte-artes, présent de Dominique, où se trou-ait sa photographie. Hormis cela tout 'était indifférent. J'écoutai à peine le stu-ide bavardage du serviteur me racontant fête nuptiale : « Imaginez-vous, monsieur livier, deux tables d'au moins quarante ouverts chacune. C'est votre maman qui ait belle! C'est M. Fabère qui était con-nt! Un rude homme, M. Fabère, et vous vez joliment de la chance de l'avoir main-nant pour beau-père. On raconte qu'il a ne invention, comme qui dirait un médi-ment, qui vaudra des cent et des mille. otre miss n'a pas mangé avec le monde, pport aux convenances. Ça les épate tou-urs, ces Anglaises; elles croient que tout ur est dû, ma parole!... »

Je l'avais oubliée, ma miss, au milieu es délices de Sauvenières et je revis en instant sa figure osseuse, rechignée.

— Et Fusil, monsieur Olivier, vous ne e demandez pas de ses nouvelles?

— Mon pauvre Fusil, qu'est-ce qu'il evient?

— Il n'est pas bien malheureux. C'est oi qui lui prépare sa pâtée. Par exem-e il a son humeur à lui, cette bête. . Fabère ne peut pas l'approcher sans 'il devienne comme enragé. Il y a quelque ose entre eux, c'est certain.

Cette antipathie, qui nous était com-une, me rendit ma tendresse pour mon ien. Dès qu'il m'aperçut, il s'élança vers moi avec des jappements de bonheur. Der-rière lui venaient grand-père extraordinaire-ment grave, grand'mère souriante et très émue. Je n'étais pas au diapason. Une grande partie de ma sensibilité décidément était restée auprès de Dominique, sur la terrasse de Sauvenières. La froide et plu-vieuse saison, les coteaux mouillés, les re-commandations des deux vieillards quant à mes nouveaux devoirs envers mon beau-père, tout contribuait à me serrer le cœur

— Fusil n'est pas bien malheureux.

— Où est donc Rose Gamache?

— Elle est mariée à un riche fermier des environs. Elle a déjà un petit garçon. Elle n'a plus le temps de venir ici.

— Et Jérôme?

— En apprentissage.

— Comme Paul Ovide?

— Comme tout le monde. Il n'y a que toi, mon pauvre chéri, qui ne travailles pas avec régularité.

Grand'mère mit dans ces mots une nuance de reproche. Elle devinait ce qui se passait en moi, et ma mélancolie la fâ-chait. Elle en cherchait la cause. Avec la ruse de l'instinct, si vive chez les enfants, je la déroutai, la lançai sur la piste du départ de mon père.

— Ah! oui, au mois de mars... On m'a parlé de ça. Il s'agit d'une expédition en Afrique; il reviendra bientôt, sois tranquille.

Qu'en savait-elle? Sa quiétude m'irrita. Je m'arrêtai au milieu de l'allée de tilleuls où nous marchions et je dis d'un ton décidé :

— C'est que j'aimerais tout de même mieux voir partir M. Fabère.

Une ombre passa sur les yeux de grand'mère Prévix, et sa figure devint aiguë comme lorsqu'elle était en colère :

— Voilà de bonnes dispositions, Olivier, et l'on t'a bien préparé, là-bas... Puisqu'il en est ainsi, tu rentreras à la pension dès demain.

Je n'y rentrai que huit jours plus tard, l'âme mécontente et l'esprit distrait. Tous ces visages connus, trop connus, m'étaient indifférents ou hostiles; peu m'importait que M. Cointat, passant à la classe supérieure, fût de nouveau mon professeur, que le directeur M. Ménotrie, que M. Valence, M. Cabarrot et tous mes condisciples, depuis Marcel le voleur jusqu'à Amédée Maluot, fussent à leur place et à leur rang, avec leurs habitudes et leurs manies. Les récréations mêmes m'étaient désagréables. Un retard de plus de deux mois fit que je renonçai vite à rattraper mes camarades; je devins en peu de jours le mauvais élève qui n'a pas appris sa leçon, qui a bâclé son devoir pour s'en débarrasser et somnole, la tête dans ses coudes, pendant l'étude. Des tournants de rue méridionale, des reflets de soleil, des cris dans la lumière, des sonneries de cloches, des regards aimants et railleurs hantaient mon imagination rebelle à tout le reste.

— Champdieu, vous étiez un élève appliqué; aujourd'hui vous êtes un paresseux.

Cette réprimande de M. Cointat m'eût fait pleurer jadis et remis d'aplomb. Cette fois je baissai sournoisement la tête et me vengeai par cette réflexion tacite :

— Papa m'a bien prévenu que tu n'étais qu'un imbécile.

A quelque temps de là, Adolphe me dit en prenant ma serviette :

— Une surprise, monsieur Olivier; votre maman et M. Fabère sont arrivés d'Italie à midi. J'espère que vous êtes content.

J'étais troublé surtout en poussant la porte du vestibule. Comment allais-je trouver ma mère? Quel accueil me réservait-elle? Et lui, quelle serait son attitude? Continuerait-il à me tutoyer?

Je fus promptement fixé. Maman se précipita, me prit dans ses bras, me couvrit de baisers avec une sorte de gloutonnerie, et je lui rendais joyeusement ses caresses, un peu surpris de ce débordement d'affection, auquel elle ne m'avait pas habitué, cependant que M. Fabère, plus blafard et gras qu'autrefois, plus sévère aussi, le lorgnon sur le nez, considérait de haut cette scène émouvante :

— Allons, allons, ne le mangez pas; laissez-m'en un peu.

Son rire était maussade et déplaisant. Il déposa sur mon front ses grosses lèvres visqueuses; puis s'écartant de moi et me tenant les mains : « La mine... superbe, la santé... parfaite, le travail... hum... hum!... Je sais déjà que ça ne va pas fort; nous sommes mou; nous manquons d'entrain; mais le bon gros va réformer tout ça. »

Plaisantait-il, était-il sérieux? Il tira de sa poche un encrier de cuir rouge, sur lequel était écrit en lettres d'or ce seul mot : *Napoli*, et il me le mit dans la main :

— Voilà pour t'inciter à la besogne, jeune flemmard. Ta maman te donnera le porte-plume. Et dès lundi nous commençons nos répétitions.

Quelles répétitions? Je n'osais pas interroger ce protecteur plein d'arrogance. Je murmurai à voix basse : « Merci, monsieur. » Mais cette formule le mit en colère.

— Comment, monsieur! Qui ça, monsieur? Appelle-moi Fabère, entends-tu. Je suis désormais ton deuxième papa; tu ne regretteras pas plus tard d'avoir écouté mes avis. D'ailleurs ta maman te confie à moi. N'est-ce pas, ma chère?

— Certainement. Tu te rappelles, Olivier, comme ton ami Fabère t'a soigné autrefois quand tu avais mal au genou, et depuis quand tu as eu la rougeole. Il faut l'aimer bien et lui obéir. Tu me le promets?

— Oui, maman.

— A la bonne heure.

J'ai toujours eu horreur de la solennité dans les actes simples de la vie, mais M. Fabère était un ami de l'emphase. Il répétait volontiers : *J'aime les situations nettes.* Et, sous prétexte de les rendre telles, il les amplifiait, les compliquait à plaisir.

A ce moment grand'mère, toujours curieuse, entr'ouvrit la porte...

— Pardon, je vous dérange...

— Dans un instant, belle-maman, dans un instant nous sommes à vous.

Le bon gros ne se gênait plus. Il traitait déjà la maison en pays conquis. Il sonna. Ma gouvernante parut. Il l'apostropha sèchement.

— Miss, pour tout ce qui concerne M. Olivier, c'est à madame ou à moi, *et à nous seuls* que vous devrez dorénavant vous adresser. C'est bien compris?

— Oui, messié...

— Je vous remettrai demain un tableau des heures de travail, de repos, de lever, de coucher, de promenades, le jeudi et le dimanche quand M. Olivier ne pourra pas sortir avec nous. Vous m'entendez?

— Perfectly, messié.

— Emmenez votre élève et introduisez Mme Prévix-Armaud.

Ce commandement bref et sans réplique m'impressionnait. Je regardai maman, elle sourit. Mais grand'mère, qui entrait, fit la grimace.

A partir de ce jour la maison fut menée militairement et moi-même, pétri par une volonté plus forte, je dus obéir sans broncher. Chose étonnante, les premiers temps cela ne me fut pas désagréable; et si je conservais mon aversion pour M. Fabère, je pris sa méthode en respect. Cet homme qui dédaignait les militaires et tout ce qui touchait à l'armée, qui raillait lourdement la discipline, possédait une âme de tyran. Ses ordres étaient formulés de telle manière qu'on n'osait pas leur résister. Il avait l'œil à tout, il ne négligeait rien.

Que de fois, comparant la soumission actuelle de ma mère à ses révoltes de jadis contre son premier et indulgent mari, je n'ai pu m'empêcher de songer que la sévérité est une bonne tactique, moins dangereuse que la faiblesse! Fabère n'était pas beau. Il n'était pas aimable. Il n'avait même pas cette grâce intermittente qui relève un caractère entier et dur. Il affectait la froideur et le mépris. Mais la continuelle tension de son orgueil imposait une certaine admiration aux naïfs. C'est ainsi que les domestiques, offusqués par lui, le supportaient et me répétaient confidentiellement : « Il n'est pas commode, mais il a de la poigne », comme pour excuser leur docilité.

Les plus résistants furent mes grands parents. J'ai compris depuis qu'ils avaient cru entrer en possession d'un gendre respectueux, soumis et qui leur serait reconnaissant de l'avoir accueilli à bras ouverts. Ils ne cachaient pas leur déception et, le terme n'est pas trop fort, leur stupeur.

Fabère n'attendit pas vingt-quatre heures pour leur signifier qu'il était le maître et qu'il entendait le demeurer. A peine en possession de l'immeuble, il déclara qu'il avait besoin d'un laboratoire pour ses expériences et qu'on allait jeter bas les écuries, afin d'aménager cette pièce indispensable.

La scène eut lieu en famille, à table, devant moi. Elle est restée gravée dans ma mémoire comme toute cette période de bouleversement.

— Supprimer les écuries! — s'écria grand'mère Prévix, pâle de fureur. — Eh bien alors, et *la* voiture?

— La voiture? Mais nous la supprimons du même coup naturellement, dit le bon gros avec tranquillité.

Il regarda ma mère qui eut un vague geste d'assentiment. Grand'mère s'adressa à sa fille :

— Et dans quoi feras-tu tes courses, tes visites?

— Dans des fiacres... répondit Fabère avec un ironique sourire qui brillait derrière son lorgnon.

Grand'mère manqua de s'étrangler. Elle se tourna vers son mari, qui feignait de se désintéresser du débat et sifflotait, le nez dans son assiette :

— Tu entends, Honoré? Françoise et moi sommes en pénitence. Plus de coupé, plus de victoria... des fiacres.

Grand-père haussa dédaigneusement les épaules et tendit un os à Fusil.

— Remarquez, belle-maman, continua Fabère, que je ne vous empêche nullement d'acheter une voiture et des chevaux. Je me borne à constater que nos revenus ne nous permettent point un pareil luxe.

— Et quand on l'a eu toute sa vie?

— On s'en passe. N'est-ce pas, Françoise?

La discussion fut close. J'étais outré de tant d'aplomb, désolé de perdre la voiture, mais émerveillé du sang-froid avec lequel Fabère bravait les grands-parents. Depuis que mon père n'était plus en jeu, les malentendus ne me déplaisaient point. Ils ajoutaient de l'intérêt à l'existence. La sensibilité puérile, pour peu qu'elle soit faussée, devient aisément perverse. Je me [illegible]is en rentrant de l'école : « Qu'est-ce qui va encore arriver ce soir? » Et, comme les enfants sont lâches, j'avais des prévenances pour l'intrus. Je lui soumettais mes devoirs, mes leçons, mes cahiers de notes. J'évitais avec soin de lui déplaire.

Le lundi soir après le dîner, ainsi qu'il l'avait décidé, il m'emmena dans son cabinet malgré les supplications de grand'-mère Prévix et ses « Vous allez lui fatiguer la tête. » Quand nous fûmes dans la pièce large et haute qui servait autrefois de petit salon à maman, il me montra la bibliothèque nouvellement installée :

— Si tu te mettais tout ça dans la caboche, c'est alors que tu serais fatigué l'Olive. Mais sois tranquille, je n'en demande pas tant. Il me suffit que tu apprennes à travailler avec méthode.

Il prit un atlas de géographie, un ouvrage d'histoire, un de chimie, et commença à m'expliquer des choses confuses, comparant les sciences entre elles, certifiant qu'elles s'éclairaient les unes par les autres, qu'on ne pouvait rien comprendre aux phénomènes si on ne les étudiait pas simultanément. C'était, quant à lui, son procédé et il s'en trouvait bien. Quant aux belles-lettres et aux arts, il dédaignait ces imbécillités, ces exercices pour cerveaux ramollis.

— Avant cent ans, l'Olive, avant cent ans il n'y aura plus un poète, plus un peintre, plus un musicien. Les hommes ne connaîtront la beauté que sous la forme de la vérité.

A tout je répondais : « Oui, oui » en clignant des yeux, par un excès de fausse attention. Ce n'était pas très difficile et cela satisfaisait mon nouveau professeur. Il m'interrogea sur la physique, sur l'arithmétique, sur les leçons de choses, décréta que je ne savais rien, que tout était à recommencer. La séance s'acheva par un petit speech sur les bienfaits de la médecine, ma future profession.

« Les vrais héros ce sont les savants, mon bonhomme. Dans les temps anciens, les héros tuaient leurs semblables. Aujourd'hui ils s'appliquent à les guérir. »

Je comprenais que ces propos faisaient allusion à mon père, dont les journaux annonçaient déjà les projets. Il eût été complètement inutile de contredire M. Fabère. Je me contentai de déclarer que telle était aussi l'opinion de M. Cointat.

« ... Et de tous les gens raisonnables », conclut-il de son ton péremptoire.

Cette vaine cérémonie se renouvela deux fois par semaine. Devais-je ou non en parler rue de Médicis? Ce scrupule me rendait perplexe.

Depuis que nous étions revenus de Sauvenières, je ne voyais mon père que rarement. Il achevait ses préparatifs. Grand'-mère Champdieu, inquiète et nerveuse, ne songeait guère à me harceler sur ce qui se passait rue Boissy-d'Anglas. Il n'était jamais question de Fabère. Cette discrétion même rendait mon remords plus cuisant. Je ne franchissais pas le seuil de la maison paternelle sans me reprocher mon silence.

Enfin je n'y tins plus et je mis grand'-mère Champdieu au courant.

— Ce monsieur se mêle de ce qui ne le regarde pas, mon chéri. Il n'a aucun droit sur ton intelligence et, d'après ce que tu me racontes, il ferait bien d'aller lui-même à l'école. Mais pas un mot de ces sottises-là à ton papa. Il n'a pas besoin de nouveaux soucis.

Je pris donc philosophiquement mon parti des enseignements contradictoires qu'on me donnait ici et là. Ma paresse se trouvait légitimée par le désaccord de mes professeurs. Mais en tout l'opinion paternelle était la seule chère à mon cœur, la seule agissante sur mon esprit. Plus M. Fabère croyait m'ingurgiter ses principes pseudo-philanthropiques et rationalistes, plus mon idéalisme réagissait, si bien que chacune de ses affirmations éveillait en moi sa contradictoire. Il n'est point de meilleure école d'hypocrisie.

Le bon gros ne s'occupait pas seulement de m'instruire. Mon éducation le préoccupait. Il me trouvait trop snob, trop efféminé, trop gâté, en quoi il n'avait point tort. Il supprima la visite du matin aux grands-parents avant mon départ pour la pension. Ce fut un véritable coup d'Etat. Grand'mère bouda pendant huit jours. M. Fabère en prit prétexte pour restreindre le nombre des repas en famille à deux par semaine : le lundi et le jeudi. Il traitait les Prévix comme ceux-ci avaient eux-mêmes traité les Champdieu dans les premiers temps du divorce. Maman ne fit aucune résistance. Nous dînions tous les trois dans le vestibule, converti en salle à manger.

Ce vestibule, jusqu'au mariage, n'avait pas de porte. Une simple barrière de fer forgé séparait l'appartement maternel de l'escalier commun. Ainsi grand'mère Prévix pouvait à toute heure entrer chez nous et nous surprendre. Soudain une porte fut construite, nous isola de l'autre étage.

Il fallut sonner. Pendant ce temps, l'installation du laboratoire avançait. M. Fabère impudemment stimulait le zèle des ouvriers. La voiture n'était plus qu'un souvenir.

Là ne se bornèrent pas les innovations du terrible réformateur. Je dus renoncer à voir Fusil gambader dans l'appartement. Mon chien fut exilé au dehors, dans une niche proche du laboratoire où il demeura attaché, son écuelle à côté de lui. Les premiers jours il aboya en désespéré, et je me bouchais les oreilles pour ne pas entendre ses hurlements. Puis il accepta sa captivité. Je puis même dire qu'il y prit goût. Quand Adolphe voulait l'emmener en promenade, il se couchait à terre, refusait de bouger. Il s'épaissit.

— Cette pauvre bête crèvera de gras fondu, maugréait grand'mère en passant.

Elle me lançait un coup d'œil de biais. Je crois bien qu'elle commençait à déplorer ma trop parfaite obéissance. Je dus renoncer à mon tailleur anglais, dont j'étais si fier, à mes fournisseurs chics, à mon chapeau haut de forme. La première fois où miss, sur l'ordre de M. Fabère, me traîna dans un magasin de confection, je pleurai en essayant un pantalon trop large, une jaquette « genre garçonnet » d'une coupe absolument ridicule.

— C'est pourtant ce que nous faisons de mieux, répétait l'employé pour me consoler.

Je lui aurais volontiers mangé la figure. Il fallut endosser cette défroque, apparaître sous ce triste déguisement à mes camarades. Grand'mère Prévix, les yeux pleins de larmes, secouait la tête en me regardant. Il lui était même défendu de me donner une belle cravate qui eût relevé cette horreur. J'obtins à grand'peine, sous prétexte de cors invincibles, la permission de conserver mon bottier.

Chose plus grave, maman fut soumise au même régime. Les modistes, lingères, tailleurs de la rue de la Paix disparurent peu à peu de l'antichambre. Il y eut bien quelques scènes à ce sujet, quelques velléités de rébellion. Mais elles ne durèrent pas, et je compris à des phrases aigres, interrompues par des entrées et sorties de domestiques, que le budget de la toilette était monstrueusement réduit.

— Vous êtes charmante ainsi, ma chère! disait ce bourreau de Fabère, quand ma pauvre maman apparaissait dans un de ces costumes qui ont le seul mérite de la sobriété.

De quels gémissements irrités la maison n'eût-elle pas retenti si papa se fût permis jadis de se mêler du chapitre toilette!

Les serviteurs n'en revenaient pas d'une si exemplaire résignation.

La plupart étaient des savants timides et gênés.

« Médème s'habille exact comme moa », murmurait miss en rangeant mes effets. D'ailleurs on parlait de la renvoyer : « un grand garçon de douze ans n'ayant plus besoin de bonne... » Cette exécution eut lieu le jour de l'achèvement du laboratoire. Elle prit ainsi une valeur symbolique.

M. Fabère voulut faire lui-même à quelques confrères les honneurs du nouveau local et l'on pendit la crémaillère. Les grands-parents avaient été invités, mais ils s'abstinrent. M. et Mme Vanne arrivèrent les premiers. Le docteur examina minutieusement les appareils, tous du dernier modèle, qui devaient servir aux expériences. Il grognait : « oui, oui », « bien, bien », « hum, hum », dans sa grande barbe noire et paraissait maussade.

Sa femme, en revanche, fut fort aimable, empressée à tout admirer. Elle prenait des notes, disait-elle, pour un nouveau roman où figureraient des chercheurs et des inventeurs. Maman et elle avaient de nombreux apartés : un à un les amis du bon gros firent leur apparition. La plupart étaient des savants, timides et gênés, engoncés dans de sévères redingotes et qui ne devaient pas souvent rire. Ils saluaient profondément ma mère, puis se groupaient autour de l'autoclave, du microscope, des machines électriques et échangeaient leurs impressions à voix basse, comme dans une chambre de malade.

Je fus très étonné de voir entrer Amédée Maluot et son père. La présence du sombre procureur me rappelait de pénibles souvenirs. Il semblait lié avec Fabère. Il l'entretint longuement. Cependant mon camarade mangeait des petits gâteaux et buvait du thé sans parler, répondait par monosyllabes aux questions qu'on lui posait sur notre intimité et sur l'école. Il m'avoua plus tard que sa mère lui avait fait la leçon.

J'attendais impatiemment Xavier Germard et Geneviève. Celle-ci m'intéressait surtout par son intrigue avec Paul Ovide. Ils vinrent sur le tard, le père piaffant et vociférant, déclarant que la science élèverait bientôt l'homme au rang des dieux, la fille, énigmatique et crispée, les yeux distraits. J'aurais voulu lui faire comprendre que je connaissais son secret et qu'elle n'avait pas à redouter mon indiscrétion, mais je n'osai point. Elle était devenue pour moi le prototype de l'amoureuse. D'ailleurs sa figure malingre n'avait pas changé et je cherchais vainement par quoi elle avait pu séduire le fils du relieur.

Quand, par le départ des indifférents, on fut réduit à l'intimité, Fabère, s'approchant de Xavier Germard, lui demanda :

— Et mon protégé, cher ami, comment se comporte-t-il? Rappelez-moi son nom... Je l'ai oublié.

Germard se mit à rire : « Le jeune Ovide? Mais fort bien, son contremaître est content de lui. Je pense qu'il sera un excellent sujet. »

— Ce sont de si braves gens! ajouta ma mère. Aglaé Ovide travaille comme quatre...

— Et son époux boit comme six. Ça ne fait rien. J'aime le peuple, moi, même quand il se pocharde. C'est le peuple qui nous relèvera, qui nous sortira du beau conventionnel, du beau « pompier ». C'est grâce à lui que nous fabriquerons des machines vivantes, des meubles qui parleront à l'esprit. Ainsi tenez en ce moment je construis un bahut sur ce motif : la mine aux mineurs; ça représente...

Xavier Germard s'éloigna avec de grands gestes, entraînant Fabère, tandis que Geneviève haussait les épaules.

— Ces idées ne sont pas les vôtres, chère petite? lui dit ma mère avec douceur.

Elle répliqua sur le même ton :

— Je ne crois pas beaucoup aux paroles, madame, en ces matières.

— Oh! oh! vous exigez des actes... mais lesquels?...

— Les plus simples, les plus décisifs...

Maman la regardait avec des yeux étonnés. Moi je comprenais ce qu'elle voulait dire par ces mots et je me demandais comment le père Germard accueillerait, un jour ou l'autre, l'annonce des fiançailles de sa fille avec cet excellent sujet de Paul Ovide.

En attendant, M. Fabère, sans m'interdire toute relation avec le jeune ébéniste, me fit comprendre qu'un peu d'écart ne messiérait pas : « Il n'est pas de ton monde, il aura toujours vis-à-vis de toi une situation subalterne. Dans ces conditions l'amitié est un leurre, une duperie réciproque... »

Je ne tenais guère à Paul Ovide. Je le fréquentais par habitude. Mais grand-père Prévix s'indigna qu'on voulût m'éloigner du fils de son vieux compagnon de lutte. Cet acte antidémocratique de son nouveau gendre fut par lui sévèrement jugé.

Il me restait Gaston Vergenet, de plus en plus hâbleur et indiscipliné. A deux reprises il avait failli être renvoyé de Louis-le-Grand. On ne l'avait gardé que sur les pressantes instances de « son paternel ». Il tirait vanité de ses mauvaises notes, de ses punitions, des claques qu'il recevait. Cet enfant sans mère ne souffrait pas de l'absence de douceur dans sa vie. Il ne pensait qu'au moment où il entrerait dans le journalisme : « Je te ferai de la réclame, tu sais. Chouette coup alors pour la fanfare! »

Il me tenait au courant des bruits qui circulaient sur notre compte, surtout des plus désagréables.

— Est-ce vrai, vieux, ce que l'on raconte, que ta mère a quitté ton père pour épouser le gros Fabère?

Je n'avais pas encore examiné ce côté-là de la question. L'ignoble supposition m'irrita. J'étais terriblement susceptible quand il s'agissait des miens. Je secouai le bavard par les épaules.

— Où as-tu ramassé cette infamie-là?...

Très ennuyé, cherchant à se dégager, Vergenet bafouillait, bredouillait :

— Tu me fais mal... Je ne me sou-

...ns pas... c'est des blagues qu'on dit ...mme ça sans malice...

— Et je te défends de les répéter, de ... mêler de nos affaires. Est-ce que je te ...rle de tes histoires de famille?

Cette allusion à l'inconduite notoire de ... mère le fit rougir et il se tut. Mais pen...nt trois jours je dormis mal, épouvanté ... la méchanceté des gens, souhaitant de ...'enfuir au désert. Puis cela passa. Il ne ...'en demeura qu'un peu de rancune contre ...ergenet.

Une autre fois le stupide garçon m'ap...it la véritable date du départ très pro...ain de la mission Champdieu. Il la te...it d'un employé au ministère des Colo...es à qui papa s'était adressé pour avoir ...s renseignements. Il savait aussi que ...expédition serait longue — quatre ans au ...oins — et très dangereuse.

A la suite de ces révélations, j'eus une ...ise de désespoir qui inquiéta grand'mère ...hampdieu. Elle me rassura, me dorlota, ...e câlina, me jura que mes craintes étaient ...justifiées, que les plus minutieuses pré...utions étaient prises pour éviter tout re...rd, tout accident.

Sur ces entrefaites mon père survint. ... vit mes paupières rouges, ma mine dé...ite. Il voulut connnaître le motif de mon ...notion. Une fois renseigné il s'attendrit, ...ignit ses efforts à ceux de sa mère.

— Ne t'inquiète pas, ma grosse bête, ... n'est pas la peine. Il s'agit d'une simple ...omenade géographique dans des contrées ...éjà explorées. Nous n'aurons même pas à ...ous servir de nos armes et, si j'emporte ...elques fusils, c'est bien par excès de ...le. L'important, c'est la pacotille... Oui, ...-bas, il n'y a pas de monnaie. On paie ...ec de fausses perles, du clinquant, des ...offes. De sorte que je passe ma vie, ...mme une vieille coquette, dans les ma...asins de nouveautés. Allons, Olivier, mon ...s, tu es un homme, sacrebleu! Sèche tes ...eux et promets-moi d'être sage et labo...eux tout le temps que durera mon absence. ... faudra toujours obéir à grand'mère. ...'ailleurs tu auras de mes nouvelles et je ... rapporterai un hippopotame empaillé.

Il essayait de plaisanter, mais ses re...ards demeuraient apitoyés et sérieux dans ... profondeur. Je n'étais rassuré qu'à ...emi.

Rue Boissy-d'Anglas le désaccord entre ... bon gros et ses beaux-parents était entré ...u bout de quelques mois dans une phase aiguë. Les deux repas hebdomadaires en commun étaient suspendus. On s'écrivait cérémonieusement d'étage à étage. Adolphe apportait une lettre de la part de « monsieur le sénateur » et emportait une réponse dix minutes après. Quand on se rencontrait dans l'escalier, on échangeait d'un air contraint quelques paroles brèves. J'étais la cause indirecte de cette mésentente. Fabère prétendait que grand'mère Prévix avait sur moi une influence déplorable, m'encourageait à la dissipation et à la fainéantise. En conséquence il confisquerait dorénavant tous les livres, tous les cadeaux qui viendraient « d'en bas », et il contrôlerait strictement la durée de mes séjours chez les grands-parents. Celle-ci ne devrait pas excéder une demi-heure en temps ordinaire.

Cette réglementation draconienne fut mise en vigueur aussitôt. Grand'mère Prévix m'accueillait avec de gros soupirs, des airs tragiques. Nos anciens jeux etaient abandonnés. Plus de romans d'aventures. Elle me parlait de mon école, de mes professeurs, de mes camarades ou me faisait réciter mes leçons, les yeux fixés sur la pendule. Quand Adolphe, geôlier impitoyable et stylé, venait réclamer M. Olivier, elle m'embrassait frénétiquement, puis courait

ADOLPHE APPORTAIT UNE LETTRE DE LA PART DE « MONSIEUR LE SÉNATEUR ».

s'enfermer dans sa chambre pour donner libre cours à sa fureur.

Ma mère et elle ne se fréquentaient presque plus.

Je dois rendre cette justice à Fabère qu'il s'efforçait d'égayer nos dîners à trois. Mais ses plaisanteries étaient lourdes. Ses récits m'intéressaient davantage. J'appris ainsi qu'il avait fait beaucoup de métiers pour mieux étudier les faces de l'existence, qu'il lui restait comme famille un frère, que celui-ci, à la suite d'un divorce, s'était retiré en Amérique, laissant en France une fille du nom de Thérèse.

Il ne voyait que rarement cette nièce, parce qu'elle vivait auprès de sa mère, femme médiocre et rancunière. Mais elle était fort jolie, avait des dispositions remarquables pour les langues vivantes, les sciences, l'enseignement. Il espérait qu'un jour ou l'autre elle s'écarterait de son milieu, trop inférieur à elle, et qu'il pourrait nous la faire connaître.

— Certainement, avec plaisir... répondait maman.

Elle avait abdiqué toute personnalité. Avant de donner un ordre, de prendre une décision quelconque, il lui fallait consulter Fabère. Elle avait renoncé au théâtre qu'elle adorait, aux soirées, aux bals, pour complaire à ce misanthrope qui préférait le coin de son feu. Elle quêtait l'approbation dans ses yeux froids. Il possédait une voix grasse, insistante, monotone, qui m'engourdissait vite. Sa devise favorite était : « Je ne m'emballe jamais. » Il ne fournissait pas prétexte aux scènes violentes, persuadé qu'elles ne servent à rien en famille, puisqu'il faut toujours se réconcilier. Gand'mère Prévix, les premiers temps, essaya de l'entraîner à un éclat puis, devant sa résistance inébranlable, elle renonça à cette tactique.

Dans ses minutes d'abandon très rares, il nous faisait part, en termes voilés, de ses espérances scientifiques. Des études patientes et approfondies l'avaient amené à cette conviction que certaines formes graves de cancer pouvaient être inoculées, puis enrayées par un sérum.

Il passait de longues heures enfermé dans son laboratoire dont l'entrée était interdite à tout le monde. Il en sortait les traits tirés, le front ridé, et, pour se distraire de ses soucis, s'occupait alors avec mauvaise humeur des plus petites choses du ménage.

Stimulé par ses réprimandes et désireux de lui prouver que je n'étais pas le canc[illegible] qu'il croyait, j'arrivai après bien des effo[illegible] à être troisième en version latine. M. Mén[illegible]trie me complimenta. Ce fut un véritab[illegible] triomphe. Comme je rentrais, tout fier [illegible] ma bonne place et désireux de la proc[illegible]mer, je trouvai maman et Fabère assis da[illegible] leur chambre en face l'un de l'autre. E[illegible] avait pleuré. Lui gardait son visage i[illegible]passible des grandes circonstances. [illegible] criai :

« Je suis troisième en version latine !

On m'embrassa du bout des lèvres, [illegible] oublia de me féliciter, et je restai [illegible] comme un témoin muet, feuilletant une [illegible]vraison illustrée. Tous deux étaient tr[illegible] absorbés pour s'inquiéter de moi.

— Ce loyer vous est dû. Il faut qu[illegible] soit réglé. Il est inadmissible que Gér[illegible] abandonne ainsi vos intérêts.

Après ces paroles, Fabère se tut. M[illegible]man se leva très nerveuse et je crus bi[illegible] que cette fois elle allait se mettre en colè[illegible] comme jadis. Puis, devant le flegme de s[illegible] mari, elle commença au contraire à impl[illegible]rer.

— Je ne puis pas réclamer, Elie. [illegible] serait affreux.

— C'est équitable.

— Peut-être, s'il s'agissait d'étranger[illegible] mais mon père, ma mère qui m'ont souten[illegible] dans mes épreuves, qui ont fait tant de s[illegible]crifices...

— Vous mêlez là des choses distincte[illegible] Vos parents ne sont pas pauvres. Ils mène[illegible] une vie luxueuse, trop luxueuse. Ils occ[illegible]pent ici un appartement de quinze mil[illegible] francs ; nous le leur laissons pour dix mill[illegible] Soit. Au moins qu'ils nous paient rég[illegible]lièrement. Nous ne sommes pas assez rich[illegible] pour leur faire un pareil cadeau.

— Jamais, jamais je ne me charger[illegible] de cette monstrueuse commission.

— Bien entendu. Cela regarde not[illegible] avoué. Dès ce soir il aura mes ordres.

— Ah ! que vous êtes dur !

— L'Olive, cria Fabère courroucé, [illegible] voir dans ta chambre si j'y suis. Qu'est-[illegible] donc que cette habitude de stagner ici [illegible] revenant de l'école ? Tu n'as pas de leço[illegible] à apprendre ce soir ?

Le contre-coup de ce dialogue ne tar[illegible] guère à se faire sentir en bas. Les grand[illegible]parents, malgré ma présence, s'abando[illegible]naient à leur indignation.

— C'est pis que tout ! déclarait gran[illegible]mère, un domino à la main, sans prêter [illegible] moindre attention à son jeu.

Grand-père interrompait sa lecture :

— Lui est une canaille, c'est évident... Mais c'est à elle que j'en veux le plus.

— Elle est faible.

— Elle a tort d'être faible.

Ici un signe d'intelligence entre eux, indiquant que mes jeunes oreilles devaient être ménagées; puis grand-père, acerbe et ironique, reprenait :

— Ce qui m'intrigue, c'est le rôle de Maluot.

— Oh! celui-là, tu sais ce que j'ai toujours pensé de lui.

— Et Angélique?

(Il s'agissait de Mme Vanne.)

— La fourberie même. Elle nous fait bon visage, mais en arrière... Allons, joue, Olivier, c'est à toi...

Ils passaient ainsi en revue leurs amis et connaissances, épluchant, soupçonnant les dispositions et les préférences de chacun. La déception rapide que leur avait fait éprouver leur nouveau gendre tournait à l'avantage de l'ancien. Il m'était doux de le constater. Chaque allusion à un passé déjà lointain était accompagnée d'un gros soupir qui signifiait : « Ah! si nous avions su prévoir!... » De mon côté, je pensais : « Si, dans la nouvelle lutte qui s'engage, M. Fabère pouvait être vaincu... » Je n'osais pas aller jusqu'au bout de mon rêve, mais ce brusque changement de perspective autorisait toutes les espérances.

Celles-ci s'évanouirent quand grand'mère Champdieu m'annonça le départ immédiat de mon père, que m'avaient déjà fait pressentir les bagages entassés dans le vestibule.

— C'est demain matin, mon pauvre petit, demain matin à la gare de Lyon, à neuf heures. Ne sois pas en retard, je t'en prie.

Il y avait, dans sa voix brisée, de l'apitoiement et de la détresse. La nuit tombait. La bonne tardait à apporter la lampe. Je tenais une main vieille et frémissante qui me communiquait ses secousses. Tout prenait un air de séparation et de plainte. La fileuse de bronze sur la pendule me devenait redoutable et sacrée, puisqu'elle allait tisser la trame de l'absence. Il m'apparut que, faibles tous deux grand'mère et moi, nous nous appuierions l'un sur l'autre, que nous nous consolerions mutuellement, que nous étions plus que jamais solidaires.

En même temps le portrait de Dominique accroché au mur me souriait comme un heureux présage.

Je sentais tout cela, je n'en exprimais rien. Ces émotions profondes et contenues font mûrir l'homme dans l'enfant songeur.

Le soir dans mon lit, après une fervente prière, je pleurai au souvenir des malles de l'antichambre. Une d'elles nous avait jadis accompagnés dans le Midi... Pendant le dîner j'avais observé ma mère. Elle connaissait la nouvelle, n'en semblait point affectée. Elle et Fabère s'étaient entretenus de questions indifférentes, d'un bibelot qui leur avait plu chez un antiquaire, d'une comédie qu'ils comptaient voir ensemble. N'était-ce pas une chose contre nature que mon angoisse ne fût point partagée par celle que j'aimais le mieux au monde avec celui qui allait s'expatrier... durant de longues années peut-être?

Je m'étais retenu pour ne pas crier :

« Mais maman, papa s'en va!... Le reste n'a pas d'importance... Il a été ton mari. Tu l'as aimé. Et je suis votre fils, là, à cette table entre toi qui ris et ce monsieur que je ne connais pas et qui se permet de me tutoyer. »

Il n'y a pas de plus grand malaise que d'avoir à juger ses parents. On avait l'habitude de les considérer comme irréprochables, dispensateurs de toute justice, de toute vérité, de tout bienfait. Ils étaient tels que des demi-dieux dans notre confiance, dans notre recours. Brusquement le voile tombe. Ils se montrent à nous pareils aux autres, avec des qualités et des défauts. Grave minute, que l'on n'oublie pas.

La gare de Lyon était pleine de monde quand j'y arrivai, suivi d'Adolphe fort intéressé par la mission Champdieu :

— J'ai été soldat, monsieur Olivier, et j'ai fait mon temps à Alger. Là on entend causer les chefs. C'est rudement difficile ce que va essayer votre papa. C'est égal, il réussira.

Je l'aurais embrassé pour cette parole. Mon cœur se gonflait d'orgueil. Je m'imaginais que toute cette foule venait souhaiter bon voyage à mon père. En réalité il n'en était pas ainsi. La coïncidence de plusieurs départs de trains occasionnait seule cette affluence. Tous les regards n'en étaient pas moins tournés vers un petit groupe, au centre duquel il parlait très haut, sans émotion apparente, lui le vaillant, lui que j'admirais.

— Ah! te voilà, s'écria grand'mère, qui avait les yeux humides et brillants.

Elle écarta les curieux et j'entendis : « Son fils, c'est son fils », des chuchotements attendris et sympathiques. Papa était en costume de voyage, environné de ses compagnons, qui tous me serrèrent la main. Il me frappa par sa belle prestance, son regard noir, intrépide et tranquille, son ton de commandement, vif et assuré, l'atmosphère de danger et de respect qui planait déjà au-dessus de sa tête.

Il ne me dit que quelques mots : « Olivier, tu as l'âge de comprendre. Je te confie ta grand'mère. Protège-la... Et travaille bien. Au revoir, mon fils chéri. J'ai ton portrait, là, sur ma poitrine. Je te parlerai souvent de loin et tu m'entendras... Au revoir petit, à bientôt. »

Sa voix tremblait un peu vers la fin et, quand il me serra dans ses bras robustes, j'eus bonne envie d'éclater en sanglots. La fierté me retint. L'émotion des assistants, le sifflement des trains, le premier frisson de la gloire sous sa forme patriotique et tangible, tout cela me bouleversait. Cette minute, qui m'arrachait mon père, me donnait entièrement à lui.

Grand'mère Champdieu me raccompagna en voiture jusqu'à la place de la Concorde. Elle pleurait à découvert, lentement, abondamment. Elle paraissait très vieille à mes yeux enfantins. Je ne pouvais détacher mes regards du coin désabusé de sa bouche qui me rappelait celle de mon père, agitée du même tressaillement..

De grandes rafales d'une pluie tiède s'abattaient sur les vitres. Je me sentais isolé désormais, privé de mon appui moral dans une ville grise, une maison triste, au milieu de larmes de toutes sortes qui coulaient pour des causes diverses.

V

Le bateau était en vue de Douvres. On distinguait, sous le ciel gris, la côte crayeuse, les grands travaux du port.

Je ne m'occupais pas de mes bagages. Ce soin regardait Adolphe. Je repassais, dans ma mémoire mélancolique, les événements qui s'étaient déroulés depuis un an, depuis le départ de mon père.

Que d'heures maussades ou amères entre les grands-parents Prévix, de plus en plus irrités contre leur gendre, maman de plus en plus docile, Fabère de plus en plus exigeant et rogue! Après la question du loyer ç'avait été l'héritage de la tante Louis qui était devenu, dans les mains de l'intrus, un thème à réclamations.

Ces débats d'argent assombrissaient la vie quotidenne, la rendaient âpre et pleine d'embûches. Je ne trouvais plus aucun agrément à des querelles qui me montraient précocement, des deux côtés, la laideur des instincts en jeu, le dessous sordide de la vie.

D'autre part grand'mère Champdieu, séparée de son fils, avait eu une crise de chagrin et de religion qui la rendait silencieuse et presque indifférente. Elle ne pensait qu'au voyageur dont elle recevait irrégulièrement des nouvelles. Entre elle et moi je sentais comme une brume. Nous restions des heures côte à côte sans nous parler, elle réfléchissant, moi parcourant un livre d'exploration avec l'espoir d'y trouver des détails sur l'Afrique et ses habitants.

Je travaillais de plus en plus mal. Mes notes, mes places étaient détestables. Si bien qu'un jour M. Fabère annonçait à ma mère sa résolution de m'expédier pendant un an en Angleterre : « Il apprendra à fond une langue étrangère. Cela lui servira plus tard. Et puis, dépaysé, il réfléchira. Il admettra mieux la nécessité du labeur. »

J'avais pleuré. Grand'mère Prévix et grand'mère Champdieu avaient pleuré avec la même colère et les mêmes menaces contre « ce gros plein de soupe qui se permettait d'exiler l'enfant d'autrui ». Grand-père s'était indigné, avait multiplié en vain les lettres, les démarches et les objurgations. Les hommes de loi consultés, Maluot en tête, avaient déclaré qu'en l'absence du père, la mère était seule responsable de son fils et gardienne de ses intérêts. Maman, hélas! sans résistance, s'inclinait devant l'avis de son mari.

Un mois plus tard les arrangements étaient faits avec un M. Slangman, ancien condisciple de Fabère, lequel tenait dans l'ouest de Londres, à Hampstead, un pensionnat de jeunes gens. Je devais m'embarquer aussitôt en compagnie d'Adolphe, après les adieux déchirants de mes deux grand'mères, le baiser contraint de ma mère qui, sous l'œil dur de son tyran, n'osait pas montrer toute sa peine.

Mon état d'esprit n'était pas mauvais. Il ne me déplaisait point d'échapper à l'école Fourier, où tout me devenait antipathique, à la tutelle de Fabère, à une atmosphère de discorde,

Avant de quitter la France, j'avais écrit Dominique une longue lettre où je lui deandais d'établir avec moi une corresponance régulière. Elle me donnerait des nouelles du soleil. Je la renseignerais sur brouillard. Je ne pensais pas sans fierté u'elle considérerait comme un homme celui ui allait vivre courageusement parmi les rangers. Robinson, dans quelques minutes, ne devait-il pas aborder à une île d'autant plus déserte qu'elle était peuplée d'indifférents?

LE COCHER DU « HANSOM » A LONDRES.

Je m'imaginais parler couramment la ngue de Dickens. A peine à terre, il fallut chanter. Je me trouvai dans l'impossilité absolue de me faire entendre des emoyés : « Quoi donc qu'elle vous appreit, miss, alors, monsieur Olivier? » mururait Adolphe aussi penaud que moi. Des mbeaux d'allemand, saisis tant bien que al pendant la classe tapageuse de . Wurm, se mêlaient à mon rudiment anglais pour former un charabia inmpréhensible. Les insulaires interrogés aient, puis s'évadaient avec des gestes vaes. A Londres, le cocher du « hansom » fit répéter une dizaine de fois l'adresse ant de se décider à démarrer. Mal conincu, il levait encore de temps en temps petite trappe par laquelle on commuque avec les voyageurs, pour jouir de ma ononciation insolite.

Le ciel d'avril était beau et clair auessus des rues affairées, des maisons basses noires, toutes semblables les unes aux tres, parfois précédées d'un petit jardin, parcs immenses et bien tenus. J'admirais cette foule silencieuse, ces omnibus innombrables, cet encombrement, ce trafic, et je jouissais du dépaysement. Adolphe tendait et penchait la tête à droite et à gauche avec des : « Eh ben vrai, eh ben là là! » qui ne me laissaient aucun doute sur la sincérité de son étonnement.

L'arrivée à la maison Slangman ne diminua en rien mes bonnes dispositions. C'était une demeure coquette, spacieuse et confortablement installée dans la jeune verdure d'une banlieue qui rappelait déjà la campagne.

Le maître était un homme grisonnant, aux yeux bleus, à la voix onctueuse, aux manières polies. Il m'accueillit avec bienveillance, me désigna ma chambre vaste et propre au premier étage, me remit un tableau des heures d'étude, de repas, et de récréation. Puis Adolphe partit et je restai seul entre ma malle et mes valises.

Mon premier soin fut d'atteindre les portraits de mes deux grands'-mères. Je les installai sur la cheminée, non sans les comparer à loisir.

Ensuite je tirai de mon cou le médaillon d'argent qui renfermait la petite photographie de mon père; j'y avais joint une miniature de même format qu'on avait faite récemment de maman. Je considérai longuement l'une et l'autre. A distance n'allais-je pas m'illusionner, me figurer qu'ils étaient unis. Mais au contraire, dégagée des broussailles qui la masquaient, ma situation de fils de divorcés me parut là sur une terre étrangère, plus déplorable, plus navrante que jamais. Je retrouvai cette sensibilité enfantine qui me faisait me boucher les oreilles quand mes parents se disputaient dans la pièce à côté.

J'osai pleurer sur mon malheur. Soulagé par mes larmes, je m'adressai éperdument à Dominique. Je lui parlai avec confiance. Je la pris à témoin de ma méchante destinée. Je la suppliai d'intervenir comme une fée de la joie et de la lumière pour qui les lieues et les lieues ne comptaient pas.

Mes impressions du début à « Slangman house » sont aujourd'hui presque effacées. Quand la cloche au son fêlé et une petite pendule de voyage, donnée par grand'mère Prévix, m'avertirent qu'il était temps, je descendis dans la salle à manger, longue pièce basse donnant sur le jardin. Là je fis connaissance avec mistress

Slangman, personne plate et sans âge à la physionomie neutre, qui portait un lorgnon et gardait les bras croisés quand elle vous parlait. On me présenta à mes nouveaux camarades, quatre Anglais, deux Irlandais, deux Allemands, qui me serrèrent vigoureusement la main.

J'ai vécu huit mois et demi avec ces braves garçons, partageant leurs repas, leurs distractions, leurs études. Ils me sont demeurés aussi indistincts, aussi fermés qu'au premier jour. C'est à peine si je me rappelle leurs noms et leurs silhouettes. Quand je clos les paupières et que j'essaye de les revoir, ils défilent devant moi en pantalons de flanelle, chacun sa raquette de tennis à la main, avec leurs énormes souliers de caoutchouc, leurs gestes brusques, leurs physionomies allongées par le rire ou tendues par l'effort studieux.

Nous nous efforcions d'être cordiaux, de nous faire des politesses avec nos nations réciproques, de nous communiquer nos impressions. J'avais cloué au mur de ma chambre une carte d'Afrique, afin de suivre le voyage de mon père, d'en marquer les étapes. Chaque fois que Smith, Alderney ou Gasthof venait fumer chez moi une cigarette à odeur de miel et à goût de réglisse, il contemplait attentivement, sympathiquement, cette carte ; il m'interrogeait sur l'absent, ses projets, son passé ; il me rassurait, me donnait de grandes tapes sur l'épaule en signe d'affection. Puis nous prenions une tasse de thé. Puis, au bout de quelques minutes, nous ne trouvions plus rien à nous dire, et c'était une impression singulière que celle de l'espace entre nous, de la distance plus grande encore que les sables et les marais africains.

Deux fois par semaine, le jeudi et le samedi, nous allions visiter la ville et les musées. M. Slangman nous accompagnait. Il nous fournissait en anglais des explications que je comprenais à moitié. Je passais, zélé et distrait, devant les monuments, les squares, les magasins, les statues, les peintures, les bas-reliefs, pensant aux rues de Paris, à mes parents, à Dominique, à Sauvenières, si bien que le réel devenait le rêve, et que les grimaces des mariés de Hogarth, les chevaux des frises du Parthénon, les têtes d'amiraux dans la tempête glissaient comme des fumées devant mes yeux, plus ouverts au dedans qu'au dehors.

Je me ressaisissais au bord de la Tamise, où sifflent tant de grands bateaux noirs, quand le pont gigantesque s'ouvrait ; quand, sous le ciel tourmenté du printemp de Londres, des déchargeurs s'activaien pareils à des fourmis, le long du fleuv aux eaux huileuses. Il me paraissait amu sant alors d'être loin de chez moi, de m habitudes, et je n'avais plus pour Fabèr qu'un mépris très atténué et presque thé rique.

D'ailleurs il m'écrivait, l'imbécile. I s'imaginait sans doute que je l'aimais e que je me laissais prendre à ses phrases, ses conseils, à ses sermons. La plupart d temps je n'achevais même pas ses lettre et je les déchirais aussitôt. Par contr quand, sur une enveloppe, je reconnaissai la longue écriture de maman ou celle d grand'mère Champdieu, ce m'était une joi infinie.

Ni l'une ni l'autre cependant n'avait c style simplement ému où l'on entend la voi de celle qui parle et qui est un peu comm une présence. Grand'mère Champdieu ga dait une certaine raideur, aussi bien dan la forme de son écriture nette, droite e prompte, que dans sa sollicitude envers moi Il a toujours subsisté, autour de sa te dresse extrême à mon égard, comme un atmosphère de reproche. Celle-ci tenait a divorce et à la supposition qu'un jour j

IL CONTEMPLAIT ATTENTIVEMENT CETTE CARTE

pourrais pencher du côté Prévix. C'étai une nuance indéfinissable, mais que m susceptibilité percevait.

Maman avait le cœur et l'esprit occu pés uniquement de Fabère et elle ne don nait à son fils que le trop-plein de sa mé lancolie amoureuse. Peut-être s'y joignait de temps à autre quelque remords et le a de me sentir exilé. Alors la lettre ccompagnait d'une surprise, d'un envoi fruits ou de bonbons. Ces fausses gâte-s ne m'ont jamais fait plaisir. Elles

UN COUP DISCRET A LA PORTE...

aient l'air de compléter une affection peu e d'elle-même et qui faisait l'appoint ec des cadeaux.

Grand'mère Prévix a toujours aimé la ularité. J'avais d'elle, le lundi et le di, quatre pages de récits à ma taille, de ails sur grand-père, les Vanne, Paul Ovide, Gaston Vergenet, les Germard, M. Ménotrie, M. Cointat, mon chien Fusil, Adolphe même, sur tous les êtres auxquels elle supposait que je devais m'intéresser. Or ils m'apparaissaient en réalité ainsi que ces minuscules figures aperçues confusément au bout de routes poudreuses et ensoleillées quand, après une extrême fatigue, on va plonger dans le sommeil. Je m'étonnais du peu de place qu'ils tenaient dans mon souvenir et de leurs contours incertains.

Mon grand soutien, mon meilleur viatique, c'était la lettre que, deux fois par mois, je recevais de ma petite amie d'Avignon. En général je la pressentais et le tintement de la sonnette annonçant le passage du facteur avait un timbre particulier. Une minute après, le pas de la maid dans l'escalier, un coup discret à la porte, un paquet posé sur ma table... je savais qu'*elle* était là avec ces numéros du *Journal de la Jeunesse* et du *Tour du monde* auxquels m'avait abonné grand'mère Prévix. Je n'osais pas regarder d'abord. Je ne me décidais que peu à peu à jeter un coup d'œil de biais... C'était elle... Je ne pouvais me tromper à la mignonne enveloppe rayée. J'avais encore la patience d'attendre quelques secondes, afin de faire durer le plaisir; puis je me levais, j'allais tirer le verrou et je prenais religieusement entre mes mains la messagère du pays lumineux.

Dominique, elle, je l'entendais à travers ses récits enfantins. Elle me parlait des changements et embellissements de la Jasonne, de son père, de l'abbé, du cousin Anselme, de Sartan, du petit cours où elle se rendait maintenant chaque matin, rue d'Ananelle en Avignon, après une demi-heure de trajet dans la carriole par la garrigue de Saint-Bruno et le long des remparts. Elle me racontait les vers à soie, la cueillette, les récoltes, les travaux des champs, simples et grandioses, qui donnent aux saisons leur sens, leur couleur distincte et leur rythme. Je lisais avec avidité et ferveur, mais ce qui m'exaltait surtout c'était de retrouver la voix tendre et railleuse, les yeux noirs, l'odeur des cheveux et ce qu'une intonation sincère livre de la personnalité. Elle n'observait ni règle ni ponctuation. Elle était telle sur le papier que dans les jeux de Sauvenières, indépendante et adorable.

Je suspendais un instant ma lecture. Le dur été, mat et plat, de Londres m'envoyait ses flèches par une de ces fenêtres à guillotine que l'on ne peut jamais entrebâiller. Au loin un orgue jouait un air de minstrels où la gaîté grince sous un masque de suie. Les arbres étaient d'un vert irritant comme la pelouse, comme la barrière qui nous séparait du voisin. J'enviais Dominique de vivre là-bas, loin de ces sauvages, dans l'air léger et fin de la Provence, parmi ces paysans subtils qui chantent, le soir, de si beaux airs avec des gestes héroïques.

Au sortir de cette hallucination, les repas mornes en compagnie du ménage Slangman et de mes condisciples me faisaient l'effet de douches glacées. A neuf heures, à une heure, à cinq heures, à huit heures et demie, nous nous asseyions devant des tostes, des tasses de thé ou de café, de grands poissons plats et grillés, des tranches de viande et de jambon aux œufs, des flacons de pickles à la moutarde, des pots de confiture ou de raisiné. Sans proférer un son, si ce n'est pour réclamer un plat ou un couvert, ces gens impassibles se servaient, découpaient, avalaient, déglutissaient, buvaient avec des mouvements automatiques de la fourchette, du couteau, de la cuiller, des mines rogues, une silencieuse application. Ce rite me coupait l'appétit.

J'évoquais alors nostalgiquement les déjeuners et les dîners de Sauvenières, les éclats de rire, la familiarité d'Audiberte et de son frère, les melons, les tomates, les salades pimentées et poivrées, les olives dans leur eau salée et le sans-façon de Marc-Antoine Alevin, le laisser-aller du bon curé, les refrains en patois au dessert, les passionnantes histoires de peur ou de voyage.

C'est ainsi qu'un dimanche du mois d'août, tiède et lourd, je m'aperçus que je m'ennuyais. Le dimanche est condamné à Londres. On jette sur lui une housse de respect qui en fait un jour uniforme et grisâtre. Les services publics s'interrompent. Les voitures ne roulent plus. Les métiers s'arrêtent et l'on honore Dieu par le *spleen*.

Le matin j'étais allé entendre la messe dans une chapelle catholique du voisinage. Elle était aussi nue qu'un temple et ne parlait pas du tout à l'âme. Depuis que j'étais exilé, je commençais à comprendre bien des choses qui m'avaient échappé jusqu'alors. Je discernais que la religion est adhérente à la patrie, et l'audition du sermon en anglais m'avait procuré une angoisse insupportable que je n'arrivais pas à définir.

Nous étions revenus, Alderney et m par le Heath, qui est un grand parc ac denté avec des pelouses en contre-bas et d collines. En France on ne laisse guère s tir seuls les tout jeunes gens et, malgré railleries de Fabère, ma mère avait so généralement de me faire accompagner. toute liberté nous était laissée par M. Mme Slangman. J'avais passé de cette co trainte à cette indépendance sans stupe sans émoi et sans plaisir.

Alderney se taisait, selon son habitu Il était censé apprendre le français, m il ne savait dire, après huit mois d'étud que « bonsoar » et « quelle hère avez-vous En quatre mois de séjour je m'étais ha tué à deviner le sens général d'une phra parlée, mais je ne saisissais pas encore finesses.

Tout à coup, au tournant d'une all je sentis un poids sur ma poitrine, et da mon cœur une sorte de regret. Si profon et âpre était cette étreinte que j'eusse ple si j'avais été seul. La lande, la verdu l'horizon, tout avait pris une saveur d'ex Alors je me mis à espérer follement u lettre de Dominique. C'était absurd puisque la dernière m'était parven l'avant-veille.

Comme nous rentrions à la pensio M. Slangman s'approcha de moi. Il m'adressait guère la parole en dehors d heures de travail. Quand il avait quelq loisir il s'occupait de spiritisme, s'enf mait dans son appartement particulier po faire tourner des guéridons et des tabl Cela contribuait à me rendre respectue et timide en face de lui. Pour tout le tra train de la vie nous avions affaire à m dame, qui était rêche et peu obligeante.

Cette fois il daigna me sourire et tendit un numéro du *Times*, en m'in quant du doigt le passage. C'était un ticle sur mon père.

On donnait des nouvelles de la miss Champdieu, qui venait de s'enfoncer da la partie la plus inconnue et la plus sa vage de l'Afrique. Avant dix-huit m peut-être davantage, affirmait le correspo dant, on n'aurait pas de communicatio avec ces rudes pionniers. Les derniers té grammes reçus les représentaient en bon santé et parfaitement sûrs de leur iti raire.

Suivaient diverses considérations l'opportunité de l'expédition et les confl d'intérêts possibles à ce sujet entre France et l'Angleterre.

Quand j'eus achevé cette lecture, je me trouvai plus triste qu'auparavant. Elle m'avait rendu présente et émouvante cette angoisse sourde de l'éloignement que l'égoïsme de l'enfance atténue. Il y avait seize mois que mon père était parti et il entrait seulement dans la zone périlleuse. Quand donc pouvais-je espérer le revoir?

Au déjeuner on but une coupe de champagne à la santé du major Champdieu. L'Angleterre sait honorer les braves. Le joyeux vin me parut amer.

Mon émotion fut grande deux jours après, lorsque dans une lettre de grand'-mère je reçus un court billet de mon père qui nous embrassait tous les deux avant de pénétrer dans la forêt. Il s'efforçait de nous rassurer quant aux périls de cette traversée et nous prévenait que de longtemps on n'entendrait pas parler de lui. Naturellement il me croyait à Paris. Son post-scriptum contenait cette phrase : « Mon Olivier sois raisonnable et tiens compagnie à grand'-mère. »

La tristesse est une pente physique sur laquelle l'esprit roule rapidement. J'eus d'abord des heures de choix, dans la journée, pour ma délectation morose. Je m'installais auprès de ma fenêtre, ou je m'asseyais dans le jardin avec un livre et je repassais dans ma mémoire tous les mauvais moments de mon existence, depuis la mort de la tante Louis jusqu'au mariage de maman avec Fabère. Ensuite ces accès se rejoignirent, s'estompèrent et la vie m'apparut ainsi qu'une trame indéfiniment grisâtre. J'accomplissais sans joie ni peine ma besogne d'exil, me persuadant que personne ne s'intéressait à moi, que j'étais seul au monde, que Dominique elle-même ne m'écrivait que par pitié.

M. Slangman et sa femme avaient l'habitude de ces états d'âme fréquents chez les transplantés. Ils commencèrent par me morigéner, puis ils essayèrent de l'exercice forcé et de la distraction. Smith était bon canotier. Il m'emmena avec lui sur la Tamise. Je ne ramais pas. Je n'écopais pas. J'écoutais le susurrement de l'eau contre les parois de la barque, je regardais le paysage qui changeait avec rapidité, comme quand on tourne les pages d'un album.

Nous revenions au coucher du soleil, fendant une véritable laque d'or où se déplaçaient des reflets d'arbres et de maisons ; j'avais envie de sangloter et de chanter ; je me disais qu'il serait beau de mourir noyé en une heure semblable, pleuré et regretté sur les rives par une foule d'amis inconnus.

Mon compagnon ne parlait pas. A peine s'il sifflait un petit air négligemment, de temps à autre, courbé sur les avirons. Ses muscles saillaient sous un tricot de laine. Quand un poisson sautait hors de l'eau, il le montrait du doigt et riait.

Alderney était bon marcheur. Il avait

Il m'emmena avec lui sur la Tamise.

sa petite pipe à la bouche, dans sa poche un podomètre, et son orgueil était, après avoir parcouru des milles du même pas lourd et régulier, de les compter le soir, de les additionner, d'envoyer le total à ses parents, braves fermiers du Devonshire. Je n'ai jamais pu déterminer à quoi il pensait au cours de cet exercice, ni même s'il pensait à quelque chose. Il ne répondait que par un sourd grognement.

Nous franchissions, par la forte chaleur, des plaines, des champs et des clôtures qui se succédaient uniformément ainsi que les cases d'un damier : ou bien nous longions la grande banlieue de Londres, mêlée de parcs, de pâturages et d'usines, avec ses routes noires de charbon, ses rivières dont l'eau est devenue chaude à force d'activer des turbines, sa population d'été misérable qui couche en plein air et rôde sans but.

Rien de plus triste que ces mendiants à chapeau melon, ces ivrognesses habillées de lambeaux de soie, ces galopins à moitié nus et portant de vieilles bouteilles vides. Nous ne nous arrêtions que pour assister à une bataille de coups de poings, à une querelle coupée de vomissements. Puis nous reprenions notre route.

Gasthof, quoique Berlinois d'origine, avait la passion du tennis. Chargé de m'initier à ce jeu, il s'acquittait scrupuleusement de sa mission, m'apprenait à lancer, à recevoir, à couper. Il avait les bras tellement longs et son adresse était si grande qu'il ne bougeait presque pas de place, couvrant son terrain en deux enjambées, me renvoyant des balles qui rasaient le filet avec une régularité implacable.

J'ai gardé de cette époque l'horreur de tous les sports. Ils eurent néanmoins cet effet salutaire de me rendre l'étude agréable par le contraste. Sans m'en douter je devins appliqué, régulier, je pris goût aux tâches qui n'exigent aucun mouvement musculaire, je fis des progrès rapides en latin, en grec, en mathématiques. M. Slangman, étonné lui-même de cette cure de la paresse par la mélancolie, ne me ménageait pas les compliments.

L'automne arriva. Sans transition, d'une semaine à l'autre, toutes les feuilles des arbres rougirent. Un vent frais s'élevait au crépuscule. Le matin une petite brume argentée à goût de menthe rôdait sur les pelouses du Heath.

Un soir que je rentrais de promenade, Mme Slangman me dit avec un pâle sourire :

— Passez au salon, votre grand'mère est là.

Je m'écriai : « Laquelle ? » Et je souhaitais intérieurement que ce fût grand'mère Champdieu.

C'était grand'mère Prévix ; elle était venue en cachette, trompant la surveillance de Fabère. Maman l'avait chargée de bien m'embrasser. Grand-père ne l'avait pas accompagnée, retenu à Paris par des affaires très importantes. Elle devait rester huit jours auprès de moi.

Elle me donnait ces renseignements avec des rires et des baisers, tirant déjà de son nécessaire perfectionné mille menus objets à mon intention :

— Ceci, c'est petite mère qui te l'envoie. Un stylographe. Tu peux écrire une heure sans reprendre de l'encre. C'est de chez Clitchard, rue de la Paix... Ça, c'est le cadeau de grand-père : une gourde avec le gobelet en argent... dernier modèle. Enfin, moi, je t'apporte un couvert : l'assiette, le couteau, la fourchette, le tout à ton nom : Olivier.

Je pensais : « Mon nom est Olivier Champdieu. » Il m'était agréable de ne rien recevoir de Fabère. Je demandai des nouvelles de tout le monde, sauf des siennes, et grand'mère ne me fit pas remarquer cet oubli. A son air, à son ton, à certaines phrases, je compris que la lutte continuait. Mais les dispositions de maman étaient changées puisqu'elle autorisait grand'mère à faire le voyage malgré la défense du bon gros.

Cette semaine passa comme un rêve. Grand'mère avait obtenu des Slangman un logement dans la maison même. Elle me laissa entendre qu'elle avait acheté la discrétion de mon maître, beaucoup moins dévoué à Fabère que celui-ci ne le croyait. Dès le second jour elle faisait présent à mistress Slangman d'un tablier, d'un sautoir, d'un lorgnon en écaille. Chacun de mes camarades recevait un petit souvenir, la maid elle-même n'était pas oubliée ; de sorte que la prodigalité des Prévix-Armaud fut bientôt célèbre dans Hampstead.

Du matin au soir j'eus congé. Cette ville de Londres, que je parcourais depuis six mois sans plaisir, je mis mon orgueil à la montrer. Je découvris ses beautés en les vantant, en les révélant à autrui. Les merveilles du British, les chefs-d'œuvre de la National Gallery prirent toute leur valeur à mes yeux, du jour où je pus les faire admirer.

— Regarde, grand'mère, ça c'est un Turner... et ça un Reynolds, et à côté voilà les Hogarth... tu sais bien, l'auteur des *Mariages à la mode.*

Mon érudition amusait la vieille dame. Elle s'ébahissait de ma transformation. Elle avait quitté un enfant. Elle retrouvait un petit homme.

Nous déjeunions à Slangman house,

mais nous dînions généralement au restaurant. Grand'mère profita de son séjour pour me commander un petit smoking. Il ne fut prêt d'ailleurs, que la veille de son départ. Pour l'accompagner au cirque et au théâtre, je dus me contenter de mon veston noir, que relevait une cravate d'un rouge distingué.

Oh! le vaniteux plaisir que de choisir une table fleurie à l'écart dans l'immense restaurant de l'hôtel! Déjà les domestiques s'empress... Je discute le dîner d'après la carte. Je prononce les noms des plats tout de travers, mais le maître d'hôtel ne sourit pas. Il rectifie mon accent avec une inépuisable obligeance : « Connais-tu ça, grand'mère, le worcester? C'est un vinaigre beaucoup plus fort que le nôtre et très sain. »

C'est moi qui règle l'addition. J'ai de l'argent dans mon gousset. Je tire les livres sterling négligemment, comme je l'ai vu faire à mon voisin, qui est un lord des plus connus. Nous voici dans le vestibule. Le chasseur siffle. Une voiture s'avance. En route pour le spectacle.

Nous occupions une loge, naturellement. Je ne comprenais pas un mot du dialogue, mais cela ne m'empêchait pas d'expliquer le sujet à ma compagne, d'après quelques bribes d'anglais saisies à la volée, les décors et les gestes des acteurs. Notre propension naturelle était de trouver tout mieux qu'à Paris. Nous nous ébahissions de concert devant les changements à vue et la brièveté des entr'actes.

La pièce finie, nous remontions en voiture et revenions à Hampstead par des rues désertes, silencieuses, où brûlaient, pour les travaux de voirie, de longues flammes de gaz à l'air libre.

Quand grand'mère m'eut quitté, après cette période de fêtes et de luxe, je retombai plus lourdement dans mes idées noires. Ma tête était vide comme au lendemain d'un bal. Je ne pouvais m'appliquer à rien. C'est alors que M. Slangman s'avisa de me distraire à sa façon.

Un soir après le dîner il m'emmena dans sa bibliothèque, me fit asseoir en face de lui, et me tint en français le discours suivant :

— Olivier, vous avez beaucoup d'intelligence, beaucoup de cœur et beaucoup de nervosité. Je crois que vous pouvez faire un excellent médium. Juste hier soir, j'ai eu ici la visite d'un cher mort, de votre grand-père Champdieu. Il m'a parlé dans ce guéridon que vous voyez là. Allons-nous lui répondre ensemble?

J'étais fort effrayé, mais je voulais faire bonne contenance. Depuis les récits de Célestine je ne m'étais plus guère occupé des fantômes. Je répliquai délibérément :

— Oui, monsieur.

On frappa à la porte. Je tressaillis. C'était mistress Slangman. Elle paraissait mécontente et je compris qu'elle reprochait à son mari de m'initier à ces mystères. Quand il l'eut calmée, persuadée, elle prit place avec nous autour du redoutable guéridon. Celui-ci bientôt au contact de nos mains se mit à vibrer.

NOUS DINIONS AU RESTAURANT.

— Quel était le prénom de votre grand-père?

— Je ne sais pas, monsieur.

— Où habitait-il?

— Dans le Midi, près d'Avignon, Saint-Brunet.

— C'est bien cela... A Saint-Brunet.

Un crépitement de petits coups secs se faisait entendre dans le bois. Je ne pus en supporter davantage. Je me levai brusquement et me sauvai dans l'escalier, persuadé que j'étais poursuivi par le spectre irrité de mon grand-père.

Mistress Slangman, quelques minutes après, vint me rejoindre dans ma chambre. Elle m'expliqua que jamais les morts n'avaient fait de mal aux vivants, que son mari avait eu le tort de me traiter en grand garson, que j'étais un petit baby, que je devais oublier tout cela et me remettre courageusement au travail.

Cette admonestation ne me rassura point. Chaque nuit désormais je devais entendre sur les marches de l'escalier un pas mystérieux et pesant, celui de mon grand-père, guetter dans le silence de la maison les craquements de la petite table que faisaient tourner là-haut le maître et sa femme. Mes

LE PRÊTRE M'ADRESSAIT UN PETIT BONJOUR...

camarades n'ignoraient pas cette diabolique habitude et ils en plaisantaient entre eux. Leur légèreté me serrait le cœur.

La peur avait chassé le spleen. Des histoires de diable et de loup-garou me revenaient à la mémoire, et je les localisais aisément dans cette banlieue anglaise, où foisonnent les maisons hantées. Depuis la séance manquée de spiritisme, je sentais sur moi le mépris de M. Slangman, quoiqu'il affectât de ne jamais faire allusion à ma couardise. J'aurais donné beaucoup pour être à la pension Fourier que cependant je n'aimais guère, loin des horizons noirs de Hampstead, de ses collines où le vent gémit.

Bien[illegible] l'on entra dans l'hiver vrai, par la porte des pluies et des brouillards.

Les promenades et les jeux devinrent impossibles. Après le dîner, chacun de nous à tour de rôle faisait une lecture à haute voix. J'estropiais du Dickens ou du Macaulay, attentif à la prononciation, non au sens. Les autres me rendaient la pareille avec du Voltaire et du Michelet.

Quelquefois des voisins venaient. Mister et mistress Slangman surveillaient gravement la séance jusqu'au moment où la pendule, sonnant dix heures, donnait le signal du coucher. Alors nous trouvions dans le vestibule nos petites lampes, des pots d'eau chaude, et nous nous séparions avec des *good night* sans chaleur, comme nous nous serions dit adieu pour toujours.

C'était cette indifférence, visible dans les plus petites choses, qui me pesait davantage. En France la politesse est de feindre l'attachement, le plaisir de se revoir, l'ennui de se quitter. En Angleterre c'est tout le contraire. On efface la cordialité à mesure, comme l'on brosse les effets, comme l'on cire les bottines, et la sécheresse semble être une condition de la liberté. Cette race de perpétuels voyageurs est toujours en état de partance.

Comme j'étais dans ces fâcheuses dispositions, je reçus une lettre de Dominique m'annonçant que son père et elle seraient vers le début de décembre à Paris.

Cette nouvelle acheva de me désespérer. Ainsi je ne verrais pas ma petite amie. Après nous être promis tant de joie jadis, de ces quelques jours passés ensemble, il fallait renoncer à nos beaux projets. Je resterais dans cet exil maussade et dont je ne prévoyais pas la fin, puisque mon absence prolongée semblait agréable à Fabère. Maman ne répondait jamais à mes questions pressantes quant à la date de mon retour. J'en avais peut-être encore pour deux ans de mal du pays, en compagnie de ces évocateurs de morts, de ces joueurs de tennis, de ces canotiers, sous un ciel de suie délavée. J'étais un orphelin perdu dans le brouillard. Dominique, heureuse et choyée, se promènerait avec un autre Robinson sur les boulevards, dans les jardins publics, rirait, chanterait, courrait sans moi, ses cheveux sur les épaules, les yeux brillants, telle que je la voyais descendant les rues en pente de Sauvenières.

Une pareille idée m'était intolérable. En vain je la chassais, je m'efforçais de prendre mon mal en patience, de remettre à la saison d'été mes résolutions viriles. Dès que je fernais les yeux, dès que je les rouvrais, j'apercevais une chère petite figure qui se moquait de moi : « Mon pauvre Olivier, tu voudrais être mon défenseur, et tu n'as pas même le courage de quitter ce pays funeste où t'a expédié, comme un colis, un monsieur qui n'est pas ton père. »

Je donnai à ma correspondance familiale un tour plaintif et navré. Grand'mère Prévix me répondit évasivement, avec des protestations de tendresse et des paroles d'encouragement qui trahissaient une vive amertume. Evidemment elle ne pouvait plus rien pour moi. Maman m'écrivit une longue lettre dure et compassée qu'avait dû lui dicter Fabère. Je lui faisais beaucoup de peine. C'était pour mon bien et dans mon intérêt qu'on me maintenait à l'étranger. On n'en était venu à cette extrémité qu'après de mûres réflexions. Un séjour abrégé ne me profiterait pas. Il faudrait recommencer quelques mois plus tard.

Je m'avisai du subterfuge qui consiste à feindre la maladie. Pendant plusieurs jours, je refusai de manger, et je restai couché le matin en me plaignant de douleurs de tête. Un médecin triste et noir déclara en son jargon « que j'avais les boyaux un peu terribles » et m'infligea une purgation de cheval, qui m'ôta l'envie de continuer la farce. Cette phase de simulation est classique et les Slangman ne s'y étaient pas trompés.

La détresse où je me trouvais réveilla en moi la dévotion. J'allais le plus souvent possible à l'église, qui n'était pas chauffée, qui était nue, qui avait une odeur de moisissure, mais où le Dieu de ma grand'mère, de mon père, de mon pays devait cependant venir quelquefois par compassion pour les exilés. Je m'abîmais là en de longues prières, suppliant la Providence de faire surgir tel événement qui me rappellerait à Paris. Le prêtre finit par me remarquer. Il m'adressait un petit bonjour quand il me rencontrait.

J'ai dû mûrir profondément pendant cette courte période. Comment aurais-je pu, sans cela, moi le peureux, le scrupuleux, me décider à l'acte audacieux qui tourmentait constamment ma velléité depuis la lettre de Dominique?

Mentalement j'avais demandé conseil à mon père, à mon pauvre père isolé là-bas, sous les ombres de la forêt africaine, ainsi que je l'étais ici dans la brume anglaise. Surexcité par l'espérance, j'avais cru entendre sa voix qui traversait les espaces et m'ordonnait d'être vaillant, de me révolter contre l'injustice. Sa parole avait la netteté de la recommandation qu'il me faisait, dix neuf mois auparavant, sur le quai de la gare Il m'avait confié ma grand'mère. Je ne pouvais lui désobéir. Ainsi se revêtait d'un prétexte sacré mon impatience de revoir Dominique et Paris.

Une fois résolu, je retrouvai ma gaîté et mon appétit. M. Slangman mit ce changement sur le compte d'une lubie à la française. Mes condisciples donnèrent un banquet pour fêter mon rétablissement.

J'avais de l'argent. Depuis trois mois j'économisais les petites sommes que je recevais de maman et de mes grand'mères. Il me restait cent cinquante francs. C'était plus que suffisant.

Je m'étais procuré un indicateur, et j'avais calculé qu'il serait prudent de prendre à Victoria-Station le train du soir. Tous mes préparatifs étaient faits, mes papiers triés. Je n'emportais aucun bagage, bien entendu, si ce n'est ma serviette, où se trouvaient avec ma carte d'Afrique les lettres de ma mère, des grand'mères et de Dominique. Je réclamerais mes malles ensuite. J'écrivis, pour M. Slangman, un mot d'excuses que je comptais mettre à la poste au moment de monter en wagon. Il le recevrait ainsi trop tard pour lancer un fantôme à ma poursuite.

Je quittai Slangman house après le déjeuner, comme à l'ordinaire, par un jour de décembre sec et froid. Mais au lieu de me diriger vers le Heath, je pris à droite le chemin de la ville. Ce paysage, que je ne devais plus revoir, où j'avais promené mon ennui, me paraissait en cette minute charmant, léger, peint sur du bonheur ; et tout en marchant d'un pas alerte, je me répétais : « Je suis un homme, j'ai su me rendre libre. »

Il m'eût été désagréable de rencontrer quelque voisin, quelque habitué des soirées Slangman. Tout se passa bien. Après maints détours — car ces voies suburbaines se ressemblent entre elles étrangement — je finis par monter dans un omnibus qui me mit au centre de Londres.

Il n'était pas plus de quatre heures et la nuit déjà était venue. Les yeux des gros réverbères, les lumières des luxueux étalages de Piccadilly, les feux des réclames électriques, les lanternes des voitures éclairaient les rues d'une manière trop crue, presque blessante.

Comme on approchait de Noël, les victuailles abondaient aux devantures : oies grasses, venaisons, charcuteries, et les dé gueuillés, mêlés à la foule des gens riches, passaient auprès de ces amas de nourriture, comme s'ils eussent frôlé des pierres.

Ayant la crainte des pickpockets, je serrais mon porte-monnaie dans ma poche. Ainsi qu'au jour de mon arrivée, pour d'autres motifs, je m'amusais de ce mouvement, comparable aux vagues de la mer, qui ne risquait plus de me submerger.

Je me disais que les fêtes traditionnelles disposent les esprits à l'indulgence, qu'on me pardonnerait ma fugue, que les grands-parents intercéderaient pour moi. Mon action était tellement hardie aux yeux de ma timidité coutumière qu'elle me semblait ne plus m'appartenir, que je la regardais de loin, comme l'exploit d'un autre, avec admiration.

Pour la première fois de ma vie je réalisais, sans le concours d'autrui, une idée personnelle : cela me grisait. J'entrai dans une boutique de maroquinerie et j'achetai un petit souvenir à l'intention de Dominique.

Comme six heures sonnaient, je me résolus à dîner. Ma crainte de manquer le train était extrême. Je choisis un restaurant à prix fixe, d'apparence tumultueuse. Je n'avais plus le même aplomb que quand je chaperonnais grand'mère Prévix. Je poussai la porte, je m'assis, ma serviette à côté de moi, à la première table libre, devant une sorte de géant roux qui avalait voracement d'énormes morceaux de rosbif accompagnés de lampées de pale ale. A deux reprises, intrigué par ma hâte et mon air de jeunesse, il m'adressa la parole en anglais, mais je fis semblant de ne pas comprendre et ne lui répondis point.

Le repas achevé, j'arrêtai un hansom qui me conduisit en quelques minutes à Victoria-Station. Je pris mon billet et montai dans le train sans encombre. Aucun épisode de mon existence ne m'a fait connaître depuis, avec une pareille intensité, ce mélange de joie et de peur qui rend accessible à toutes les sensations, à toutes les impressions, au sifflet du chemin de fer, à l'odeur de la fumée, au vacarme de la gare, au froid compact de la campagne anglaise avec ses petites maisons éclairées... Je descendis sur le quai d'embarquement à Newhaven par un vent qui secouait les manteaux et donnait des formes baroques à mes compagnons de voyage. Sur le bateau, je louai une cabine particulière et m'endormis profondément.

Je ne me réveillai qu'à Dieppe. Il faisait nuit encore. Au buffet de la gare je bus un bol de café au lait chaud, guetté par le chien du patron qui me rappela Fusil. Mêmes longues oreilles, même poil noir et feu. Allait-il me reconnaître, mon vieux camarade à quatre pattes, après une aussi longue séparation ?

De Dieppe à Paris, je restai éveillé et songeur. Le pays natal me rendait au sentiment de la responsabilité.

Je redevenais petit garçon, je m'en apercevais et cela m'irritait, et je construisais à l'avance de longs discours par lesquels j'expliquais à maman les raisons de ma fuite, à Fabère ma résolution d'être désormais traité en homme. Comme nous arrivions à la gare Saint-Lazare, il était neuf heures du matin, il pleuvait ; je me représentais la scène, les aboiements de Fusil, le rire niais d'Adolphe, l'étonnement de tous.

Rien de cela n'arriva. Au moment où je quittais le fiacre qui m'avait amené rue Boissy-d'Anglas, le concierge balayait la cour de l'hôtel. Il me salua sans enthousiasme comme s'il m'avait vu la veille. C'était un homme taciturne et morose. La niche de Fusil, trempé d'eau, luisante, était vide. Mais j'entendis, venant du laboratoire, un jappement rauque et plaintif. La porte n'était pas fermée à clef, je la poussai et surpris Adolphe en train de nettoyer les appareils. Il écarta les bras, posa son torchon et s'écria : « Ah bien ! par exemple M. Olivier ! »

Je ne m'occupai pas de lui. Dans une gouttière de bois, entre une machine électrique et une table couverte de flacons, mon chien était étendu, ligoté, préparé pour une expérience. Il avait le poil coupé ras, le corps efflanqué, la tête amaigrie. Je le reconnus à ses oreilles, à ses bons yeux jaunes qui me regardaient, tandis que sa queue, dépassant les planches, remuait faiblement et affectueusement.

C'était un spectacle déchirant. Malgré les protestations d'Adolphe qui répétait « Prenez garde, il est malade, il va vous mordre ! » je me précipitai vers l'infortuné je déliai ses sangles, je le sortis avec précaution de sa prison. Chaque mouvement lui arrachait des plaintes longues, affreuses qui me brisaient le cœur. Quand il fut libre, il s'affaissa et demeura gisant sur place, avec un frisson de tout le cadavre. Hors de sa bouche tordue pendait une langue sans épaisseur qui essayait en vain de me lécher.

je sanglotais de pitié et de fureur. Fusil avait repris ses sourds gémissements qui lui creusaient les flancs et la gorge. Sans aucun doute, il agonisait. Son regard, détaché de moi, était devenu vitreux. Ses pattes avaient de brusques détentes.

Une multitude de voix répétant mon nom avec des intonations différentes me rappelèrent à la réalité. Couché par terre à côté de mon chien, je me désespérais : maman, grand'mère, grandpère, étaient autour de moi. J'avais oublié les circonstances, mon évasion, mes projets de discours. Je tenais la pauvre tête décharnée et trempée de sueur de celui qui m'avait plaint jadis, aux plus mauvaises heures de mon existence.

« C'est atroce, mon chéri, c'est atroce... » affirmait grand'mère. Elle s'était agenouillée près de moi, m'essuyait le visage avec son mouchoir. Derrière elle grand-père se tenait debout, immobile et tragique, les sourcils froncés.

Maman, horriblement gênée, pâle et inquiète, n'avait pas songé à m'embrasser. Elle me grondait. Je voyais ses lèvres se mouvoir. J'entendais ses paroles de reproche, mais je ne les comprenais pas. Ce drame me libérait de mes craintes et je percevais, à mes côtés, l'assentiment farouche des grands-parents. Jeune et privé d'appui comme j'étais, j'avais la force morale pour moi. D'ailleurs je me sentais hors de ma nature et sans timidité.

A ce moment survint Fabère, reconnaissable de loin à son ton, à son pas, à l'atmosphère de réprobation qui aggrava l'émoi général :

— Eh bien, eh bien, qu'est-ce que c'est... sans permission... Voulez-vous tout de suite...

— Cet enfant a raison, vous êtes un misérable.

— Maman, je t'en supplie...

— Qu'il s'explique, s'il l'ose.

Quand je levai les yeux, je retrouvai mon ennemi, tel que je l'avais quitté un an et demi auparavant, gros, glabre, rogue, implacable, son nez de perroquet, ses bajoues, son ventre, ses cheveux rares, son air de suffisance et son lorgnon. Mais à côté de lui il y avait une grande jeune fille blonde, admirablement belle, aux prunelles grises pleines de miséricorde et de lumière, et que je n'avais jamais vue. Pourtant je n'eus pas une minute d'hésitation, je devinai en elle la nièce de Fabère, cette Thérèse dont maman me parlait dans ses dernières lettres. Il me serait impossible d'expliquer pourquoi sa présence me remua l'âme, pourquoi sa douce voix me fut la seule distincte.

Elle dit : « Vous avez eu tort, Elie. Cette bête ne vous appartenait pas. »

Lui ne se mit pas en colère. Il répliqua seulement en désignant ma mère :

— J'étais autorisé... Puis c'était pour mes travaux, pour la science.

Grand'mère Prévix eut un « pfuu » plein de mépris. Grand-père laissa tomber de haut : « Je pense qu'il vaudrait mieux, monsieur, abréger cette lamentable agonie... »

Je me dressai à mon tour et serrant les poings : « Pourquoi avez-vous fait cela, dites, vous? Parce que je n'étais plus là pour défendre mon chien... Parce que vous êtes un lâche. Quand papa est parti pour l'Afrique, vous m'avez envoyé à Londres. Et quand j'ai été à Londres, vous avez assassiné Fusil... Si... si... Vous vous êtes vengé de lui. Je vous hais, vous m'entendez, et Fusil aussi vous haïssait. Je voudrais vous voir mort comme ça, dans une gouttière, la langue pendante. Le bon Dieu vous punira d'avoir torturé un innocent. »

Le drôle riait d'un rire faux et stupide ; quand j'eus achevé d'un seul trait mes imprécations, il fit un pas vers moi et m'allongea une lourde gifle.

Alors ce fut une mêlée générale. Je rugissais. Grand'mère criait. Maman pleurait et s'interposait. La jeune fille aux yeux gris avait saisi le bras de Fabère et répétait : « Vous êtes fou, allez-vous-en. » On apercevait, derrière la porte du laboratoire, les têtes curieuses des domestiques.

En fin de compte on se calma, grâce surtout à l'intervention de cette sage et délicieuse personne qui avait l'art d'apaiser les cœurs.

Comment s'y prit-elle pour sécher mes larmes, convaincre grand'mère, excuser mes injures et la vivacité de Fabère, arrêter sur les lèvres de grand-père des paroles irrémédiables, renvoyer tout le monde sauf maman? Je l'ignore. Le fait est que quelques minutes plus tard il n'y avait dans le laboratoire que les deux jeunes femmes, moi, et à nos pieds Fusil, moribond et silencieux.

— Vous voyez, Olivier: il ne souffre plus. Tout à l'heure, quand vous serez parti, je lui ferai boire un peu de trop de morphine, afin qu'il meure doucement et vite. Et maintenant demandez pardon à votre mère pour ce que vous avez dit de dur et d'injuste à son mari.

Cette étrangère me parlait avec autorité. Pourquoi n'en étais-je pas choqué? Cela tenait sans doute à l'intonation finement nuancée et persuasive. Je répliquai, mais sans rancune :

— D'abord, qui êtes-vous? Je ne vous connais pas.

— La nièce de Fabère, l'amie de votre maman; la vôtre, si vous voulez.

— Je n'ai pas besoin de votre amitié.

Elle l'examinait longuement, les yeux baissés.

J'aimais mon chien; *il* l'a tué et *il* m'a battu. Cela, je ne l'oublierai jamais.

Mon sentiment intime ne correspondait point à mes paroles et l'on eût dit que Thérèse Fabère s'en rendait compte, car mon insolence ne la rebutait pas. Maman semblait soumise à son ascendant. Elle la regardait, commençant un reproche, s'arrêtant, comme si elle sollicitait son conseil.

— Mon oncle a pu croire que vous ne teniez plus à votre chien, que vous l'aviez oublié.

— Tu n'en parlais jamais dans tes lettres.

— Fusil était malade, il avait des infirmités; un jour ou l'autre il eût fallu l'abattre.

— Ça n'était pas une raison pour le martyriser. Vous êtes avec Fabère, vous... Je ne vous aime pas.

Je prononçai cette dernière phrase à contre-cœur, et pour nier l'attraction inexplicable que je subissais déjà. Thérèse Fabère sourit mélancoliquement : « Vous m'aimerez un jour... parce que vous vous rendrez compte que je ne veux que votre bien. Allons, embrassez votre mère, quittons ce triste endroit et ne me regardez plus avec ces méchants yeux. »

Sa main délicate et soyeuse prit ma main. Je me laissai faire. Maman me pressa sur son cœur avec une émotion que je ne lui connaissais pas depuis longtemps.

J'étais bouleversé de haine et de tendresse, d'horreur et d'admiration... Fusil demeurait immobile.

Thérèse Fabère murmura : « Vous lui direz adieu avant qu'on l'emporte. Ce sera prompt. Ayez confiance en moi. »

Comme je sortais du laboratoire, maudit, je la vis grande et souple, qui se penchait au-dessus de mon chien et l'examinait longuement, les yeux baissés.

VI

Gris et doux en temps ordinaire les yeux de Thérèse Fabère étaient noirs quand elle s'animait. J'appris à connaître leurs moindres nuances.

Notre intimité commença, de mon côté, par une bouderie dont elle ne daigna point s'apercevoir. Je la voyais presque chaque jour. Maman ne pouvait plus se passer d'elle. Les relations duraient depuis un an. A la suite de scènes violentes qui l'avaient séparée de sa mère, Thérèse était venue demander conseil et assistance à son oncle. Fabère lui avait trouvé une place de secrétaire-résidente auprès d'une certaine madame Moïse, directrice du collège de Staël, qui est une maison d'éducation pour les jeunes filles. Dès qu'elle avait un moment de liberté, elle accourait rue Boissy-d'Anglas.

Son couvert était toujours mis. Elle apportait, dans la vie monotone que menaient le bon gros et ma mère, une humeur souriante, une ardeur égale au travail et au plaisir, l'art d'occuper le temps. Elle avait vingt-cinq ans, mais autant d'expérience et d'habileté qu'une personne ayant dépassé la quarantaine. Rien ne la démontait, rien ne l'embarrassait. Elle connaissait la physique et la chimie comme la cuisine, l'histoire et la toilette, l'anglais, le latin et la couture. Jamais elle n'était oisive ni mélancolique.

Le lendemain même de mon arrivée, j'étais allé rue de Médicis rendre visite à grand'mère Champdieu. Elle avait pleuré de surprise et de joie en me retrouvant. Sans nouvelles de mon père, privée de son petit-fils, elle avait demandé qu'on lui envoyât Dominique ; mais au dernier moment celle-ci était retenue à Saint-Brunet par la visite inopinée d'un parent. Le voyage de Paris tombait dans l'eau. Du même coup s'évanouissait le plus puissant motif de mon retour.

Or je m'apercevais, non sans étonnement, tandis que grand'mère me donnait ces tristes détails, de ma demi-indifférence. Certes, je regrettais de ne pas voir ma petite amie. Mais ce contretemps, qui eût dû me désespérer, me laissait en somme assez froid. En revanche, dès que j'eus narré à la vieille dame les séances de spiritisme chez M. Slangman, ma décision, ma fuite, dès que je l'eus fait frémir et pâlir avec l'assassinat lent de Fusil, j'éprouvai le besoin de lui parler de la nouvelle venue. Je mentis. Je peignis Thérèse Fabère comme une créature revêche, mêle-tout, insupportable.

Grand'mère m'écoutait en hochant la tête. Mes progrès en science et en sagesse la stupéfiaient. Avec l'égoïsme des tout jeunes gens, je ne pensais pas à lui demander comment elle avait supporté la solitude. Elle m'interrogea minutieusement sur l'attitude réciproque des grands-parents Prévix, de maman et de mon beau-père. Je lui répondis nettement, sans ambages, en petit jeune homme qui n'a plus peur. Ma franchise la ravit. Elle déclara à plusieurs reprises : « Maintenant je pourrai causer avec toi. Je te raconterai bien des choses. »

Ces choses je les connaissais déjà en partie. Elle avait appris que Fabère et grand'mère Prévix ne s'entendaient pas, que des difficultés d'argent étaient survenues entre eux, que maman avait considérablement réduit son train de maison. On prétendait, dans notre quartier, que l'hôtel serait mis en vente.

Si bonne et indulgente que fût grand'mère, elle ne semblait point trop affectée de ces mauvaises nouvelles ; elle eût voulu me voir à l'unisson. Mais précisément je n'aimais pas qu'elle souhaitât le malheur d'autrui. Devant ma réserve elle n'insista point.

En sortant de chez elle je me rendis, libre et seul, à l'école Fourier. Mon séjour en Angleterre avait eu au moins ce résultat que j'étais débarrassé de la compagnie d'Adolphe.

M. Ménotier me reçut affectueusement et me déclara que je devais être suffisamment avancé pour entrer d'emblée en quatrième.

On l'avait tenu au courant de mes rapides progrès. Il ne s'attendait pas à me revoir si tôt. Sans doute ma mère et mon tendre beau-père n'avaient pu supporter plus longtemps mon exil. Je me gardai de le détromper.

Tandis qu'il me parlait, les murs gris et froids, les cris lointains de mes camarades, car c'était l'heure de la récréation, le sentiment d'une vieille captivité, du déjà vu, du trop connu, me remplissaient l'âme de désenchantement.

Je sus plus tard que Thérèse Fabère m'avait sauvé des griffes de M. Slangman et de la prison. Dans sa colère et sa rancune, le bon gros voulait me renvoyer à Londres ou me mettre interne à l'école Fourier. Il céda aux railleries de sa nièce bien plus qu'aux prières de sa femme et des grands-parents. Elle lui représenta qu'il aurait l'air de se venger, de chercher à se débarrasser de moi. Il finit par accepter ma présence, mais pendant plusieurs semaines ne me parla pas, ce qui m'enchantait.

Il travaillait opiniâtrement. Jaloux de la célébrité de mon père et désireux de prouver que lui aussi valait quelque chose, il poursuivait ses études sur la contagion du cancer qui avaient causé la mort de Fusil. Seule Thérèse Fabère, en qualité de savante et de collaboratrice, pénétrait librement dans le sanctuaire. La première fois que je la vis pousser la porte défendue, j'eus un sentiment d'indignation. Je courus conter la chose à maman, qui sourit avec tranquillité, à grand'mère Prévix plus attentive.

D'ailleurs les grands-parents ne montraient plus aucune hostilité à leur gendre. Ils subissaient ses façons rogues, autoritaires, et aux repas du dimanche toute allusion désagréable avait cessé.

Même ils avaient adopté Thérèse Fabère, l'adulaient, la gâtaient, la complimentaient, chantaient ses louanges en toute occasion ; grand'mère Prévix s'ingéniait à lui faire accepter, malgré sa fierté, une robe, un manteau, un chapeau ; chacun se courbait devant sa puissance.

Ce changement d'attitude, qui s'était accompli pendant mon absence, ne laissait pas que de m'intriguer. D'autant plus que Thérèse n'était point dupe de ces cajoleries.

Je m'en aperçus le premier jour où,

pou. [illegible] bonheur, nous fûmes seuls tous deux [illegible] la maison.

— Vous avez quinze ans, Olivier?

— Oui, mademoi... Oui, Thérèse.

Car il avait été convenu que je l'appellerais par son prénom. Cette marque de familiarité m'était chère.

— Il y a donc à peu près sept ans que vous voyez séparément vos deux familles. Où vont vos préférences?

J'étais stupéfait, non fâché de cette brusque interrogation. Par un geste enfantin je me grattai la tête. La jeune fille sourit, elle ajouta :

— On croit quelquefois n'avoir pas de préférence. On en a toujours une... secrète. Ainsi moi, fille de divorcés comme vous, j'ai vécu longtemps près de ma mère. Cependant j'aimais mieux mon père.

— Parce qu'il était absent...

— Peut-être; et le vôtre aussi est absent, Olivier. Nous sommes logés au même orphelinat. Mais ce que je désirerais savoir, c'est si vous êtes mieux à l'aise auprès de votre grand'mère Champdieu ou auprès de votre grand'mère Prévix.

Je réfléchis l'espace d'une minute, pendant laquelle les yeux clairs et pénétrants de la questionneuse ne me quittèrent point; puis je répondis tranquillement :

— Auprès de grand'mère Champdieu.

— Et comment expliquez-vous cela? Votre grand'mère Prévix vous gâte davantage. Elle est bien plus riche. Vous la voyez plus souvent... Vous ne devinez pas? C'est une question de confiance, Olivier, de simple confiance. Il y a des personnes qui vivent tout près de nous et auxquelles nous n'avons pas envie de nous livrer. Il y en a d'autres qui sont loin de nous et qui ont la clé de notre cœur. N'est-ce pas exact?

— Oh! oui.

— Le plus fort c'est que vous ne racontez rien de particulier à votre grand'mère Champdieu, quand vous êtes chez elle. Je vous connais, vous êtes timide, très réservé, vous avez peur de vous compromettre en colportant ici ce que là-bas on vous a bien recommandé de taire. Et pourtant quand vous descendez l'escalier de la rue de Médicis, vous avez l'âme plus légère, vous vous imaginez que vous avez tout dit. Cela vous étonne que je surprenne vos pensées?... Rassurez-vous. Je ne suis pas sorcière. J'ai passé par là moi aussi. C'est ce qui me rend un peu plus habile.

Pourquoi plus habile? Elle ne s'expliqua point, mais la sympathie qu'elle me témoignait me réchauffait le cœur. J'aurais voulu appuyer ma tête bien doucement contre sa poitrine, respirer de près ce parfum pénétrant qui était le signe invisible de son passage. Elle tenait dans sa gracieuse main, qui déplissait un volant de sa robe brune, ma volonté et mon orgueil. Je lui faisais ces dons tacites. Elle continua :

— Je suis un peu de votre avis. Je n'ai fait qu'entrevoir votre grand'mère Champdieu, mais elle m'a plu par son air de bonté, de sincérité. On se rend compte qu'elle n'est pas flatteuse, qu'elle n'attire pas les gens dans son intimité pour les mordre plus commodément. Ah! c'est un grand luxe, la franchise, bien supérieur aux voitures, aux tableaux, aux objets d'art... Et qui ne court pas les châteaux!

Il ne m'était pas difficile de saisir que ces réflexions philosophiques tombaient, comme autant de pierres, dans le jardin des grands-parents Prévix. Toutefois je songeais :

« Pourquoi fait-elle l'aimable, elle aussi, avec eux, puisqu'elle est dans ces idées-là?

Comme si elle eût entendu ma question, Thérèse Fabère murmura :

— Un grand luxe à l'usage des riches. Quand on n'a pas de fortune, il faut se taire et se masquer.

Ainsi elle n'avait pas beaucoup d'argent. Je la plaignis de toutes mes forces. Plus tard, je compris qu'elle gagnait sa vie durement auprès de Mme Moïse, qu'elle était ambitieuse, un peu sauvage et capable elle-même de fourberie quand elle devait tourner un obstacle.

Elle m'avait choisi comme confident. La force du sentiment qui m'attachait à elle lui garantissait ma discrétion. Elle est la première personne qui ait pansé une multitude de petites blessures saignantes dont je souffrais. Elle a délié ma pudeur intime. Ce fut pour moi une volupté profonde, inoubliable, qui s'ajouta au charme de son regard, de sa voix, de son odeur.

Quand je revenais de la pension, je n'osais pas m'informer si *Elle* était là. Mes yeux faisaient le tour du vestibule, cherchant un signe de sa présence : son petit sac, son boa de plume, son manteau. Si aucun de ces chers objets ne me rassurait, je traversais fébrilement les pièces jusqu'à la chambre de maman où souvent j'entendais deux voix. Quand je reconnaissais dans la seconde celle de grand'mère, de Mme Vanne ou de la femme de chambre, ma déception était vive. J'entrais. On me demandait mon cahier de notes, ma place dans la dernière composition, des nouvelles de ma santé, ce que je désirais comme entremets au dîner du dimanche, attendu que pour tous sauf pour *Elle* j'étais demeuré un petit garçon dont on flattait la gourmandise. Je répondais évasivement avec mauvaise humeur jusqu'à ce qu'un mot, une allusion, cette bienheureuse phrase : « Thérèse est là » ou : « Thérèse va venir » me rendît la gaîté et l'espérance.

Dans la première alternative je savais qu'elle travaillait avec son oncle et qu'il ne fallait pas les déranger. Dans la seconde je ne pouvais apprendre une leçon ou mettre au net mon devoir quotidien avant que la sonnette eût retenti de cette façon spéciale et personnelle à laquelle je ne me trompais guère.

Alors je prenais mon cahier et je courais au-devant de la jeune fille. Fabère ne s'occupant plus de moi, c'était à elle que j'avais recours en cas de difficulté de traduction, de « fil à détordre » comme elle disait.

— Une version, Olivier, c'est un nœud. Il faut chercher les deux bouts du sens et puis ça se débrouille tout seul. »

Sans doute et avec son aide cela paraissait encore plus commode. Quel plaisir de la voir entrer dans ma chambre, s'asseoir à ma table; de se pencher sur ses cheveux blonds, de guetter son doigt fin qui parcourt le texte, choisit les mots importants et les cueille, les assemble comme des fleurs.

« Vous n'avez pas de tête, jeune homme, je vous ai expliqué cette règle-là hier. »

C'est possible mais je n'ai pas écouté, plus attentif au son de la voix fraîche qu'au sens des mots, et content de me frôler tel qu'un chat qui ronronne.

Il arrivait qu'elle me renvoyât.

— Mille regrets, je n'ai pas le temps; il faut que je donne un coup de main à Fabère.

Généralement elle corrigeait ce refus par un geste amical qui me faisait vibrer tout entier. Elle mettait sa paume tiède sur mon cou et la glissait jusqu'à mon oreille dans une caresse rapide. Puis la porte se fermait, son pas s'éloignait et je haïssais l'oncle avec plus de force.

L'aubaine c'était quand maman et son mari allaient au théâtre ou dînaient en ville et me confiaient à elle pour la soirée. Peu à peu, à mon grand plaisir, cette douce habitude s'installa. La voiture qui ramenait le ménage Fabère reconduisait Thérèse au collège de Staël, rue de Grenelle, s'il n'était point trop tard. Dans le cas contraire la jeune fille couchait à la maison. On lui avait aménagé une petite chambre à cet effet.

Je suis certain aujourd'hui que les grands-parents, tenus à l'écart et privés de leur petit-fils, étaient jaloux de ces préro-

— Vous n'avez pas de tête, jeune homme...

gatives et de ma tendresse croissante pour une étrangère. Mais ils n'en laissaient rien paraître. Très rarement, à de longs intervalles, ils montaient après le dîner avec une extrême discrétion et toutes sortes d'excuses : « Nous ne vous dérangeons pas, mademoiselle, le temps seulement d'embrasser Olivier. »

Aussitôt grand'mère sortait un compliment : « Votre robe vous va joliment bien. Dieu, quelle charmante coiffure!... Avez-vous de la chance d'avoir ces cheveux-là!... Pardon, j'oubliais que vous n'êtes pas coquette. » Ces artifices inutiles me gênaient. Je répondais tout de travers au docte interrogatoire de grand-père sur mes études, mes camarades, mes progrès comparés à ceux d'Amédée Maluot. Il conservait pour moi la figure implacable de Jouy-en-Josas dans les jours consécutifs au divorce. Je ne l'ai jamais vu autrement.

Thérèse avait réponse à tout, rendait amabilité pour amabilité, sourire pour sourire. Elle éludait les questions détournées quant aux travaux de Fabère, aux résultats déjà obtenus, quant aux relations et occupations de maman; puis, la corvée finie, les grands-parents redescendus, elle sifflotait un petit air de gigue qui signifiait « bon débarras ».

Je devais en principe me coucher à dix heures. Mais je dépassais toujours la limite. Nous commencions une partie d'écarté ou de dominos, l'un en face de l'autre, séparés seulement par la table de jeu. Puis régulièrement on s'interrompait et chacun des deux à tour de rôle expliquait son caractère, son tempérament, sa conception de l'existence. On oubliait la différence d'âge, de sexe, de condition. Il restait en présence « deux petits du divorce », selon l'expression si juste de Thérèse, qui avaient souffert, souffraient le même tourment et confrontaient leurs deux angoisses.

Après quelques mois d'intimité, nous en étions arrivés à parler librement de Fabère. Je l'attaquais, raillant sans pitié son maintien, son pédantisme, sa vanité, sa dureté, ses défauts extérieurs, sa graisse, sa myopie. Thérèse le défendait adroitement, riant de mes plaisanteries, mais les corrigeant par quelque remarque qui tournait à l'avantage de son oncle. C'était le seul sujet où nous ne fussions pas d'accord. Elle concluait invariablement : « On ne peut pas aimer le second mari de sa mère, c'est évident. »

J'employais des ruses d'amoureux et de jaloux pour l'embarrasser; je l'entortillais de questions sur ses stages dans le laboratoire, ses sentiments vrais à l'égard de ce « pot à tabac », de ce « Turc », de ce faux savant. Elle éludait mes pièges sans trouble, sans irritation, par un : « Vous êtes injuste », un : « Il est très bon », un : « Il réussira » qui accentuaient et précisaient mon dépit.

Elle m'accordait seulement qu'il n'était pas beau. Cela dissipait mes soupçons lesquels à peine détruits renaissaient : « Si elle était amoureuse de lui, elle se fâcherait quand je parle de sa laideur. »

D'autre part maman, si éprise du bon gros et si jalouse qu'elle supportait malaisément les œillades et les mines admiratives de Mme Vanne, maman ne paraissait point troublée par l'intimité de la nièce et de l'oncle. Elle répétait : « C'est comme sa fille. » Je me persuadais pendant toute une semaine que rien n'était en effet plus naturel. La semaine suivante je réfléchissais : « Tout de même elle n'est point sa fille. » Et l'inquiétude me reprenait.

Dans ces hésitations et cette monotonie heureuse une première année passa vite. Elle se confond même pour moi avec le début de la deuxième, qui fut néanmoins plus mouvementée.

Il est affreux de l'avouer : tout ce qui ne tenait pas à Thérèse était devenu pour moi secondaire. Après mon retour de Londres, pendant quelques semaines, Dominique avait continué de m'écrire. Ses lettres ne m'émouvaient plus. Je m'étonnais même d'avoir là-bas guetté le facteur, tant l'Olivier d'hier était devenu incompréhensible pour celui d'aujourd'hui. Je répondais à ma lointaine amie de Provence brièvement et irrégulièrement, si bien que sa fierté prit ombrage de ma négligence et qu'elle cessa net de correspondre.

« Tu n'aimes donc plus Dominique » me demandait tristement grand'mère Champdieu. Mon Dieu si, et j'aurais été désolé d'apprendre qu'elle n'était pas heureuse et bien portante, mais toute ma force d'affection se trouvait maintenant absorbée par « l'autre ».

J'ai toujours été exclusif et fébrile dans mes sentiments. Quand j'allais rue de Médicis, quand j'y déjeunais le dimanche, entre la pauvre vieille femme toute concentrée dans son idée fixe et les souvenirs de mon père, il me venait l'angoisse soudaine de perdre Thérèse, d'être séparé d'elle par des obstacles imprévus et insurmontables. C'était absurde puisque je devais dîner avec elle quelques heures plus tard : ce n'en était pas moins douloureux et irrésistible.

Parfois je prétextais une migraine, un mal de dents, un devoir, afin de rentrer plus tôt à la maison. Je montais rapidement dans ma chambre, je me plongeais dans un livre, comme quand j'étais petit, j'essayais vainement de m'intéresser au récit, je regardais la pendule toutes les cinq minutes.

Pour aller à l'école Fourier, rue de Rennes, je prenais chaque matin la rue de Grenelle et je suivais, au retour, le même trajet, de sorte que je passais deux fois par jour devant le collège de Staël. Jamais je ne rencontrais Thérèse, mais considérant la porte sombre et les fenêtres tristes je songeais : Elle est là. Si j'entrais, si je demandais au concierge « Mlle Fabère », il me répondrait : « Chez Mme Moïse, au fond de la cour, à droite. Je crois bien que ces dames sont en classe. » Cette velléité apaisait mon désir, révulsait ma timidité et j'attendais le soir plus tranquillement.

Les heures que je passais à la pension n'avaient ni forme, ni goût, ni couleur.

Je travaillais bien mieux qu'autrefois pourtant, grâce aux excellentes leçons de M. Slangman, surtout parce que les mauvaises places m'humiliaient et que je ne voulais point être méprisé par Thérèse, l'instruite et la laborieuse. Combien la jeunesse est malléable! On entre aussi facilement dans l'habitude d'être premier ou second que dans celle d'être dix-septième. Pendant les études, pendant les récitations des leçons, les compositions écrites et orales, ce qui me soutenait c'était la perspective d'un « bravo Olivier! » d'un « à la bonne heure! » prononcé par la plus jolie bouche du monde.

Mes anciens camarades du clan des paresseux n'en revenaient pas. Marcel Cabarrot, qui trichait maintenant aux courses au lieu de voler les machines électriques de son oncle, me témoignait le plus grand mépris. Il avait mieux auguré jadis de ma fainéantise. En quatrième j'eus comme maître M. Odiot qui levait les yeux, les bras et les jambes en signe d'enthousiasme, quand il expliquait du Virgile. Je vois encore ses petits souliers retombant sous la table professorale, ses yeux écarquillés, sa moustache blonde et humide. En troisième le jaune et bilieux M. Ladurée, qui mourut un peu plus tard d'une maladie de foie, affectait de dédaigner ses élèves. Il s'écriait avec une grimace de dégoût : « Expliquer ces choses éternelles à de petites brutes! » Un bourdonnement sourd lui répondait. Il levait les épaules : « Continuez, Champdieu, vous qui êtes un peu moins bête que les autres. » Ce compliment réduit me plaisait et je faisais des progrès rapides.

Je discernais mieux le genre d'enseignement qu'on donnait à mon école. Il était sournoisement tendancieux, hostile à la religion catholique, favorable au rationalisme protestant et indifférent en matière de patriotisme. Contre ces trois directions connexes mon jeune instinct se rebiffait d'autant plus que je reconnaissais en elles des traits de l'âme de Fabère, une dureté, une hypocrisie toutes scientifiques et antifrançaises. Grand-père Prévix aussi était de cette coterie oppressive et je ne comprenais point pourquoi, ayant tant de passions communes avec son deuxième gendre, il s'était séparé de lui. J'appris plus tard que l'intérêt divise les meilleurs partisans.

Quand je demandais à Thérèse quelles étaient ses opinions politiques, elle répondait : « Je suis anarchiste. Je n'accepte pas la loi de Dieu, que je ne connais pas, ni celle de l'Etat, que je connais trop, ni celle de la famille dont je n'ai vu, jusqu'à présent, que les méfaits. »

Elle ne parlait pas volontiers de sa jeunesse, qui avait été amère et gâchée. Elle n'avait pas sept ans quand ses parents divorçaient. Son père partait presque aussitôt pour l'Amérique, d'où il écrivait à sa fille des lettres tendres et douloureuses, car il refaisait sa vie là-bas lentement, au prix de mille difficultés et de mille efforts. Il envoyait aussi une pension, que complétait généreusement son frère : « Vous voyez qu'Elie est un brave homme. Sans lui je ne sais pas trop ce que nous serions devenues, maman et moi. »

Sur le compte de cette énigmatique maman, Thérèse était plus réservée. A un instant donné, pour des causes obscures, par l'intervention d'une tierce personne, la vie en commun était devenue impossible et la jeune fille devait fuir un logis où il n'y avait plus pour elle que honte, scandale et désespoir. Cette réserve, ce mystère m'intriguaient.

— Mais enfin, Thérèse, jusque-là vous aviez été heureuse?

— Autant qu'on peut l'être quand on n'a plus son père près de soi.

— Vous m'avez dit que votre mère vous gâtait beaucoup.

— Ça la prenait par crises. Quand nous avions touché la pension, elle m'emmenait dîner au restaurant avec la bonne, commandait ce qu'il y avait de plus cher et pleurait au dessert, devant les garçons et les bouteilles vides, à l'idée du bel avenir qu'elle avait manqué *par la faute de cette canaille*. La canaille, c'était mon père. Le lendemain elle m'offrait une robe, un chapeau, me payait le cirque; au bout de huit jours la rente était mangée. On faisait venir de la charcuterie à crédit, ou bien on se serrait le ventre. Quelquefois, quand elle s'exaltait, maman jurait qu'elle voulait mourir, que nous ferions mieux d'acheter un carafon d'absinthe, d'allumer un réchaud et de nous suicider toutes les deux. Ces jours-là elle me faisait peur, je m'enfermais à clé dans ma chambre.

Au cours de ces récits, Thérèse oubliait parfois ma présence. Elle continuait à parler comme pour elle-même, avec des soupirs, des arrêts, des regards étranges; elle mettait sa tête dans ses mains, puis se réveillant, me reconnaissant, oubliait le cauchemar et souriait.

— Ne m'interrogez plus, Olivier. Ne me forcez pas à ressasser ces tristes choses. Tout cela est fini, bien loin de moi.

Cependant elle n'avait pas rompu toutes relations avec sa mère. Mais jamais elle n'allait la voir chez elle, en haut de Montmartre, rue Lepic. Elle lui donnait rendez-vous dans Paris. Elle me disait ensuite :

— Je viens de passer une heure avec maman; c'est pour cela que je suis en retard. Ah! la pauvre femme!... Il ne faut pas le raconter à Fabère; promettez-moi d'être discret, cher petit.

J'avais envie de lui crier : « Je ne suis pas petit. Je suis un homme comme votre oncle. Je vous suis dévoué corps et âme. » Mais je me contentais de répondre :

— Voyons, Thérèse, est-ce que je répète jamais *nos* secrets?

Elle pensait que son père s'était remarié récemment, qu'il avait changé le commerce. Elle n'en était pas sûre. En tout cas depuis six moi ni elle ni Fabère n'avaient de renseignements sur lui.

Ainsi se complétait le parallèle que je faisais intérieurement entre nos deux situations. Mon père à moi, perdu dans les forêts d'Afrique, ne donnait pas non plus de ses nouvelles. Mais cela nous inquiétait moins, parce qu'il nous avait prévenus.

Un autre sujet de conversation était le collège de Staël et sa directrice, Mme Moïse.

Thérèse avait pris en grippe cette dame, comme elle eût pris en grippe toute personne prétendant la dominer et l'asservir. Elle l'imitait d'une façon comique, singeant ses tics et ses manies. Elle disait : « C'est une juive hypocrite, qui feint d'aimer les pauvres et les déclassés, qui en réalité les méprise et les hait. Si je n'étais la nièce d'Elie Fabère, la protégée du sénateur Prévix-Armaud, si je n'avais ma chambre et mes repas dans un hôtel particulier rue Boissy-d'Anglas, il y a beau temps qu'elle m'aurait flanquée à la porte, car il n'y a pas une fibre de ma nature qui ne lui soit odieuse. Il faut voir comme elle les traite ses boursières, de quel ton elle les réprimande quand elles se lient avec une élève plus fortunée : *Mon enfant, votre destinée sera d'être pauvre; vous devez renoncer à cette amitié.* Elle a inauguré les promenades sociales, cette excellente, cette philanthropique Mme Moïse, et je suis chargée avec trois autres d'emmener au Louvre, au musée du Luxembourg, dans les bibliothèques, deux fois par semaine, la petite du marchand de vins, celle du boucher, celle du confiseur, celle du crémier, celle de la sage-femme. Le comique c'est que ces enfants-là sont bien plus riches, bien plus gâtées, bien mieux nippées que nous leurs guides et protectrices. Nous prenons soin de ces fausses infortunes. Une fois, une seule, il est venu pour la promenade une demi-douzaine de vraies déshéritées, envoyées par le bureau de bienfaisance. Elles avaient stationné dix minutes dans le cabinet de la directrice avant que d'aller s'ennoblir l'âme en contemplant les primitifs italiens. Mme Moïse n'attendit pas qu'elles fussent sorties pour soupirer en anglais, de son air hautain : « Ouvrez la fenêtre, ça sent mauvais ici. »

Thérèse répétait ironiquement en pinçant le nez : *Open the window, it smells bad here.* Sa mine, ses gestes, son accent me faisaient rire de tout mon cœur.

Fabère n'aimait pas que sa nièce ridiculisât sa docte amie, Mme Moïse. Quand elle commençait un de ces récits à table, il essayait de la faire taire, de détourner la conversation. Elle protestait : « Laissez-moi parler, Elie. Ça me soulage; je vous suis très reconnaissante de m'avoir procuré cette place-là. Ma gratitude sera complète si je puis débiner à mon aise. »

Maman, qui s'amusait beaucoup aussi, la suppliait de ne pas s'interrompre. Thérèse continuait donc, jetant sur son oncle un regard malicieux :

« La première question que m'a posée la directrice, quand je suis entrée dans sa boîte, fut celle-ci : *Quel est votre système de vie?* Moi, je regardais ses bandeaux gris, sa bouche mince, implacable, et je ne trouvais rien à répondre. Elle a ajouté : *Ici il faut avoir l'esprit de la maison.* J'ai eu celui de l'escalier, car j'ai pensé plus tard *Comme chez les jésuites*, mais je me suis tue prudemment. Aujourd'hui je suis fixée. L'esprit de la maison, ça consiste à développer l'orgueil aux dépens du charme féminin, à aveugler les glaces avec des planches pour supprimer la frivolité et à embrasser les élèves sur la bouche comme je l'ai vu faire à un professeur avant-hier. Ah! les tartuffes! »

Le bon gros dans le fond était dominé par cette belle et grande fille au libre langage, qui lui tenait tête et le rembarrait. Lui si autoritaire pliait devant elle et s'en tirait par une moue ou le silence. Rarement ils étaient du même avis. Elle déclarait burlesques ses projets de tyrannie scientifique, et quand il jurait que dans sa République on livrerait les derniers croyants et les derniers artistes aux médecins et aux maisons de santé, elle ajoutait : « Ce sera un vrai plaisir de mettre le feu et de lancer des bombes en ce temps-là. »

Il affichait de plus en plus l'horreur et le mépris des poètes et des philosophes, de ceux qu'il appelait « les menteurs ». Il répétait : « Je m'en tiens aux faits. Ils sont mes dieux à moi, je me sacrifierais pour eux. »

— Vous êtes intolérable, ripostait Thérèse, il n'y a pas de faits ici-bas. Il n'y a que des apparences ; les plus belles sont les plus valables. D'ailleurs vos recherches contrecarrent vos doctrines. Vos inoculations anticancéreuses sont tout ce qu'il y a de moins terre à terre, de plus lyrique. Il ne faut pas me raconter des farces, à moi qui fais la cuisine avec vous.

Dès que nous étions en tête à tête, je lui disais :

— Ce n'est pas vrai, Thérèse, que Fabère se sacrifierait pour un fait. Il tient beaucoup trop à sa peau.

Mais elle devenait sérieuse :

— Il en est capable. Vous l'appréciez mal maintenant. Plus tard vous lui rendrez justice.

Maman en était arrivé à la chérir comme une sœur. Quand la jeune fille eut la grippe, attrapée au cours d'une promenade sociale, et garda la chambre au collège de Staël pendant deux semaines, elle alla la voir tous les jours. Au vide et à la tristesse de la maison, l'on put mesurer la place qu'avait prise chez nous cette nièce modèle. Il est remarquable que Fabère, pendant cette période, me fut beaucoup moins odieux, presque cher. Une commune inquiétude nous rapprochait. On me tint éloigné de la malade à cause de la contagion. J'en avais perdu le boire et le manger, presque le sommeil. Dès que ma mère était sortie, je courais examiner dans son cabinet de toilette une photographie de Thérèse, qui la représentait de trois quarts, son ombrelle à la main. Je gémissais : « Quand reviendras-tu ? »

Dans ce temps-là précisément grand'mère Champdieu commença à s'inquiéter d'une fréquentation qui durait depuis dix-huit mois. Elle se renseignait sur « cette demoiselle », me demandait quel visage lui faisaient les Prévix. Questions odieuses, parce qu'elles corroboraient mes craintes quant aux sentiments intimes de Fabère. Je les éludais de mon mieux. La pauvre femme n'a jamais su les pieux mensonges que j'accumulais devant sa perspicacité comme autant de remparts et de pièges. Je forgeais de fausses scènes de violence entre l'oncle et la nièce, des supplications maternelles en faveur de l'infortunée. Je représentais comme un enfer une intimité qui était mon paradis.

J'avais renoué avec Paul Ovide parce que Thérèse, mise par moi au courant de son histoire, s'intéressait à ce roman d'amour. Le relieur était vieux, sa femme presque infirme, et le travail de mon camarade faisait maintenant bouillir la marmite dans le pauvre logis. Paul était un des plus adroits parmi les ouvriers de la maison Germard. Il venait de fabriquer pour grand-père Prévix un corps de bibliothèque modern-style, où se superposaient hideusement les symboles de la paix et de la puissance sénatoriale et judiciaire, un siège de père conscrit, des balances, une charrue, des palmes. Il était fier de son habileté et de nos compliments. C'était aujourd'hui un long jeune homme voûté, avec un grand front, des mains tremblantes de fils d'alcoolique, des yeux sournois et malicieux. Je ne savais par quel bout le prendre, car son orgueil était extrême comme son humilité et il ponctuait sa causerie de « dans ma situation », de « moi simple artisan », de « vu l'état actuel de la société » qui me rendaient honteux de ma supériorité.

Sa passion pour Geneviève Germard n'avait ni augmenté ni diminué. Elle était stable, assurée de l'avenir, quand le patron autoriserait le conjungo.

— Il ne se doute de rien, Xavier Germard ?...

Il souriait du regard, sa figure restant triste :

— Est-ce qu'on peut savoir avec un loufoque comme lui ! Geneviève prétend qu'il a deviné et qu'il sera dur à la détente. Nous attendrons, voilà tout. On n'est pas pressé. On est encore trop jeune.

— Il faut donc son consentement pour l'union libre ?

Je répétais là une question que Thérèse m'avait chargé de lui poser. Elle ne l'embarrassa point.

— C'est le consentement de sa galette, ce n'est pas le sien que nous recherchons. Et s'il allait déshériter sa fille.

Préoccupation éminemment bourgeoise, mais Paul Ovide, pas plus que sa fiancée, ne craignait les contradictions.

Il se réjouissait fort de l'aventure arrivée récemment à son « singe » et futur beau-père. Entraîné par un ami à une réunion d'anarchistes véritables, puis dénoncé

... SES BEAUX CHEVEUX DORÉS RUISSELANT SUR SES ÉPAULES.

comme profane, Xavier Germard avait failli être assommé. On l'avait trouvé trop convaincu, trop violent : « C'est une casserole! Enlevez-le! »

Paul imitait la clameur indignée des compagnons :

« Ça lui apprendra à faire le zouave. » Eh bien, imagine-toi qu'il n'est pas guéri. Il écrit dans une petite revue que nous lisons, nous autres à l'atelier, parce qu'on y engueule ferme les patrons. Et sais-tu comment il signe?... *Un Écrasé!*

Ces propos enchantaient Thérèse, qui fit la connaissance de Geneviève Germard et se lia bientôt avec elle.

De Vergenet je savais seulement que, renvoyé du lycée pendant mon séjour en Angleterre, il végétait, dans une école commerciale avant de débuter comme journaliste. Depuis qu'il avait mal parlé de ma mère, je ne tenais plus à le revoir.

Un matin d'été, un dimanche, Thérèse ayant couché à la maison, j'eus besoin d'un renseignement et je courus jusqu'à sa chambre pour le lui demander. Par une négligence toute fortuite elle avait omis de fermer sa porte à clé, quoiqu'elle n'eût point achevé sa toilette. J'entrai sans frapper et la surpris les bras nus, la gorge découverte, ses beaux cheveux dorés ruisselant sur ses épaules. Elle s'écria : « Ne vous gênez pas!... Voulez-vous vous sauver... » J'obéis en hâte, mais la chère et délicieuse vision ne devait plus s'effacer de ma mémoire.

Alors je sus que je l'adorais et cette idée me grandit à mes yeux. L'image que me renvoyait ma glace me parut celle d'un homme fait.

Du même coup l'envie que je portais à Fabère prit un caractère plus net, plus cuisant. Il devint mon rival. J'étudiai l'escrime et la gymnastique avec des arrière-pensées de combat. La vie me sembla belle et riche, ainsi qu'une forêt d'émotions diverses où chantait l'oiseau de l'amour.

Ma dame admirait Henri Heine, qui est le poète de l'ironie et se laisse aller à l'enthousiasme sans ignorer qu'il s'affaissera. J'eus l'*Intermezzo* sur ma table, je m'appliquai ses strophes ardentes, frangées de noir, son amertume au clair de lune. Ma dame méprisait les conventions et les préjugés. Je fis comme elle. Elle m'enseigna la fermeté morale et le droit d'avoir un avis.

Je me développais avec une telle rapidité que le bon gros le remarqua. Il disait à sa nièce en riant : « Vous êtes une fameuse éducatrice. Votre élève est transformé. »

Lui-même était devenu coquet. Il avait renoncé spontanément à ses redingotes de pasteur en tournée. Il arborait des jaquettes claires, de chatoyantes cravates. Il se parfumait. Chacun le trouvait moins rude, moins âpre dans la discussion, plus malléable, et maman se félicitait de cette métamorphose, en reportait l'honneur à Thérèse. A deux ou trois reprises, comme elle abordait ce sujet en public, j'aperçus les clignements d'yeux significatifs qu'échangeaient les grands-parents.

La première fois que cet homme gros et lourd, à la voix tranchante, parla de s'inoculer à lui-même une culture cancéreuse pour suivre sur l'homme les étapes de la maladie, nous étions assis tous les quatre dans le petit salon, ma mère, Thérèse, moi et lui. On sortait de table. De quel accent la jeune fille s'écria :

— Eh quoi, Elie! vous feriez cela?

— Aussi facilement que je bois ma
asse de café.

— Tu deviens fou… protesta maman ;
ous l'empêcherons, n'est-ce pas, Thérèse ?

— Ai-je l'air de quelqu'un qu'on em-
êche d'accomplir ce qu'il a résolu ?

J'étais partagé entre l'espérance que le
ancer me débarrasserait de lui et la fureur
alouse où me jetait l'évidente admiration
e ma dame. Elle avait la tête entre ses
ains, les coudes sur les genoux, et elle
aressait ce matamore de la bactériologie
vec des yeux luisants et tendres. Le fan-
aron continuait ;

— Je suis arrivé au point précis où
ette petite opération s'impose : on me
onteste ma découverte ; on me met au défi
e l'essayer sur moi. L'occasion est admi-
able. Il faut en profiter.

— C'est un suicide, déclara maman,
Thérèse est de mon avis.

Celle-ci n'était d'aucun avis. Elle fai-
it la figure douloureuse et passionnée de
uelqu'un qui ne peut plus émettre un son.
lle aurait hurlé son amour pour ce pitre
: Falbère qu'il n'eût pas été plus mani-
ste. A ma vive surprise, maman ne re-
arqua rien tout d'abord et développa, non
ns éloquence, un grand nombre d'excel-
ntes raisons pour détourner son mari de
périlleux dessein.

Satisfait du résultat produit, il secouait
tête avec un orgueilleux sourire. Sa pla-
dité signifiait : « Causez toujours. Ma ré-
lution est prise. » Si bien qu'à la fin ma
ère s'impatienta et lui reprocha son in-
fférence, ce détachement de tout qui lui
rmettait d'affronter tranquillement la
ort.

« C'est tout de même de l'héroïsme »,
urmura Thérèse irritée.

Maman lui lança un regard singulier.
eus l'intuition que l'atmosphère chan-
ait entre les deux femmes, qu'il passait
courant nouveau.

Mais un événement inattendu interrom-
t mes réflexions. Le bruit se répandit
usquement dans la presse et dans le public
e la mission Champdieu avait été mas-
crée à quelque distance de l'Abyssinie.
La terrible nouvelle venait de Londres.
le avait été câblée par un correspondant
Times qui la tenait lui-même d'un mar-
and d'esclaves. Gardée quelque temps se-
te, elle avait transpiré. Le journal, dé-
de son scrupule, indiquait ses sources
es références, avec les restrictions
[illegible]

J'eus vent de la rumeur par les egards inaccoutumés de mes maîtres et l'affectueux apitoiement de mes camarades. A quelques paroles imprudentes, je devinai ce dont il s'agissait et, quoique ce ne fût pas mon jour de visite, je courus, en sortant de classe, rue de Médicis.

Grand'mère Champdieu était agenouillée devant le crucifix d'ivoire pendu au mur de sa chambre. Elle me dit sans tourner la tête : « Prie avec moi ; ton père est en danger. »

Aussitôt je me rappelai la phrase sur « Celui qui protège les voyageurs », et je suppliai Dieu fervemment de nous venir en aide ; mon effusion religieuse chassait les images de meurtre et de désespoir. La nuit nous surprit dans notre oraison. Grand'-mère ne faisait pas apporter la lampe. Elle ne pleurait point. Elle s'était assise et tenait une main sur ses yeux. Elle répétait : « Non, cela n'est pas… Vous ne voudrez pas, Seigneur… Ce serait trop cruel. » Je songeais aux dernières paroles de mon père, aux grands périls qu'il affrontait, et je me reprochais durement de n'avoir pas assez pensé à lui, d'avoir donné mon cœur à Thérèse.

Il fut convenu que chaque soir j'irais désormais rue de Médicis, jusqu'à ce qu'on fût fixé sur le sort de la mission. Grand'mère avait télégraphié à Marc-Antoine Alevin et celui-ci annonçait son arrivée immédiate.

Comme je rentrais chez nous bouleversé, je fus happé au passage par grand'-mère Prévix. Elle m'entraîna dans sa chambre. Elle avait sa figure curieuse et compatissante, sa voix de mystère : « Ah ! mon pauvre petit, mon pauvre chéri, tu viens de là-bas… A-t-on des nouvelles ? »

L'intérêt qu'elle portait à mon père avait quelque chose de forcé, d'illégitime, qui me ferma.

Elle me recommanda à plusieurs reprises de « ne pas parler de ça en haut ». Ses soupirs et ses regards de colère me laissaient entendre que je devais tout redouter du bon gros. Pourquoi donc l'avait-elle accepté comme gendre ?

En haut, la première personne que je rencontrai fut Thérèse. Elle était en train de ranger la bibliothèque. Elle avait mis pour cette besogne des gants de suède gris qu'elle ôta précipitamment. Elle me fit asseoir auprès d'elle, me prit la tête entre ses mains, malgré [illegible]

Mais à cette minute je ne lui en voulus pas de me traiter en enfant.

— Nous avons de la peine, Olivier, mon cher camarade... Ecoutez-moi, je n'ai pas non plus de lettres de mon père depuis longtemps... Et je ne m'inquiète pas encore, parce que je connais la vie : des courriers peuvent se perdre, des messagers peuvent être infidèles. On peut être malade, spleenétique, absorbé par des projets, des préparatifs, la fièvre de l'entreprise.

— Mais les journaux, Thérèse!

— Les journaux mentent. C'est leur métier. La mission Champdieu inquiète l'Angleterre, et l'Angleterre a tout intérêt à faire croire à sa disparition. Il n'y a pas d'exemple d'une expédition africaine dont on n'ait dit ce qu'on dit aujourd'hui de votre père. Vous savez que je ne suis pas optimiste. Je vois plutôt les choses en noir. Eh bien, avant un mois la nouvelle sera reconnue inexacte et démentie.

J'avais, pour fixer ses yeux admirables, l'excuse d'y chercher la sincérité. Puis bouleversé d'amour je me mis à pleurer librement. Oh! le pli attendri de sa lèvre, la douceur bienfaisante de sa voix!

— Allons, Olivier, pas de faiblesse... Votre père pense à vous... S'il vous voyait... Soyez digne de lui et de son grand courage.

Comme elle parlait ainsi, Fabère entra accompagné de ma mère et, devinant ce dont il s'agissait, s'apprêta à se retirer avec une discrétion un peu solennelle.

— Je le rassurais, dit Thérèse.

Maman ajouta sèchement :

— Je vous remercie.

Son mari eut un geste ambigu, gêné, et disparut. Je restai seul entre les deux femmes, avec le fardeau de mon chagrin et l'ennui de les sentir en méfiance réciproque, sinon en hostilité déclarée. Cette constatation redoubla mes larmes.

Pendant toute cette mauvaise période, ma dame eut pour son serviteur navré des attentions d'une délicatesse infinie. Elle venait me faire de courtes visites avant le dîner. La presse s'occupait fort de la mission Champdieu, publiait des renseignements contradictoires, des interviews d'explorateurs, de missionnaires et d'officiers. L'opinion publique se passionnait. Thérèse m'apportait les découpures favorables, me lisait, les commentait :

— Vous voyez, hein, avais-je raison? *...one que doit franchir en ce moment la ...tite troupe de ces braves est sans relations avec nos postes les plus avancés. Il ne faut donc pas s'étonner qu'on n'ait point de nouvelles du commandant Champdieu. Hâtons-nous d'ajouter que l'hypothèse du massacre parait de plus en plus invraisemblable.*

Les raisons diverses et ingénieuses qu'elle trouvait pour me réconforter, je les transmettais intégralement rue de Médicis, sans indiquer leur origine bien entendu.

Grand'mère Champdieu les réfutait avec une sorte d'acharnement. Elle en attribuait sans doute la paternité aux Prévix ou à Fabère. Marc-Antoine Alevin n'avait fait que traverser Paris et je ne l'avais pas rencontré à ce premier passage. Persuadé d'avance que le ministère des Colonies ne pourrait lui donner aucun renseignement utile, il était aussitôt reparti pour Londres, afin d'être à la source des dépêches tendancieuses et de les contrôler. Dominique, restée à Avignon sous la garde de son oncle l'abbé, m'écrivit une lettre touchante. Je ne résistai pas à l'envie de la communiquer à ma dame. Elle la lut avec soin, s'informa de l'âge de ma petite amie et, quand elle apprit qu'elle n'avait que quatorze ans, manifesta une extrême surprise : « Elle a le style et l'acuité d'une personne de dix-huit ans, qui serait sensible et clairvoyante. »

Puis après une courte réflexion : « Olivier, voilà votre femme! »

Je me récriai. Aucune affirmation ne pouvait, venant de Thérèse, m'être plus désagréable. Je jurai qu'il n'était question de rien de semblable, que Mlle Alevin et moi n'éprouvions l'un pour l'autre qu'une estime mutuelle et sans arrière-pensée. La malicieuse secouait la tête.

— Chacun a sa compagne marquée, prédestinée dans la vie. Quelquefois on ne se rencontre pas, ou l'on s'ignore, ou l'on se rencontre trop tard, ou l'on est séparé par les lois et les convenances, les stupides préjugés plus durs, plus impitoyables que les dieux antiques. Vous, Olivier, vous avez la chance de connaître celle qui sera, qui est déjà de toute éternité votre femme. Rappelez-vous mes paroles. Je ne plaisante pas.

Je songeais tout penaud : « Si j'avais su, je ne lui aurais pas montré cette lettre. Comment lui ôter cette idée de la tête ? »

Conseillé par sa nièce, j'imagine, Fabère s'abstint de toute allusion à l'inutilité des expéditions coloniales, à l'infériorité de la bravoure militaire. Mais son silence était lourd de mécontentement car la réputation de mon père gagnait avec l'angoisse des patriotes.

A l'école j'étais un objet de curiosité. Les parents de mes condisciples me guettaient, me dévisageaient quand j'allais au parloir. J'entendais chuchoter comme jadis à la gare de Lyon : « C'est son fils... Il lui ressemble. »

M. Ménotrie me dit devant toute la classe : « Mon enfant, je suis heureux de vous serrer la main et d'espérer avec vous. » Ces témoignages me rendaient très fier.

Maman demeurait impassible. Les grands-parents Prévix gardaient un air grave, moitié deuil, moitié reproche, dont je sentais le ridicule. Ils feignaient de partager mes alarmes, de blâmer ceux qui ne les partageaient pas. Adolphe dévorait les journaux en cachette.

Le douzième jour d'inquiétude, grand'mère Champdieu reçut de Londres le télégramme suivant :

Complètement rassuré; mission signalée à 200 lieues environ de l'Abyssinie; je reviens.

MARC-ANTOINE.

Vingt-quatre heures après, le père de Dominique nous serrait frénétiquement dans ses petits bras : « Là, quand je vous disais qu'il était absurde de s'inquiéter! Ces Anglais ont été charmants, pleins d'attentions, chevaleresques même. Ils ont voulu me prouver leur estime pour le major Tchampdieu. Ça a peut-être coûté cinq mille francs de câblogrammes au Foreign-Office, cette plaisanterie-là. »

Son accent, son exagération, ses gestes, les sonores baisers qu'il faisait claquer sur les joues de grand'mère, les bonnes nouvelles qu'il apportait, tout cela nous donnait envie de pleurer et de rire à la fois. Ce poète pensait à tout : il avait aussitôt averti la presse parisienne, de sorte que le public était rassuré en même temps que nous. « Il y a foule devant le Cercle militaire. On a affiché un transparent lumineux de deux mètres de haut. C'est noir de monde sur la place. Le peuple crie : « Vive Champdieu! »

Le sentiment de la gloire me gonflait le cœur. Grand'mère sanglotait de joie dans son mouchoir et répétait : « Est-ce bien vrai, au moins? »

— Bou Diou, assez de larmes! criai le Provençal; avant quinze mois maintenant vous l'embrasserez votre garçon, à moins qu'il ne s'attarde à la cour du Négus, que ce sacré traité de commerce ne le contraigne à prolonger son absence. Mais c'est peu probable. Ah! je connais une jeune personne qui va être joliment contente aussi!

Ce disant il me guettait de son œil fin et prompt, embusqué sous d'épais sourcils. Je ne bronchai pas. Le dîner auquel j'assistai, entre grand'mère et le brave homme, fut plein de cordialité et d'allégresse. A chaque instant on sonnait. Un reporter faisait passer sa carte. Marc-Antoine Alevin posait sa serviette, sortait de table, allait renseigner le journaliste et revenait la figure épanouie, grommelant : « Ça marche, ça marche. »

Dans les intervalles il parlait de ses cultures très florissantes du mas du Mirau, de la Jasonne, où le cousin Anselme et Sartan faisaient des miracles... « Vous verrez cela au prochain voyage. » Il se tournait vers grand'mère attendrie : « Car elle est toujours à vous, votre Jasonne, maman Champdieu; je vous la conserve. »

— Mais non, Marc-Antoine, aujourd'hui elle vous appartient. Vous l'avez achetée... et bien payée.

— Bah! vous verrez qu'elle vous reviendra.

Tous deux me regardaient en riant. Je rougis sans trop bien comprendre. Le souvenir de Dominique, réveillé par la présence de son père, la constante pensée de ma dame, l'orgueil et la sécurité du cœur ont imprimé dans ma mémoire les moindres détails de cette émouvante soirée : la petite salle à manger, la bouteille de champagne, le visage consolé de grand'mère, les plaisanteries de Marc-Antoine.

Rue Boissy-d'Anglas, au retour, Thérèse me félicita, maman déclara : « Tu vas être plus tranquille maintenant. »

Fabère mâchonna entre ses dents un « Tout est bien qui finit bien », où transparaissait le dépit.

De leur côté les grands-parents Prévix, maintenus par je ne sais quelles menaces, ne me parlèrent plus de rien. A l'école, en revanche, mes camarades me firent une ovation.

Le résultat de cette alerte fut de susciter en moi une crise religieuse assez intense. L'athéisme intransigeant de Fabère, celui des grands-parents Prévix avaient pesé sur la faible volonté de maman pour m'empêcher de faire ma première communion. C'était là une des préoccupations constantes de grand'mère Champdieu, chez qui j'étudiais régulièrement mon catéchisme ; ni les railleries de Thérèse Fabère, ni l'admiration que j'avais pour elle, ni l'enseignement de l'école Fourier n'avaient étouffé ces germes mystérieux de la croyance qui périodiquement troublaient mon scrupule, grandissaient en mélancolie idéaliste, en superstitions soigneusement cachées.

Je croyais au miracle depuis ma naissance. J'attribuais les catastrophes à l'impiété ; je commençais à regarder ma prière, à saisir son éternité sous les mots usés par la fréquence. Les blasphèmes coutumiers de Thérèse m'offusquaient ; je lui disais : « Vous avez tort ; cela vous portera malheur. »

Quand je sus que mon père était sauvé, j'allai remercier Dieu à Notre-Dame-des-Victoires. Les cierges brûlant devant l'autel me semblaient autant de petites âmes que consumait leur ardeur mystique. Un prêtre passait, grave et recueilli. J'hésitai à lui confier mes remords, à lui conter cette histoire intérieure et spontanée, qui est le meilleur de nous-même et que les événements de la vie nous dissimulent. Une fausse honte me retint. Je l'ai souvent regretté depuis.

Fabère commença ses fameux exercices à quelques mois de là, un dimanche, par une de ces splendides matinées de printemps où tout est allégresse et plénitude. Il avait choisi son décor.

J'étais à la maison, ce jour-là, averti depuis la veille par les mines graves et douloureuses que la chose allait avoir lieu. Des échos discrets de première page, habilement disséminés, annonçaient dans les principaux quotidiens qu'un jeune savant de grande audace et de grand talent, le Dr E. F..., exposait courageusement sa vie pour la science. Il devait s'inoculer le cancer, puis le guérir par ses procédés. C'était là un de ces exemples héroïques que tout le monde ne pouvait pas suivre, mais que chacun devait encourager.

Le Dr Vanne avait fait la première injection de substance cancéreuse virulente — au dire de Fabère — dans le biceps gauche du patient, à dix heures, devant cinq professeurs de la Faculté de médecine.

A midi on se mit à table comme à l'ordinaire. Maman avait les yeux rouges. Vanne racontait des anecdotes que personne n'écoutait. J'étais heureux que ma dame n'eût pas voulu assister à l'opération homicide et j'essayais de me persuader qu'elle se moquait comme moi de la vie de son oncle ; mais le tremblement de ses longues mains, le pâle sourire figé sur ses lèvres fiévreuses détrompèrent bientôt ma malveillance.

Fabère mangeait de bon appétit, parlait très fort, plaisantait, affectait une admirable quiétude. On devait, après le repas, le photographier dans son laboratoire pour plusieurs magazines illustrés ; cette perspective l'enchantait.

Au dessert il ôta sa redingote, releva la manche de sa chemise, nous montra sans pudeur un bras gros et blanc où paraissaient trois petites taches rouges semblables aux marques du vaccin.

— N'ayez pas peur, mesdames et messieurs, on peut toucher...

Ce boniment de foire, qu'il croyait spirituel, convenait à son charlatanisme. Il déclara qu'au bout de quinze jours, d'après ses calculs, les premières excoriations seraient nettes, qu'alors il se guérirait aussi aisément qu'il s'était contaminé, et que les cinq témoins rédigeraient un procès-verbal.

— Dans quinze jours ! répéta maman, les prunelles élargies de terreur.

— Thérèse, poursuivit Fabère, j'aurai besoin plus que jamais de votre dévouement pendant cette période. Dès aujourd'hui nous commencerons nos analyses du sang pris dans le voisinage de la plaie.

— Vous ne me permettrez pas d'y assister ?... implora ma pauvre mère, comme si, devant perdre prochainement son mari, elle ne voulait plus le quitter une minute.

— Impossible ! — fit la victime volontaire, — le moindre mot, le moindre geste, votre seule présence feraient rater l'opération.

Comme Thérèse courait vers sa chambre, je la rejoignis et, réunissant tout mon courage : « Je vous en supplie, ne descendez pas au laboratoire ! Maman est déjà mal disposée contre vous. Elle vous a regardé tout à l'heure... Je vous jure que vous auriez tort... Dites à Fabère que vous êtes souffrante, que Mme Moïse vous réclame. »

Etonnée de mon audace, ma dame tourna vers ce gamin, qui se permettait de la conseiller, des yeux d'une ardeur extraordinaire, où viraient l'amour, la fureur et le défi. Sa voix était sifflante et mauvaise quand elle me jeta :

— Apprenez, mon petit garçon, que je n'ai peur ici de personne et que je n'en ferai jamais qu'à ma tête.

Il est vrai que, quelques minutes après, elle venait me trouver dans ma chambre et essayait de me démontrer le génie et la magnanimité de son oncle, d'endormir mes jeunes soupçons. Ce peu de confiance me fut plus pénible que tout le reste. Je m'écriai :

— Vous imaginez-vous que je sois un espion ou un traître? C'est parce que vous m'êtes bien chère, Thérèse, que je vous conseille la prudence... S'il allait arriver un malheur...

— Quel malheur?

Elle me pressa de questions; je refusai de m'expliquer davantage. J'étais sincère; ma féroce jalousie cédait devant l'angoisse plus grande de quelque irrémédiable éclat.

Les enfants connaissent mal leurs parents, mais ils ont sur eux des lueurs intuitives. Je *savais* que le soupçon de maman était éveillé depuis les dernières imprudences de Fabère.

Je *savais* que les grands-parents, pleins de haine et de rancune contre le bon gros, exploitaient cette aubaine inattendue, entouraient Thérèse et son oncle d'un réseau de surveillance occulte. Je sentais surtout que l'atmosphère de la maison était devenue orageuse, passionnée, que ces fausses images de sacrifice et de mort, suspendues sur la tête d'un cabotin de la science, n'en déchaîneraient pas moins des désastres vrais.

Pendant ces deux semaines d'attente, ma mère évita de parler à Thérèse et celle-ci évita de prendre ses repas et de coucher rue Boissy-d'Anglas. Elle passait ses journées en tête à tête avec le héros, qui n'avait jamais montré tant de gaieté ni d'aménité. Même, à deux ou trois reprises, il descendit rendre visite aux grands-parents, lesquels de leur côté, selon l'expression d'Adolphe, « étaient tout sucre, tout miel ».

Les allusions fielleuses avaient cessé. Plus la figure de maman se rembrunissait et se contractait, plus leurs visages se déridaient. Ils demandaient des nouvelles du « grand homme », de « l'illustre Elie », sans la moindre ironie, d'un air inquiet. Ils arrêtaient la « chère Thérèse » dans l'escalier pour lui parler de son oncle, « si noble, si simple, si vaillant ».

Le quinzième jour, ainsi qu'il avait été convenu, les éminents professeurs se réunirent de nouveau, examinèrent le bras du patient, conclurent que le résultat était nul, firent une nouvelle injection trois fois plus virulente que la première, et décidèrent d'attendre encore un mois. Néanmoins, vu la diminution notable des globules rouges dans le sang de leur éminent confrère, ils lui conseillèrent un régime carné abondant et le séjour à la campagne.

On était au début de l'été. Il fut décidé que toute la famille émigrerait à Jouy-en-Josas.

Thérèse, sollicitée par son oncle, à qui sa présence était indispensable, obtint de Mme Moïse un congé. A ma vive satisfaction, mais au détriment de mes études, j'entrai en vacances un mois plus tôt que mes condisciples.

Qui donc eût contrarié les suprêmes désirs d'un homme condamné peut-être à une mort prochaine et glorieuse? Les journaux parlaient autant de l'expérience d'Elie Fabère qu'ils avaient, quelques mois auparavant, parlé de la mission Champdieu. Le bon gros obtenait ce premier résultat d'accaparer la vedette aussi complètement que son prédécesseur. Mes camarades, mes maîtres, M. Ménotrie me témoignaient cette même bienveillance qui m'avait tant ému quand il s'agissait de mon père, qui cette fois m'agaçait plutôt. Des imbéciles me félicitaient : « Vous avez joliment de la chance. Il n'est question que de vos parents dans la presse. » Je faisais une grimace d'approbation et je me retenais pour ne pas crier : « Qu'est-ce que vous voulez que me fassent les succès d'un Elie Fabère? »

Grand'mère Champdieu dissimulait moins ses sentiments. Quand elle apprit la tentative de celui qu'elle rendait responsable du divorce, elle murmura : « Je ne souhaite la mort de personne, et pourtant... » Au bout de trois jours, elle m'interrogeait : « Eh bien, et cette fameuse injection? C'était donc de l'eau sucrée? »

Par esprit de contradiction je répliquai : « Mais non, grand'mère, c'est très sérieux. Les plus célèbres médecins sont d'avis que son existence est en danger. »

Elle riait : « En danger! Ah vai! Ces docteurs sont des ânes. Je parie qu'il dévore son bifteck à chaque repas, le gros tartufe! Il nous enterrera tous, va, petit homme, et tu as mieux à faire que de plaindre une pareille canaille. Tu lui dois le malheur de ta vie. »

A Jouy-en-Josas il y eut une [illegible]

Maman parut oublier ses griefs. Elle se rapprocha de Thérèse Fabère sans que j'aie deviné les motifs de cette réconciliation éphémère et inespérée. Je pus croire que l'existence allait reprendre comme auparavant. Du même coup, comme par un jeu de bascule, les grands-parents redevinrent hostiles à leur gendre et railleurs.

Ce fut une jolie consternation le jour où Elie Fabère nous montra victorieusement deux boutons de la grosseur d'une lentille, qui pointaient au niveau de la dernière piqûre :

— Ça en est... Je suis certain que ça en est... Nous allons faire une préparation de cellules géantes... On ne nous dira pas, cette fois, que c'était une inexpérience vaine.

Maman se retira chez elle pour pleurer, refusa même de recevoir grand'mèr qui ne riait plus. Cet après-midi-là, justement, Xavier Germard était venu à Jouy-en-Josas avec Geneviève. Il manifesta un enthousiasme considérable, déclarant que les « pionniers de la science étaient aujourd'hui les premiers des hommes, les seuls prêtres, les seuls martyrs... qu'il fallait leur dresser des autels... que les autres n'étaient pas dignes de baiser le pan de leur redingote ».

Le héros portait son bras en écharpe...

— On doit être fier d'avoir un pareil gendre! répétait-il en regardant sa fille, qui faisait : « Oh! oui » avec une mine de sainte-nitouche.

Elle n'avait pas embelli ; elle était toujours maigre, mais ses yeux manifestaient une volonté froide qui contrastait avec ses paroles et son attitude réservée. Elle m'était devenue chère par l'affection et la confiance qu'elle ne cessait de témoigner à ma dame. Son père lui laissant beaucoup de liberté, il avait été convenu que nous irions un jour tous quatre, elle, Thérèse, Paul Ovide et moi, nous promener aux environs de Jouy, hors de la tutelle familiale. Je me faisais une fête de cette escapade et je souhaitais ardemment que l'insupportable tumeur de Fabère ne vînt pas mettre obstacle à nos projets.

Le Dr Vanne, chargé officiellement de suivre les progrès de l'inoculation, arriva le soir, constata les deux boutons, hocha la tête, commença à rédiger un rapport, le déchira, finalement ne se prononça point C'était, à la réflexion, un singulier personnage que ce géant barbu et silencieux. Etait-il du parti de sa femme et de Fabère, ou de celui des grands-parents? Il disait blanc avec les uns, noir avec les autres, et semblait surtout désireux de ne pas se compromettre, d'éviter les algarades de sa romancière.

Celle-ci venait souvent, promenait dans les allées et les appartements son visage blême, avide de catastrophe, ses intarissables potins, ses prétentions littéraires, plaignait maman. Fabère, Thérèse, me plaignait, soulignait et avivait nos ennuis, nos dissentiments, nos inquiétudes, puis repartait après avoir mis sur les petites plaies un baume falsifié qui les aigrissait. Elle répétait :

— Je suis si bonne... si complaisante... On m'aime tant!...

Fabère était furieux de l'hésitation de Vanne :

— C'est un crétin... Il n'a donc jamais vu de cancer de sa vie? Sa femme est charmante, mais lui!... Ah! je plains les malades qui tombent entre ses pattes!

Des soupçons le hantaient, car il était de ceux qui se croient aisément trahis, qui prêtent leur fourberie aux autres :

— Il y a dans sa conduite quelque chose qui n'est pas clair. J'ai tant d'envieux... Certains de mes chers confrères donneraient gros pour me voir échouer.

Ces propos véhéments se tenaient devant les grands-parents qui ne bronchaient pas, ne défendaient pas Vanne, ne comprenaient pas les allusions « aux sceptiques nés, à ceux qui font une arme du ricanement ». Grand'mère était très occupée de sa tapisserie, grand-père de son journal. Thérèse se mordait les lèvres, chantonnait, sortait prendre l'air, rentrait, ouvrait et refermait le piano. Maman lisait, ne réponait aux questions que par monosyllabes, la fois inquiète et fâchée.

Le héros portait son bras en écharpe. e soignait, le dorlotait comme la nourrice on nourrisson. Aux amis, aux savants veus en pèlerinage, il montrait son biceps, ournissait des explications techniques avec n ton, une moue d'une fatuité sans ornes.

Ce fut pendant deux semaines un délé ininterrompu de jeunes à lunettes et de ieux à favoris, de reporters, de doctes trangers que l'on retenait souvent à déeuner ou à dîner, qui paraissaient mal conaincus, mais approuvaient par politesse. 'anne, qui boudait, ne se montrait point.)n le remplaça par un jeune interne des ôpitaux, plus timide et plus souple.

Malgré les incantations de Fabère, les eux petits boutons n'augmentaient pas. l en rejetait la faute sur le changement 'air, sur la température. Je m'informais ouvent auprès de Thérèse, par taquinerie, es progrès de ce mal illusoire. Je lui rétais les paroles de grand'mère Champieu et je m'attirais des rebuffades moins ésagréables que son indifférence. Elle était videmment partagée entre la terreur de la éussite et celle non moins vive de l'insuccès. es grands-parents, par leurs manigances, ui étaient devenus odieux. Quant à maan, complètement affolée, ballottée par la rainte, les scènes de son mari qui la renait responsable de tout, et ses soupçons u'irritaient perpétuellement son père et a mère, quant à ma pauvre maman, elle hangeait d'humeur plusieurs fois par jour, e brouillait, se réconciliait avec celui-ci, vec celle-là, bousculait les domestiques, assait de la colère à la joie, de l'exubéance à l'hypocondrie. C'était sur moi que etombait en dernier lieu le poids de son écontentement.

Elle me reprochait alternativement ma aresse, mon manque d'éducation, mon anque de cœur. Elle découvrait en moi ous les défauts, me menaçait de me renoyer en Angleterre malgré mes seize ans t demi, jusqu'à la fin de mes études. Puis, e repentant de sa sévérité, elle m'embrasait, glissait une pièce d'or dans ma bourse.)u bien elle me prenait à part, m'interroeait longuement, âprement, sur Thérèse t sur son oncle, sans me quitter des yeux ; t je devais calmer sa jalousie en contenant a mienne mentir, jurer que mon beauère et sa nièce ne s'étaient pas promenés euls au jardin, ne m'avaient pas renvoyé, n'avaient pas poussé le verrou du laboratoire.

Le délai d'un mois étant écoulé, la commission scientifique fit le voyage de Jouy-en-Josas et se refusa à admettre la nature cancéreuse des boutons. Deux professeurs sur cinq étaient d'avis d'en rester là. Les autres consentirent, après mûre délibération, à pratiquer une troisième série d'injections, celle-ci définitive. En cas d'échec, l'inefficacité du virus et, par suite, de la méthode, serait bien et dûment enregistrée.

A PEINE DANS LE BOIS, NOUS NOUS PARTAGIONS EN DEUX COUPLES.

« Les misérables! » s'écria Fabère dans le dos des cinq augures. Puis, se tournant vers Thérèse navrée, avec un geste de défi : « A l'ouvrage, petite, nous triompherons. »

L'emballement des Français décroît avec rapidité. Plusieurs journaux devinrent narquois. Je ramassai les extraits de la presse dont se délectaient sournoisement les grands-parents et qu'ils laissaient traîner ensuite, et je fus frappé et réjoui de la différence de ton, du scepticisme qui succédait à l'enthousiasme du début Certains émettaient la supposition qu'il y avait là dessous quelque battage, une réclame habile et prolongée.

Notre partie carrée eut lieu en dépit de ces circonstances. Geneviève Germard avait pris comme par hasard le même train que Paul Ovide, et Thérèse avait demandé la permission de nous chaperonner tous les trois. A peine dans le bois, nous nous partagions en deux couples, les fiancés de l'union libre en avant, ma dame et moi fermant le cortège.

Il faisait un temps magnifique, chaud, mais égayé par une petite brise qui ébouriffait les cheveux dorés de Thérèse sous son chapeau de paille relevé à la Marie-Antoinette.

Elle marchait à grands pas, caressant les hautes herbes de son ombrelle rouge, pensive, les yeux fixés sur un songe. Je comparais tristement la réalisation à l'espérance. Je m'étais promis d'ouvrir mon cœur à cette radieuse amie, tout occupée d'un autre, de la conquérir comme ces paladins qui délivraient des princesses captives. Et maintenant je n'osais pas ; je voyais, à l'horizon de ma conscience, une petite volonté toute réduite qui se sauvait en m'adressant un adieu ironique. Heureux Paul Ovide, qui parlait amour et mariage à sa Geneviève attentive !

— Olivier ! me dit Thérèse. Puis elle se tut... Puis elle reprit : « Cher Olivier, cela vous ferait de la peine si je devais vous quitter ? »

Pour toute réponse, je pris sa main légère et la couvris de baisers. Elle ne la retira pas, mais elle ajouta avec un sourire amer :

— Et cela vous ferait tant de plaisir si Fabère vous débarrassait de sa présence.

— Oh ! non, maman aurait trop de chagrin !

Cet aveu qui m'échappait toucha ma blonde amie. Elle répéta mélancoliquement : « Trop de chagrin... Oui, sans doute... » Puis, d'une voix plus rude : « Mais je pense que vos grands-parents ne seraient pas mécontents de le voir partir. Il les gêne, il leur porte ombrage.

— Croyez-vous ?

— J'en suis sûre... Ils le détestent et ils me détestent. Moi, parce que je suis sa nièce. Lui, parce qu'il les empêche de dilapider la fortune de votre maman.

J'ouvrais de grands yeux, désolé que la conversation prît ce tour peu sentimental, mais incapable de la faire dévier. Evidemment Thérèse avait choisi cette occasion de me révéler certains dessous de la vie de famille que je ne tenais pas à connaître.

— Olivier, vous êtes jeune encore, mais... on n'osera pas vous expliquer plus tard comment les choses se sont passées. Peut-être ne serai-je plus là pour vous renseigner. Jusqu'à présent, livré aux domestiques, vous n'avez eu comme guides dans ce labyrinthe que leurs racontairs. C'est insuffisant. Eh bien, sans cet Elie Fabère, que l'on vous apprend à haïr, sans lui, vous m'entendez bien, il ne resterait pas un sou de l'héritage de la tante Louis, et vous habiteriez un petit logement de douze cents francs, tandis que bon papa et bonne maman se prélasseraient dans l'hôtel de la rue Boissy-d'Anglas. Cela vous étonne ? C'est strictement exact.

Ce qui m'étonnait, c'était l'acrimonie de Thérèse, ses regards de vengeance satisfaite. Elle continua, marchant vite, couverte de ces disques brillants que projette la lumière à travers le feuillage :

— C'est un peu dur, ce que je vous raconte là ; vous me saurez gré de ma franchise. Ce n'est pas Elie Fabère qui a causé le divorce dont vous souffrez. Ce sont vos grands-parents qui ont manœuvré, avec une infernale adresse, pour chasser votre père de sa fortune et de sa maison, pour le remplacer par une autre dupe. La science et le désintéressement de Fabère leur garantissaient sa stupidité. Ils ignoraient qu'il est énergique et clairvoyant en affaires comme en physiologie. Celui que vous traitez en ennemi s'est opposé de toutes ses forces à la dilapidation de votre patrimoine. Si vous êtes riche un jour, c'est à lui que vous le devrez.

Ses lèvres frémissaient, ses narines palpitaient. J'étais atterré de ces révélations qui m'éclairaient bien des points obscurs, ramené au sérieux de l'existence par celle qui me représentait toute la volupté de l'existence, gonflé de dégoût et prêt à sangloter. La forêt me paraissait éteinte. Le couple de fiancés, là-bas loin devant nous, n'allait-il pas lui aussi, d'un pas cadencé, à des désillusions, à des vilenies d'argent, à des choses laides ? Je méprisais les grands-parents, mais j'aimais moins Thérèse de me les montrer tels qu'ils étaient.

Elle interpréta mal mon mutisme.

— Vous ne me croyez pas, Olivier ; quel intérêt aurais-je, au point où j'en suis, à vous mentir ?

Sur ces paroles étranges, elle s'appuya à un tronc d'arbre et respira avec effort.

comme si elle souffrait d'un mal mystérieux. Alors je me jetai à genoux, je serrai ses jambes entre mes bras et je me mis à pleurer abandamment, la figure cachée dans les plis de sa robe. Elle me releva, me consola, maternelle et divine, avec ces mots tièdes comme mes larmes : « Pauvre petit abandonné, pauvre petit abandonné! »

VII

La première lettre autographe que grand'mère Champdieu reçut de son fils, parvenu enfin en Abyssinie, jeta la chère femme dans une joie folle. Elle me la lut lentement, pesant les mots, soulignant les passages dramatiques, s'interrompant pour remercier le ciel, s'attendrir, m'embrasser. La mission avait couru de grands dangers, repoussé des attaques nombreuses et réalisé son programme de point en point. Mon père se déclarait hautement satisfait du résultat, mais jugeait nécessaire de prolonger son séjour de quelques mois, afin d'obtenir du Négus des concessions importantes.

Chaque fois que mon nom revenait, accompagné de touchantes recommandations, grand'mère s'écriait : « Ah! tu vois... comme il pense à toi... Oh! son Olivier, comme il l'aime!... » Si bien que j'avais le cœur battant, les yeux humides et l'âme ardemment filiale. Mais de toutes ces flammes qui naissaient en moi je faisais hommage à Thérèse.

J'étais momentanément séparé d'elle. Grand'mère Champdieu, redoutant une deuxième alerte, n'avait pas voulu cet automne-là faire le voyage de Saint-Brunet, s'éloigner du centre des nouvelles. Elle avait loué aux environs de Paris, entre Villeneuve-Saint-Georges et Draveil, une petite maison dont le potager ouvrait sur de grandes plaines. C'est là que je vins passer le mois de septembre. La dernière consultation des professeurs de Faculté avait été désastreuse pour Fabère. Furieux de voir sa découverte contestée et ses espérances compromises, ce farceur n'avait-il pas imaginé d'entretenir sa plaie artificiellement, pour lui donner une apparence de mauvaise nature, embarrasser et retarder le diagnostic de ses confrères? Ceux-ci, ayant éventé la supercherie, s'étaient dignement retirés du débat. Il n'était bruit dans le public désillusionné, que du fiasco du Dr Cancer. Des chansons satiriques circulaient là-dessus. Les domestiques les fredonnaient à l'office. Des caricatures le représentaient en costume de cuisinier, dressant une tumeur de carton, avec cette légende : « Elle mettra quelque temps à cuire. »

Le bon gros avait commencé par mépriser ces viles attaques, hausser les épaules, dissimuler soigneusement sa rage. Puis un matin celle-ci longtemps contenue éclatait et pendant huit jours on entendait des coups de pied, des coups de poing qui ébranlaient la bibliothèque et le laboratoire.

Thérèse elle-même était impuissante à enrayer ces accès inquiétants. Aux repas l'expérimentateur méconnu tantôt restait sombre et muet, tantôt accablait d'invectives la médecine officielle, les académiciens, la France surtout, « patrie des imbéciles et des jobards ».

La presse américaine s'étant montrée la plus indulgente, il répétait avec insistance :

— Oh! quitter ce pays, vivre en Amérique, chez un peuple libre et intelligent, un peuple *qui ne fait pas d'esprit!*

Maman écoutait ces blasphèmes avec une mine douloureuse et une patience angélique. De temps en temps elle essuyait une larme quand le désir de fuir une « race ignorante » s'affirmait avec trop de véhémence. Elle se faisait humble et petite, supportait la présence de Thérèse, évitait les sujets irritants et le contact des grand-

C'EST LA QUE JE VINS PASSER LE MOIS DE SEPTEMBRE

parents Prévix que le four de leur gendre enhardissait.

J'avais été désolé de quitter ma dame, mais ravi d'échapper à cette ambiance de querelles et d'animosité.

La veille même de mon départ Thérèse recevait enfin des nouvelles de son père, un agité lui aussi, qui ne pouvait persister plus de deux ans de suite dans le même métier. Sans s'excuser de son long silence, il prévenait laconiquement sa chère fille qu'il gagnait beaucoup d'argent comme armateur à New-York et l'engageait à venir le rejoindre « quand elle aurait assez de sa mère ».

J'appréhendais les railleries et les questions de grand'mère Champdieu. Plus je dépassais l'adolescence, plus cette haine demeurée vivace entre les deux tronçons de ma famille m'était pénible. Sorti de cette puérile timidité qui me livrait jadis sans défense au dernier interlocuteur, je m'essayais à contredire. Mais je n'eus pas cette fois à me rebiffer. Pendant tout le temps de mon séjour à Villeneuve-Saint-Georges, il ne fut question ni des Prévix, ni de Fabère, ni de Thérèse.

NOUS FAISIONS DE LONGUES P OMENADES AU BORD DE LA SEINE..

Nous faisions de longues promenades au bord de la Seine ou dans la forêt de Sénart. Grand'mère me parlait du passé et de la jeunesse de mon père. Je commençais à m'apercevoir qu'elle était vieille, ridée, qu'elle répétait souvent, dans les mêmes termes, les mêmes histoires. Je ne l'écoutais guère, tout occupé à fixer les souvenirs de ma dame, qui fuyaient malicieusement devant ma poursuite, une intonation de joie ou de reproche, un accord du regard et de la voix, la couleur d'un corsage, la finesse des mains.

— Tu es distrait, petit.

Cette phrase indulgente me tirait de ma songerie et j'entendais quelques mots : *Dominique*, *Marc-Antoine*, *mas du Mirau*, qui me reportaient loin en arrière, dans des paysages dépouillés de leur attrait, pareils aux vignettes à demi effacées des vieux livres.

La chère femme ne s'apercevait pas que j'étais devenu un homme, que je la dominais de toute la tête, que mes idées, mon cœur, ma mémoire elle-même s'émancipaient. Il y a un âge dans la vie où l'on tend éperdument vers l'avenir, où ce qui tut semble une intrusion, un vol fait à ce qui sera. On a le soleil devant soi. On ne se retourne point vers les ombres.

Dans ma chambre, le soir, toutes portes closes, j'écrivais à Thérèse des lettres que je n'envoyais point, qu'elle ne devait jamais lire, mais qui soulageaient ma mélancolie amoureuse. Je lui disais : « Nous sommes frère et sœur », et aussi : « Le destin ne nous a point rapprochés pour nous arracher l'un à l'autre. » Je lui rappelais tel ou tel événement des deux années et demie que nous avions déjà passées côte à côte et qui auraient sur ma formation intellectuelle et morale une influence décisive. Je la câlinais, je l'adjurais, je la sermonnais, je la suppliais ; puis tout à coup pris de honte à l'hypothèse qu'elle pourrait lire ces insanités, je les déchirais, j'ouvrais ma fenêtre, je me perdais dans le clair de lune.

Il jetait sur la plaine un voile de lait, sur mon âme une langueur exquise. Il rendait possible l'invraisemblable. Je me confiais à ses pâles rayons, je les chargeais de baisers pour ma dame, de toutes ces plaintes que laissent les illusions en se détachant de notre candeur.

Mon retour à Paris fut sinistre. Les grands-parents étaient restés à Jouy. Thérèse remplaçait Mme Moïse au collège de Staël pendant les derniers jours des vacances. La mésentente entre maman et son mari était entrée dans une période grave. Je commençai ma rhétorique sous les auspices les plus fâcheux.

La rancune de Fabère contre son ingrate patrie, ses collègues et les grands-parents avaient pris un tour sarcastique. Il souhaitait tantôt un incendie qui détruirait l'hôtel de la rue Boissy-d'Anglas et le délivrerait de la présence « d'estimables parasites », tantôt un grand scandale qui forcerait l'Académie des sciences à se dissoudre, tantôt une invasion. Il serait ravi le jour où les Prussiens, les Anglais ou les chers Américains camperaient sur la place de la Concorde. Au moins on aurait chance de travailler dans les laboratoires et de reconnaître le vrai mérite.

Il pestait contre Paris, « ville de voleurs », contre le monde, les théâtres, les cafés-concerts, les sales riches, les pauvres *plus insupportables encore*, les journaux, les revues, le luxe ; tout lui était sujet à blâme ou à épigrammes.

Il s'absentait souvent, rentrait tard, sans dire d'où il venait, ni ce qu'il avait fait. Nous l'attendions pour nous mettre à table.

Ma pauvre mère l'accueillait par d'amers reproches, auxquels d'abord il ne répondait rien. Elle et lui avaient perdu toute pudeur. Ni ma présence ni celle des domestiques ne les empêchaient de se jeter à la tête des griefs et des menaces. Car maman, au bout de quelques minutes, s'irritait davantage, le traitait de *raté*, de *poseur ;* puis, par une pente naturelle, la dispute déviait sur Thérèse, cette *coureuse, cette rien du tout.*

A ce moment l'ex-bon gros, devenu livide, entamait le chapitre des grands-parents : loyer, héritage de la tante Louis, spoliation ; le ton montait. Ne pouvant ni m'entremettre efficacement ni en entendre davantage, je posais ma serviette le premier et quittais la pièce, bientôt suivi des deux combattants. Chacun de nous allait s'enfermer dans sa chambre ; car depuis son insuccès Fabère, sous prétexte de travail prolongé dans le laboratoire, y avait fait dresser un lit de camp.

De chez moi j'écoutais les sanglots et les monologues de ma mère. Quelle que fût mon envie d'aller l'embrasser et la consoler, je n'osais frapper à sa porte, craignant d'augmenter son chagrin. Je sentais que les incartades de cet homme, qui n'était pas mon père et qui avait des droits sur elle, la gênaient affreusement vis-à-vis de moi. Sa détresse aurait dû nous rapprocher. Elle nous écartait. Nous évitions même de rester seuls ensemble. Que lui aurais-je dit ? Que m'eût-elle dit ? Depuis le sinistre événement qui avait brisé jadis notre foyer, je n'avais jamais eu avec elle un de ces entretiens à cœur ouvert où l'on ne garde rien de secret, où l'on s'abandonne. Entre elle et moi Fabère était l'obstacle, et ma fierté se refusait à profiter d'un désaccord pour gagner la confiance maternelle.

La malheureuse femme persistait à chérir ce charlatan qui ne l'aimait plus. Après ces scènes brutales elle l'appelait pendant de longues heures : « Elie... que t'ai-je fait ?... Ah ! je deviendrai folle !... »

Sa voix, décroissant jusqu'à la plainte du tout petit enfant, me faisait mal. En vain j'essayais de me plonger dans une lecture, de me boucher les oreilles... les gémissements m'arrivaient toujours.

Le lendemain de ces grandes crises il y avait un peu d'accalmie, un semblant de réconciliation. Quand par hasard Thérèse venait, ma mère essayait de se faire pardonner en redoublant d'attentions envers elle et rien n'était misérable comme cette façon de rentrer en grâce sous l'égide d'une rivale détestée. Fallait-il qu'elle adorât Fabère! Elle ne me paraissait alors ni hypocrite, ni blâmable, passionnée seulement jusqu'à l'oubli de sa dignité et de sa colère... Je la plaignais de toute mon âme et je me plaignais de la juger.

C'est l'atrocité du divorce, lorsqu'il est suivi d'un second mariage, que ce rôle de spectateur imposé à l'enfant, que cette école précoce de l'égoïsme. Il n'a pas le droit d'intervenir. Il ne peut ni approuver ni blâmer. Il faut qu'il assiste d'un œil sec à ces heurts, à ces froissements inévitables, à ces réconciliations, épisodes d'une deuxième vie conjugale où sa place est celle d'un étranger. Souvent sa présence aiguise les malentendus, les rend irréparables, quand il souhaiterait au contraire de les apaiser. A toute heure il se sent de trop, chassé d'une tendresse à laquelle il a droit, qui le néglige, qui se refuse, dont il perd peu à peu l'habitude et le besoin.

Cet état de tension devait persister pendant des mois. La rentrée tardive des grands-parents l'augmenta. Deux ou trois essais de rapprochements tentés par les Vanne et le fatidique procureur Maluot échouèrent misérablement, puis la guerre au couteau s'installa. Fabère ne saluait plus dans l'escalier quand il les rencontrait ceux qu'il appelait avec dédain « monsieur et madame Prévix ». Il avait interdit à sa femme et à sa nièce de les fréquenter. Les communications nécessaires quant à l'immeuble étaient assurées par l'architecte et l'avoué; il devint visible que le gendre ne poursuivait qu'un but : expulser ses beaux-parents à force de tracasseries et de petits outrages.

Les années, en m'écartant de grand'mère Champdieu, m'avaient encore éloigné davantage de grand-père et de grand'mère Prévix. Je comprenais qu'il y avait du vrai dans les accusations de Fabère. Les paroles de Thérèse m'avaient éclairé. Je voyais dans mon grand-père un légiste sévère et peu sympathique, dans sa femme une calculatrice. L'un et l'autre manquaient d'idéal. S'ils n'avaient fait le malheur de leur fille, ils ne s'étaient pas gênés pour en profiter. Cette absence de scrupule me semblait monstrueuse.

Extérieurement je les respectais, j'allais leur rendre visite, je leur témoignais beaucoup de déférence; j'écoutais patiemme[nt] leurs continuelles récriminations et d[o]léances. Ils se sont toujours illusionn[és] sur la tendresse que j'avais pour eu[x]. Grand'mère s'imaginait que les gâteri[es] prodiguées à ma petite enfance étaient d[es] liens que rien ne détendrait. Or je me l[es] rappelais sans plaisir, ainsi que des r[e]mèdes inefficaces. Elle eût poussé un c[ri] d'alarme si elle avait pu lire dans mon cœu[r].

Quand je ne la voyais pas, je ne pe[n]sais pas à elle; grand-père, parmi tout[es] ces vicissitudes, m'était demeuré l'arbit[re] du divorce; sa tête solennelle entre ses f[a]voris blancs signifiait désastre. O persi[s]tance des impressions premières!

L'amour dessèche tout ce qui n'est p[as] lui. Je n'en voulais pas à Thérèse d'êt[re] du parti de Fabère. Je l'admirais, je chérissais telle quelle avec ses ruses, sa d[u]reté, ses mensonges, les orages qu'elle d[é]chaînait.

Lentement, habilement, par étapes, e[lle] reprit sa place à notre foyer. Son onc[le] avait changé de ton vis-à-vis d'elle. Il [ne] se gênait point pour la rembarrer. Il [ne] l'emmenait plus dans le laboratoire. Il [ne] l'appelait plus : « ma chère collabor[a]trice. » Je n'ai jamais pu démêler si cet[te] attitude nouvelle était sincère ou destin[ée] à nous dérouter.

On ne parlait plus du cancer. Fabè[re] allait travailler mystérieusement chez d[es] confrères dans de lointains Instituts do[nt] il ne donnait point l'adresse; quand [sa] femme se permettait de l'interroger s[ur] ses recherches, il détournait la convers[a]tion. La terreur qu'il inspirait était tel[le] que, même en son absence, on craigna[it] d'enfreindre ses ordres. Maman ne desce[n]dait chez ses parents que très rarement, [en] cachette et pour de rapides visites. Je s[a]vais qu'elle avait désobéi par ses yeu[x] rouges et sa mine défaite; son tyran aus[si] s'en doutait, c'est certain, mais il feigna[it] de ne rien remarquer.

Une année se passa ainsi dans un m[a]laise moral incessant. Mon père s'attarda[it] en Abyssinie. Grand'mère Champdieu s'i[m]patientait. Maman souffrait héroïquemen[t]. Je guettais vainement, sur le délicieux v[i]sage de Thérèse, l'affleurement de ces pe[n]sées profondes qui lui faisaient des yeu[x] cruels et qu'elle ne me communiquait pa[s]. Je tremblais de la perdre. Je souhaita[is] d'être seul avec elle et, dès que l'occ[a]sion s'offrait, je me réfugiais dans des r[e]dites, dans de vagues serments d'amiti[é]

Depuis l'épisode de la forêt, elle était fermée, cadenassée. Les grands-parents avaient projeté un voyage de trois mois en Egypte, qu'ils hésitaient ensuite à accomplir, de sorte que leur aimable gendre demandait tous les huit jours à maman avec une persistante ironie : « A quand le départ? »

Il y avait dans l'atmosphère de la maison quelque chose d'instable, d'angoissant, qui frappait jusqu'aux étrangers. Une sorte de secret pesait sur nous. Depuis j'ai fait pas mal de conjectures, proches sans doute de la réalité, mais alors je subissais sans approfondir. C'était une irritabilité générale, un équilibre dans le mépris, le soupçon et la haine. Les domestiques même étaient insolents.

Je me rappelle un bal donné vers cette époque, pour dissiper les bruits de séparation qui commençaient à planer sur le ménage et émanaient sans doute des grands-parents. Ceux-ci n'étaient pas invités. Il vint beaucoup de monde. Je n'aurais jamais supposé que Fabère eût autant de relations. Par extraordinaire il fut aimable, empressé, étala des grâces un peu lourdes. Même il me traita avec une familiarité dont j'avais perdu l'habitude, car nos rapports étaient devenus ceux de deux étrangers qu'une fatalité contraint à vivre sous le même toit et qui se font des concessions réciproques. Je ne me mêlais jamais de ses affaires. Il ne s'occupait pas des miennes. C'était un pacte tacite d'indifférence cordiale.

Dieu que Thérèse était belle cette nuit-là dans sa robe de satin rose, cadeau de maman, comme je l'appris plus tard! Quelqu'un murmura en passant : « Elle a l'air d'un grand jet d'eau. » Cette image resta dans mon désir avec son élan et sa fraîcheur. Quand elle fut lasse de danser, elle s'assit dans un fauteuil, la main si bien placée sur sa tempe orgueilleuse que l'on voyait les veines issues de son poignet courir et palpiter le long du bras. Elle avait de petites mules d'argent où tressaillait son pied nerveux. On lui parlait. Elle ne vous répondait pas, tout entière à une joie intérieure que trahissait le feu de ses regards.

Un bar en miniature avait été dressé dans la salle à manger. Je consommai tant de champagne-cocktails que la fin de la soirée se perd pour moi dans un voluptueux brouillard. On était au mois de mai. L'aube parut, bleue et cruelle à tous ces visages las, sauf à celui de ma radieuse dame. Elle accueillait le jour comme une fleur pâle son halo mystique. En me retournant j'aperçus ma mère qui l'admirait avec douleur.

Nous sommes au Jardin des Plantes, assis sur un banc Thérèse et moi, dans la partie botanique. Son caprice nous a entraînés là. Des cris d'enfants, le bruit de l'arrosage nous parviennent au-dessus des herbes déjà grandes, des tiges en pleine floraison qui nous isolent, dont quelques-unes embaument.

Mon amie me parle tristement, gravement de sa mauvaise âme *inapprivoisable*, *anarchiste*, *rebelle;* ce sont les termes qu'elle emploie. On dirait qu'elle a le besoin de se confesser, de se montrer sans fard à son jeune amoureux. Du bout de ma canne sur le sable chaud je dessine des cercles géométriques. J'ai envie de tracer : « Je vous aime. »

Comme si j'avais cédé à mon désir, elle répond : « Vous avez tort de m'aimer, Olivier... Heureusement qu'à votre âge c'est sans conséquence. Ça ne compte qu'à partir de vingt ans. Vous n'avez plus qu'un an et demi à attendre... Je suis ingrate et vindicative. J'avais de la fierté jadis, je ne sais plus trop ce que j'en ai fait. J'ai dû la dépenser en bêtises. Il ne m'en reste plus pour le sérieux... Seulement quoi que vous appreniez, quoi que vous entendiez raconter de moi, souvenez-vous que je vous ai porté une affection réelle, bien désintéressée, bien sincère... J'y tiens. Vous me le promettez? »

Je jurai. J'en fus récompensé par une caresse de la svelte main, dans le cou derrière l'oreille, comme autrefois. Tout avait le goût de l'adieu. La lumière quittait la cime des arbres.

— Quand vous serez marié à la jolie demoiselle de Provence dont vous m'avez montré le portrait et les lettres, quand vous aurez des enfants à votre tour, ne les partagez pas, ne divorcez jamais. C'est vilain. Cela désoriente le cœur des petits. Vous en avez fait l'expérience comme moi. Votre nature était meilleure et elle n'a pas été pervertie. C'est une chance...

Du doigt elle me montra une cabane de jardinier, à quelques pas de nous, derrière un massif :

— Le père, c'est un côté du toit, la mère l'autre, et le mioche est bien à l'abri. Si les parents se disjoignent, se séparent, voilà le pauvret exposé à la pluie et à l'orage. Il n'y a pas longtemps que j'ai compris ça. C'est au collège de Staël, dans la société de Mme Moïse et la fréquentation de mes élèves. Elle serait joliment étonnée, la vieille sorcière, du fruit de mes méditations laïques.

Tel fut notre dernier entretien.

A quelque temps de là, un samedi soir, je rentrais de l'école plein de force et de vie, gonflé d'espérance irraisonnée, comme il arrive à ces heures où la sensibilité virile s'accroît par saccades brusques. Le crépuscule d'été me semblait adorable. Dès le seuil de l'hôtel, j'eus l'intuition soudaine qu'il s'était passé quelque événement grave. Les domestiques avaien un air hagard. Les portes étaient ouvertes. Le plateau du café traînait avec les tasses sur un guéridon, à six heures du soir ; tout de suite je songeai : Fabère est parti.

Mais non. Il m'apparut au bout d'un corridor, venant à ma rencontre, méconnaissable, lassé, tassé, les traits tirés dans une figure molle.

— Ah ! c'est toi, Olivier... Quelle heure est-il ?

Sans répondre à son absurde question, je demandai : « Où est maman ? »

Il passa la main sur son front luisant de sueur, souleva son lorgnon comme une chose pesante, le laissa retomber. Je remarquai sa bouche entr'ouverte, ses larges lèvres sèches, sa respiration embarrassée Je répétai : « Où est maman ? »

Il frissonna comme quelqu'un qu'on tire d'un rêve, s'appuyant à la muraille :

— Ta mère? Je ne sais pas... Elle doit être en bas... chez *eux*...

Une appréhension plus forte que ma volonté me fit ajouter :

— Et Thérèse?

Ce nom amena sur le visage du gros homme une expression de douleur ironique : « Ah! c'est vrai, tu ne la haïssais pas, toi, la pauvre Thérèse... Eh bien, elle nous a quittés...

NOUS SOMMES AU JARDIN DES PLANTES, THÉRÈSE ET MOI.

Tu ne la reverras plus... jamais plus. »

Ses regards fixés sur les miens avec curiosité accentuaient l'atrocité de la nouvelle. Ils me criaient : « Hein, qu'en penses-tu ? » Ils jouissaient de mon désespoir, encore vague et tumultueux, peuplé de chères images voltigeantes qui ne se rejoignaient pas.

Quand on me grondait jadis, il m'arrivait de demeurer à la même place, longtemps, comme pétrifié par la honte et la crainte. J'agis de même en cette occasion et je restai immobile dans le couloir après que mon beau-père eut disparu. J'écoutais ma détresse, qui accourait du fond de mon âme, l'accent implacable de ces mots : *Tu ne la reverras plus, jamais plus.*

Mais comment et pourquoi nous avait-elle ainsi abandonnés ? Plus tard, par les plaintes de maman et les accusations des grands-parents, je reconstituai les détails principaux du drame : une lettre de Thérèse à une amie, pleine de confidences trop précises et d'outrages pour les Prévix-Armaud, oubliée comme par hasard dans le vestibule du premier étage, trouvée par grand'mère, lue, remise perfidement à ma mère, déterminant une scène violente et décisive... La jeune fille chassée comme une voleuse, malgré les protestations de son oncle... La fureur de Fabère giflant sa femme, poursuivant grand-père et grand'mère dans l'escalier, les accablant d'insultes grossières, tellement hors de lui-même qu'on put craindre un instant pour sa raison.

Jamais néanmoins je ne sus positivement si Thérèse avait ou non fait exprès d'égarer ainsi sa correspondance. Ses paroles ambiguës du Jardin des Plantes, certaines confidences à Geneviève Germard, son allure générale pendant les derniers mois m'ont permis de pencher depuis vers l'hypothèse d'une maladresse voulue. Cela s'accordait bien avec son caractère audacieux et rusé, son désir de sortir par un esclandre d'une situation inextricable.

Sur le moment, je ne vis que ceci : la disparition de ma bien-aimée. J'avais assez de perspicacité pour conjecturer une vengeance des grands-parents, et cette idée m'emplissait d'horreur.

Je descendis à l'étage inférieur. Je sonnai. Une femme de chambre vint m'ouvrir avec cette physionomie avide que prennent les gens de service au cours des catastrophes. Je la priais de me conduire auprès de ma mère, quand grand-père, qui écoutait derrière une porte, reconnut ma voix et se montra.

— Tu trouveras ces dames par là.

Ses yeux aigus et froids manifestaient le contentement. Il avait barre sur son ennemi. Je traversai le salon et, guidé par des sanglots étouffés, j'arrivai à la chambre à coucher. Maman pleurait, étendue sur le lit, la tête cachée dans l'oreiller. Grand'mère lui tenait la main avec une mine exagérément affligée. Je connaissais déjà ces visages pour les avoir vus tels dans une circonstance analogue, bien des années auparavant.

— C'est Olivier, murmura la vieille dame en me faisant du doigt : « Chut, ne l'interroge pas ! »

Recommandation inutile. Ma situation était assez fausse. Je me penchai sur la véritable victime de ces conflits intra-familiaux. J'embrassai son front glacé sous les cheveux en désordre. Quelques-uns grisonnaient déjà, ce qui me fit une peine atroce.

Ce soir-là je dînai seul en face de Fabère. Pendant tout le repas il lut le *Temps*, sans m'adresser la parole.

Comme nous nous levions de table, il me dit :

— Suis-moi, Olivier ; nous avons à causer.

Une fois dans la bibliothèque, il alluma un gros cigare, m'offrit une cigarette et commença :

— Mon cher enfant, l'heure est solennelle. Je ne suis pas ton père. Tu ne m'aimes pas beaucoup. Tu ne m'as point pardonné d'avoir épousé ta mère. Tout ça n'a pas d'importance. C'est la conséquence d'un état de choses que ni toi ni moi n'avons créé. Il faut cependant que tu m'écoutes et comprennes bien ce que je vais t'expliquer. Tu es très intelligent. Cela te sera facile.

Il s'était installé dans un fauteuil. J'en fis autant. Il reprit :

— Te voilà philosophe, c'est-à-dire capable de remonter des effets aux causes. L'effet, c'est la dislocation du ménage heureux que nous faisions, ta mère et moi, la cause, c'est...

Il chercha son terme, puis le lança entre deux bouffées :

— C'est la cupidité de tes grands-parents. Pardonne si je te blesse. La vérité scientifique et démontrable ne met pas de mitaines. Donc en neuf ans M. et Mme Prévix-Armaud m'ont coûté, ont coûté à ta mère comme loyer, frais divers, emprunts, etc., environ deux cent mille francs, dont j'ai les comptes. C'est coquet. J'ai voulu mettre le holà. Avec une calomnie toujours commode ils se débarrassent aujourd'hui de mon contrôle et me forcent à les délivrer de ma présence... C'est bien simple...

Cela demeurait obscur au contraire, mais je n'osais pas prier l'hypocrite de préciser. Il avait ce ton docte qui m'agaçait tant et il tenait son lorgnon comme un professeur qui fait une démonstration.

— M. Prévix-Armaud a poussé les mauvais procédés à mon endroit jusqu'à subventionner l'ignoble campagne de presse qui me conteste mes découvertes, la guérison du cancer. De sorte que je me trouve dans cette situation paradoxale d'être attaqué avec l'arme de ma propre fortune, puisque ma femme et moi vivons sous le régime de la communauté.

« Tu me demanderas qui m'a renseigné. (Je ne demandais rien de tel.) Une amie de la famille, révoltée par ces manigances souterraines... pourquoi ne te la nommerais-je pas? Tu pourras vérifier plus tard mes assertions. Mme Vanne, l'excellente Mme Vanne. C'est elle qui m'a ouvert les yeux. Je serais désolé qu'elle eût le moindre ennui pour m'avoir rendu ce signalé service. Mais tu es un homme d'honneur et tu ne trahiras pas mon secret... »

Cette confiance me plut. Je ne compris pas immédiatement que Fabère, ayant éventé le double manège des Vanne, comptait sur mon indiscrétion juvénile pour les perdre auprès des grands-parents.

Entre chaque période, il regardait de près son cigare et le flairait. Il n'était guère ému. Toutefois il désirait le paraître et chacune des phrases qui suivirent s'acheva par une sorte de trémolo.

— Olivier, j'aurais souhaité de te servir de mentor, de guider tes premiers pas dans cette carrière de la médecine que tu as librement choisie, qui est pleine de traquenards et d'envieux. La destinée cruelle me refuse cette joie. Me voici à bout de courage. Rends-moi au moins cette justice que je n'ai pas été un méchant beau-père, un beau-père de roman, que je t'ai gardé ta place au foyer et dans le cœur de ta mère, que j'ai ménagé en toute occasion tes légitimes susceptibilités..

Il oubliait l'exil en Angleterre, les leçons forcées de matérialisme, la mort de Fusil, la gifle, bien d'autres choses encore dont le souvenir saignait toujours en moi. Toutefois je fis oui de la tête, je balbutiai : « Mais certainement », et je pris et serrai la main qu'il me tendit. Comptait-il s'en aller le soir même? Décidément j'étais toujours averti le premier des départs. C'était mon triste privilège.

Il conservait mes doigts dans les siens :

— Te voilà en âge, cher enfant, de me remplacer auprès de ta mère, de la défendre contre elle-même et contre ceux qui cherchent à l'exploiter. Tu as affaire à des gens habiles. Cela ne sera pas toujours commode. Il faudra te dépouiller de bien des préjugés familiaux et te rappeler que, dans les questions d'argent, les plus proches sont les pires ennemis... N'oublie pas cela... les pires ennemis.

Le bizarre personnage resta encore huit jours sous le toit conjugal. J'ignore dans quel but. Ce fut une semaine infernale, pleine de scènes et de supplications, car ma mère, devinant ses projets et voulant le garder malgré lui, passait de la prière à la fureur, menaçait de se tuer et de le tuer. Elle se frappait la tête contre les murs, refusait de manger, se traînait aux pieds de Fabère impassible, conjurait ses parents de lui faire des excuses, priait des amis communs d'intervenir.

Je n'osais plus lui adresser la parole, ni entrer dans la chambre où elle se lamentait du matin au soir. Les serviteurs avaient pitié d'elle et ne s'entretenaient qu'à voix basse, comme s'il y avait eu un mort dans la maison.

Enfin un matin on trouva le laboratoire vide et un mot de « Monsieur » annonçant sa détermination.

Maman qui avait tellement appréhendé cette nouvelle la reçut avec un calme apparent, plus terrible que son agitation des dernières heures. Elle signifia seulement qu'on eût à la laisser tranquille. Seul je pus communiquer avec elle.

Nous étions torturés tous deux, moi par le départ de Thérèse, elle par celui de son mari. Tous deux, en présence l'un de l'autre, nous taisions la cause de notre chagrin, attentifs à ne pas nous froisser, à surveiller l'expression d'une douleur presque jumelle. Ceci m'étonnait que ma mère fût devenue pour moi une femme blessée par un mal pareil au mien. Son cher visage sortait des limbes où le maintenait le respect filial. Sa beauté, sa régularité m'apparaissaient en même temps que ses meurtrissures, que les marques des années et de la vie sentimentale.

Nos entrevues n'étaient pas longues. Je surprenais rêvant les yeux ouverts à son iheur détruit, ou parcourant de vieilles tres, des articles de journa x qu'elle dé-sait auprès d'elle sur sa chaise longue ec un geste découragé. Je lui parlais de s études, des philosophes que je lisais ssionnément pour échapper à mes souve-s et parce que les idées abstraites sont premier ferment de la jeune raison.

Elle avait un sourire si triste, si loin-n, que je m'arrêtais quelquefois, hon-x de mes mauvais remèdes : elle murmu-t : « Oui, sans doute, à quoi cela t-il ? »

Les choses de la religion, qui la la-ent jusqu'alors indifférente, prirent tout oup de l'importance à ses yeux. Au grand contentement de ses parents, elle fit venir vicaire de la Madeleine, s'entretint à isieurs reprises avec lui. A la suite de causeries elle me parla de la nécessité s'imposait à moi de faire ma première mmunion le plus tôt possible :

— Tu as été baptisé, puis nous avons gligé ce sacrement indispensable en ce 'il nous rapproche effectivement de la ovidence... Mais le mal est réparable. ton âge, quelques mois de préparation fisent.

L'annonce de ce revirement remplit de prise et de joie grand'mère Champdieu. le n'avait pas osé, pendant l'absence de n père, entrer en lutte ouverte sur ce nt délicat avec les Prévix-Armaud et la gistrature, mais le regret de me voir vé « comme un petit sauvage » revenait nstamment dans ses griefs. Il fut convenu 'on me simplifierait les formalités et que, ns un bref délai, je me mettrais en règle ec l'Eglise.

J'en fus heureux. La philosophie agis-t sur moi plutôt par ses cimes mystiques e par les coteaux de sa critique. Un our vague et non satisfait, le spectacle otidien d'une souffrance tragique, des tures nouvelles et nombreuses, quel-es-unes irritantes, qui allaient de Des-tes à Herbert Spencer, en passant par nt et Hegel, tout cela me labourait me et m'écartait du scepticisme.

Mon professeur, homme fort instruit et utant moins libéral qu'il affectait davan-ge de l'être, ne s'y trompait pas :

— Champdieu, vous serez une proie ur Rome et le *Syllabus*.

J'entendais cette phrase menaçante ique fois que je lisais ma dissertation. Le fait est que jusqu'au bout j'ai échappé à l'esprit de mon école. Mon cas, qui doit être fréquent, prouve que l'éducation ne peut rien contre certaines tendances innées. La mienne était de nommer l'Invisible, de lui rendre hommage selon la tradition de mes ancêtres, et de chercher à tout phéno-mène moral une explication par en haut La voie inverse d'abaissement et d'analyse m'a toujours fait horreur.

L'image de Thérèse, s'affinant et s'im-matérialisant, me guidait à travers ces in-terprétations du monde comme un thème héroïque court sous les variations d'une symphonie ou d'une sonate. Je me rappe-lais telle parole délicate et nuancée, en accord avec l'heure et la saison, tel récit lumineux, telle exquise mélancolie au cré-puscule, car cette fille étrange était plus harmonieuse et souple qu'aucune autre, adaptée à toutes les courbes de la journée. Elle n'en obsédait que mieux la mémoire. Ses yeux surtout me poursuivaient.

Je les voyais, avant de m'endormir, gris et doux, posés sur l'écrin de la nuit ; puis ils s'animaient, se fonçaient et voltigeaient, à peine distincts des ténèbres, ainsi que de légers papillons. Je soupirais : « Où êtes-vous, maintenant ? » J'envoyais des bai-sers dans l'espace.

Les grands-parents laissaient entendre que la nièce et l'oncle étaient partis en-semble pour New-York, où ils retrouve-raient le père de Thérèse. La supposition n'avait rien d'invraisemblable et je la chas-sais néanmoins, parce qu'elle donnait à mon regret quelque chose de plus net, de plus amer. Chaque fois que je descendais au premier étage je trouvais grand'mère ou grand-père en conciliabule avec un ami, un avoué, leur notaire, ou Maluot — comme jadis.

La nouvelle s'étant ébruitée, c'étaient les mêmes chuchotements, les mêmes regards scandalisés, les mêmes allusions mysté-rieuses : « Sa propre nièce !... Quel monstre !... C'est abominable !... » Les qua-lificatifs n'avaient point changé.

On aurait désiré m'interroger, me mêler au drame, se servir de moi, mais j'avais pris la résolution de me tenir à l'écart de tout et je me renfermais obstinément dans un mutisme d'ailleurs mal jugé. A maintes reprises grand'mère essaya d'attiser la haine qu'elle me supposait pour Fabère et solli-cita, d'une façon voilée, mon témoignage ; je répondais : « Mais non, je te jure, je n'ai rien remarqué de suspect. Vous avez tort de calomnier Thérèse. » Et je changeais de conversation. La vieille dame se mordait les lèvres ; elle s'en allait en bougonnant : « Cachottier, égoïste ! » Quant à grand-père, il pouvait enfin manifester hautement le mépris où il tenait son second gendre. Il rappelait, avec de gros rires et des haussements d'épaules, son ambition comique, ses expériences manquées, ses convocations d'académiciens. « Ce n'était pas la peine de démolir les écuries. Elles étaient, pour cet âne, un laboratoire approprié. »

Dans un groupe de dames zélées une voix répétait avec indignation : « Il lui avait supprimé sa voiture. Il réduisait le budget de ses toilettes. » Une autre renchérissait : « Il la forçait à s'habiller à la confection. — Et elle supportait cela ! — Ah ! madame, quelle délivrance ! »

Le fait est que les grands-parents donnaient l'impression de renaître à la vie, de respirer librement, de rentrer dans leurs meubles. Ils triomphaient sans modération, prêtant à Thérèse des vices affreux, à Fabère une âme sordide et calculée, des projets presque scélérats. Les échos de ces diffamations me parvenaient, malgré mes efforts, par le canal des domestiques ou de quelques-uns de nos amis, qui jugeaient la musique exagérée.

Ma mère bientôt fut informée. Elle eut une violente colère, quitta brusquement sa retraite et descendit faire à ses parents une scène méritée qui les stupéfia. Elle leur reprocha d'avoir calomnié Thérèse, causé le départ de Fabère et le malheur de deux existences. Elle les menaça de les quitter et de vendre l'hôtel ; elle leur déclara que jamais elle n'accepterait un second divorce. Décidée à pardonner, elle attendrait patiemment le retour de son mari et la reprise de la vie conjugale. Son ton fut tel, ses accusations furent si directes, si précises, que les vieillards effrayés mirent une sourdine à leur enthousiasme et revinrent prudemment à l'hypocrisie. Un à un les hommes de loi disparurent, et l'on éteignit les feux de la haine.

Avec grand'mère Champdieu, je pris les devants. Je lui annonçai, comme un double malheur, la fuite de Fabère et de sa nièce, de sorte qu'elle ne put me féliciter, ni faire montre d'une joie déplacée. La perspective de ma première communion, le prochain retour de mon père dont s'occupaient déjà les journaux, la rendaient d'ailleurs indulgente. Elle se contenta de soupirer : « On ne bâtit rien de bon sur le désastre d'autrui. » Et jamais plus ne me parla de ce qui s'était passé rue Boissy-d'Anglas.

J'imagine qu'elle avait deviné mon platonique amour pour Thérèse et qu'elle lut dans mes yeux mon chagrin. Je lui sus gré de ne pas insister. Le pardon sied aux gens âgés, comme la fierté aux adolescents, comme la spontanéité à l'enfance. Il y a pour chaque âge une parure morale.

Tout s'apaise. La douleur de maman, après cet accès de révolte, reprit son caractère grave et discret. C'était le début de l'été, mais elle ne parlait point de déplacement et la vie semblait suspendue. Comme une convalescente, elle sortit de sa chambre, descendit d'abord au laboratoire, considéra la place où *il* travaillait ; pendant de longues heures elle réfléchit devant ces instruments, parmi ce savant désordre auquel nul n'avait touché depuis le drame. Où allait sa pensée, qu'espérait-elle ?

Je connaissais bien cet endroit. Souvent aussi, ces dernières semaines, j'étais venu là en pèlerinage afin de ressaisir ce qui restait de Thérèse auprès du microscope et des préparations, dans l'atmosphère chargée d'odeurs chimiques. Quand tout est à la même place, quand le décor est identique, on arrive aisément à s'halluciner, à évoquer les disparus.

C'est un travail de projection qui fatigue, mais qui apaise. Puis la nostalgie y trouve son compte et l'on se met à chérir son erreur. Ainsi nous passions par les mêmes phases, nous recherchions ensemble nos fantômes, et nos silences de mère à fils, de fils à mère, devenaient chaque jour plus éloquents et plus tendres.

« Veux-tu que nous sortions ? Il fait si beau. » Elle accepta. Je la conduisis au bois de Boulogne par l'avenue des Champs-Elysées. C'était une de ces journées bienheureuses où la lumière efface le mal et le deuil, où toute sécheresse se desserre, toute confiance s'ouvre et fleurit. L'allégresse des enfants, contagieuse, montait vers le ciel bleu avec les chants d'oiseaux et le bourdonnement de la ville tiède.

Nous ne nous parlions presque pas puisqu'il nous fallait taire ce qui intéressait nos cœurs, mais nous partagions une pensée commune, dont le poids ainsi nous semblait moins lourd. Maman avait une ombrelle de couleur, comme elle en donnait à Thérèse, une robe claire, des regards tristes et charmants. Au moment où ous arrivions au rond-point, elle me dit rès bas et très vite, continuant le dialogue ntérieur :

— C'est bien à New-York qu'*ils* sont, hez le frère d'Elié. J'en ai la preuve...

Je ne l'interrogeai pas. Je gardai ce ambeau de confidence, comme quelque hose de cruel et de précieux qui nous nissait plus étroitement... Où êtes-vous, aintenant, Thérèse, dame de franchise et e perfidie, qui me paraissiez avoir emorté tout le secret de ma jeunesse?... Mais e ne passe plus par les Champs-Elysées n été, sans distinguer au fond de l'azur es voiles blanches et une chère silhouette ui diminue.

Mme Vanne, privilégiée en tant qu'anienne amie de Fabère, fut une des preières personnes reçues par ma mère au ortir de cette période de claustration. Deuis les dernières confidences du bon gros, e regardais avec curiosité ce visage blême, ond et mou d'espionne à domicile.

Angéline Vanne savait admirablement laindre ses dupes et composer sans lares un masque de désolation. Son mari, ui s'était mal comporté au moment e la fameuse expérience, était au conaire tenu à l'écart de chez nous, mais n revanche recherché par les grandsarents. De telle façon que ce couple droit centralisait les secrets des deux ages.

Xavier Germard ne se montrait plus epuis qu'il avait consenti en rechignant à union, sans maire ni curé, de sa Geneiève avec Paul Ovide. Il n'avait cédé qu'à out d'arguments, devant l'énergique vonté de sa fille, laquelle lui reprochait quodiennement d'être « un bourgeois comme s autres », et mettait en opposition ses héories anarchistes bien connues et son attiude. Mais, honteux de sa faiblesse, il reoutait les railleries de grand-père, évitait de nous fréquenter.

La cérémonie me fut contée en détail par aul Ovide, le surlendemain de la célébraon. Ce récit était si pittoresque qu'il me t, pendant quelques instants, oublier ma eine et que je le pris en notes aussitôt près le départ du brave garçon, dans espérance de distraire un peu ma chère aman. Ce que je ne puis rendre exactement, c'est la silhouette dégingandée du arrateur, sa moue à la fois orgueilleuse et ailleuse, ses gestes d'homme qui se sert abituellement de ses mains tremblantes our modeler et tailler la matière, enfin son accent beurré et nonchalant du plus pur « faubourg ».

— D'abord il faut que tu saches que le père Ovide était trop content pour perdre une aussi belle occasion de se pocharder. M'man l'avait prévenu : *Si tu descends chez l'bistro, t'es frit.* Il avait promis de rester tranquille une fois sa redingote sur le dos et d'attendre l'arrivée des témoins, le derrière collé à sa chaise et sec comme un pendu. Ah bien ouitche, à huit heures il était dans la rue, sans que nous nous en soyons seulement doutés. M'man avait sa belle robe de soie. Moi j'étais sur mon trente et un, sauf que ma cravate blanche était noire à force d'avoir tiré dessus. A dix heures les témoins s'amènent. Un contremaître, le père Bousquet, un vieux de la vieille qui ronchonne toujours, et un cousin à moi que je n'ai pas seulement vu trois fois dans ma vie, mais qui est aussi relieur et conseiller municipal en province. Il était venu exprès à Paris et il tenait à ce qu'on le sût. Exprès ou non, j'étais rudement content.

« A dix heures un quart, il faut monter en voiture pour aller chez le papa Germard. Du faubourg du Temple au faubourg Antoine on compte habituellemnet quinze bonnes minutes. Où est le père Ovide? Pas de père Ovide. On commençait à s'impatienter quand il débarque sans se presser, pas précisément soûl si tu veux, mais avec un gentil plumet. Dans ces cas-là il est trop poli, trop aimable. Il fait des manières pour monter en voiture, pour passer devant, pour saluer. Mais s'il s'imagine qu'on lui a manqué, il se met dans des colères fumantes. Heureusement que les autres étaient prévenus.

« Chez les Germard c'était solennel. On nous a fait entrer dans le grand salon, et puis Geneviève est arrivée, tranquille et jolie comme à sa première communion, avec un brin d'oranger à sa coiffure, une robe de ville blanche, des petits souliers de satin blanc. Tu sais, c'est un cérémonial sur lequel on n'est pas encore bien fixé (chacun fait un peu à sa tête.

« Le père Germard était tout rouge et ses yeux en vrille nous guettaient, parce qu'il avait peur d'une anicroche. Son frère était le premier témoin. Le deuxième c'était Lavergne, le chimiste de l'Institut, qui a une grande barbe de bonhomme Noël et une voix comme s'il parlait dans des catacombes.

« Alors on s'est assis en rond. Le père

Germard se méfiait de sa mémoire. Il a tiré un papier de sa poche et il nous a demandé, comme M. le maire, si nous voulions être l'un à l'autre. Il le savait bien le farceur, puisqu'il y a un an qu'il no… lanterne et nous met des bâtons dans l… roues. J'ai répondu un *oh oui!* qui a fai… rigoler tout le monde. Geneviève a fait « oui » gracieusement. Et puis le beau-père a bafouillé une petite histoire qui ne signifiait pas grand'chose, si ce n'est qu'il était heureux de donner sa fille à un ouvrier devant quatre consciences de travailleurs, sa conscience à lui, celle de mon père, celle de ma mère. Ça faisait un paquet de consciences qu'on n'aurait pas porté à bras tendus.

« Ça a changé par exemple avec M. Lavergne. Ah! l'animal, il nous a remués! Il a le truc des unions libres, celui-là. Ses deux filles se sont mariées comme ça avec un médecin et un professeur. Il n'y a pas de différence entre lui et un curé. Sauf naturellement qu'il a une mentalité plus humaine, affranchie des dogmes et des préjugés. »

Ici Paul Ovide me jetait un regard en dessous, sachant que j'étais un partisan de l'obscurantisme et que l'on me voyait, depuis quelque temps, fort assidu aux offices le dimanche.

— Eh bien, que vous a-t-il dit, ton M. Lavergne?

— Un tas de belles choses... Que le vrai sacrement, c'était l'amour qu'on gardait dans le cœur l'un pour l'autre; le vrai paradis, la maison où la femme a les mêmes droits que l'homme; le vrai miracle, d'avoir de beaux enfants et de les élever dans la fraternité, dans la haine des guerres impies, dans le progrès et la lumière. Ça au moins ça n'est pas du latin, ça se comprend si bien qu'on en pleure.

« Par exemple (ajoutait Ovide redevenu gouailleur), le patron Germard faisait une gueule! Son discours à lui, par comparaison, n'avait plus l'air de rien du tout. Le malheur a été que papa a voulu à toute force y aller de sa petite allocution. Et dame, après son sirop du matin, ça ne sortait pas tout seul. Il a remercié maman de sa fidélité conjugale, remercié Germard de me donner sa fille, remercié Geneviève de m'épouser... finalement il m'a embrassé de bon cœur et l'assistance a été soulagée. »

D'ailleurs le pratique Germard avait profité de l'absence de contrat et de toute formalité juridique pour abaisser la dot de sa fille dans des proportions dérisoires. Je ne pus obtenir de Paul l'aveu du chiffre exact. Mais il répétait tristement : « Pas lourd. Pas gras. Il est vrai que j'entre dans la maison à poste fixe. Mes appointements seront augmentés. »

Etrange aventure que celle de cette petite bourgeoise entraînée par les théories paternelles dans une union aussi disparate quoique libre! A notre époque les mots décident des actes, leur communiquent une incohérence qui plus tard s'expie cruellement. Car on peut affirmer que la réalité a horreur de la rhétorique.

Tout occupée à organiser sa vie de cette façon funambulesque, Geneviève Germard n'avait été que faiblement émue par le brusque départ de son amie Thérèse. Pourtant elle prétendait l'aimer. Toutes deux dans les derniers temps, ne se quittaient guère, sortaient ensemble, échangeaient bien des confidences. Je constatai là une fois de plus la fragilité des sentiments qui ne reposent pas sur l'amour, de ces sympathies, de ces affections que la jeunesse croit éternelles.

Le bateau qui devait ramener mon père arrivait à Toulon le 1er septembre. Je pris le train la veille au soir avec grand'mère Champdieu.

Jusqu'au moment de monter en wagon j'appartins à ma mère; je vis ses yeux douloureux et profonds, j'entendis son regret de perdre, fût-ce seulement pour quelques heures, son compagnon de mélancolie. Le souvenir de Thérèse n'était plus cuisant, son aiguillon avait disparu. C'était quelque chose de lointain, de très doux, comme un de ces airs cachés dans la mémoire qui ressuscite tout ébranlement voluptueux.

Mais dès que le rapide eut quitté la gare je ne pensai plus qu'à l'immense joie de retrouver le voyageur, sa chère parole, son regard assuré. Je laissais parler grand'mère afin de découvrir, derrière son accent, la voix qui faisait tressaillir mon enfance et me réconfortait cinq ans auparavant. J'oubliais ce qui s'était passé dans l'intervalle de cette longue absence. Je sentais, jusqu'à ces profondeurs mystiques, le prestige auguste du mot qui commence la prière et nous relie à toute l'humanité : « Notre Père! » Je cherchais en moi, sous mes défauts d'orgueil et de timidité, de sécheresse soudaine, ma part d'héritage moral, le goût de l'aventure, le patriotisme. Je me confrontais avec celui qui allait re-

En pleine lumière, souriant, mon père descendit d'un pas ferme l'escalier du navire...

venir, qui demain me tiendrait dans ses bras. Je me jugeais indigne de lui.

Toulon, la ville de la mer bleue, de l'adieu et de l'espérance, tremblait dans le soleil et le vent. Comme nous descendions du chemin de fer, une belle jeune fille brune, aux regards fiers et rieurs, que suivait Marc-Antoine Alevin, s'élança au-devant de grand'mère. Elle n'était pas tellement différente de la Dominique d'autrefois. On s'embrassa sans aucune gêne. Puis le cousin Anselme, l'abbé Alevin et Sartan lui-même, bien voûté, bien courbé par les travaux des champs, complétèrent la famille disparate qui s'apprêtait à saluer un héros.

Je les considérais, je leur parlais avec nostalgie. Un peu d'émotion nous serrait la gorge. Mirages de l'enfance, visions disparues ! Le cousin Anselme était tout petit, ratatiné, ridé comme Marc-Antoine ; l'abbé avait conservé son bon rire, mais perdu de sa vigueur impressionnante, et sa main tremblait sur mon bras. A un autre tournant de l'âge, les passagers de la vie avaient d'autres figures. Seule la tendresse n'avait pas changé.

Que disions-nous ? Des choses sans importance, qui fixaient l'imprécise douceur de reformer l'atmosphère ancienne, qui donnaient une réalité aux fantômes. Par les rues bruyantes et colorées Dominique marchait entre grand'mère et moi ; elle parlait pour nous deux ; mais, sous les mots qu'elle prononçait, j'entendais cette modulation de l'âme, cette musique intérieure qui est le chant mêlé du rêve et de la mémoire. Et je la comprenais, et il y avait en moi quelqu'un qui répondait, le petit Olivier du mas du Mirau, ignorant des duretés de l'intérêt, de la sauvagerie sentimentale, de l'illicite, de Thérèse Fabère. De sorte que le simple contact de mon amie d'enfance me rendait une pureté seconde et une joie sans arrière-pensée.

Signalé à trois heures par les sémaphores, le paquebot toucha terre à quatre. La mission Champdieu, rangée sur le pont, rentrait au complet. Personne ne manquait à l'appel. Une musique militaire la salua.

En pleine lumière, souriant, mon père descendit d'un pas ferme l'escalier du navire... Je distinguais nettement ses traits. Mon angoisse était : « A-t-il vieilli ? » Mais non, sous ses cheveux à peine grisonnants, c'était toujours son visage hardi, bruni par le climat d'Afrique, marqué de fatigue et de joie. C'était la droite stature, la franche démarche.

— Ah ! mes chéris, la belle journée !

Pressés, bousculés par une foule enthousiaste, nous n'eûmes pas la place de beaucoup de gestes. L'empreinte de ses lèvres chaudes et sèches resta comme du feu sur mes joues. Puis il offrit son bras à grand'mère, et tout le cortège monta en voiture au milieu des acclamations.

Le soir, dans le salon de l'hôtel, la réception terminée, le monde officiel disparu, comme nous demeurions seuls tous les trois, mon père me prit les mains et me dit :

— Grand'mère m'a écrit ce qui s'était passé, comment, à travers tous vos malheurs, tu lui avais fidèlement tenu compagnie. Je suis fixé sur ton caractère ; tu as échappé aux désastreuses conséquences qui suivent généralement la rupture de la famille. Tu t'es fait à toi-même une volonté. C'est bien, Olivier. Je suis fier de toi.

Pour effacer la solennité, il ajouta :

— Raconte-moi ces événements et dis-toi que j'ai gardé de ta mère le plus amical, le plus respectueux souvenir.

Mon récit fut long et véridique. Grand'mère le ponctuait de soupirs. J'étais dans une de ces dispositions exaltées où on livre ses secrets. Je fis le tableau de notre vie sous la domination de Fabère, sans exagérer, sans noircir, avec le seul souci de la sincérité. Je m'étendis sur l'exil à Londres, le retour, la mort de Fusil, la méfiance qui peu à peu s'était installée entre les grands-parents et leur nouveau gendre. J'indiquai la question d'argent. Je passai plus rapidement sur mon amitié pour Thérèse Fabère, les obscurs démêlés qui avaient accompagné et suivi les expériences manquées ou frauduleuses de l'intrus, la fuite simultanée de l'oncle et de la nièce, le chagrin de maman.

Mon père m'écoutait sans m'interrompre, avec une attention qui suivait, sous la trame des faits, le développement de ma raison et de mon cœur.

Quand j'eus fini, il murmura :

— Un homme... maintenant.

Puis, visiblement satisfait, il m'interrogea sur mes études, mes progrès, ma prétendue vocation médicale. Il fut heureux d'apprendre que j'avais fait ma première communion :

« On te dira, mon chéri, que la religion et la philosophie, la religion et la science sont en antagonisme ; n'en crois rien.

Les superstitions des sauvages — je puis t'en parler à bon escient — sont des tâtonnements du divin ; les métaphysiques sont des religions refroidies. Entre le balbutiement de la croyance chez le nègre et sa décrépitude compliquée chez le plus orgueilleux des penseurs, il y a un zénith de l'idéal qui est la foi. Pendant le cours de mon voyage, au milieu des réflexions de tous genres qui m'assaillaient, celle-ci m'a paru la plus importante : l'idée de Dieu est une délégation de l'humanité tout entière, depuis les lointains ancêtres, pour aller plus haut et plus loin. Elle est la transmission de cette étincelle où s'allument l'effort et le sacrifice. »

Ces paroles fortes et précises confirmaient mes idées de solitaire. Elles s'adaptaient à mes scrupules de jeune philosophe qui s'aperçoit que toutes les formules sont des peintures sur le voile d'Isis.

A travers mon éducation négligée et l'incrédulité de ma génération, j'étais demeuré sensible au mystère. Les explications grossières et matérielles du délicat univers me déplaisaient.

Mon père conclut :

« La science a cent ans. Notre religion dix-neuf cents ans. La première commence seulement à épeler dans le livre étoilé de la seconde. Le voyageur comprend mieux ces choses, loin du bourdonnement de toutes les erreurs, quand il engage le dialogue avec les puissances élémentaires. »

Grand'mère était allée se coucher. Jusqu'à une heure avancée de la nuit, pareil à un disciple fiévreux, je reçus l'enseignement paternel. C'était chose si nouvelle et si douce pour moi que cet échange de convictions semblables, que ce miroir placé sur mes rêveries intimes. Je songeais :

« Ah si maman était là, elle aussi subirait le charme. Mon admiration et ma tendresse ne formeraient alors qu'un seul amour. Je n'aurais plus rien à demander au ciel. »

Et la métaphore de Thérèse me revint : l'union du père et de la mère, les deux côtés du toit protégeant l'enfant. Etait-ce donc ma destinée de ne jamais connaître qu'une moitié d'abri?

VIII

Trois mois après son retour en France, mon père avait quitté Paris pour fuir le tapage fait autour de son nom, les fêtes et réceptions données en son honneur. Sa mère et lui s'étaient retirés à la Jasonne, où Anselme Alevin et Sartan, régisseurs de Marc-Antoine, leur avaient conservé un appartement.

Fatiguée par tant d'inquiétudes, émue par tant d'acclamations, grand'mère avait retrouvé avec joie le paisible décor de toute sa vie passée, car la chambre au brocart rouge lamé d'argent était telle qu'au moment de l'exode. Quant à mon père, il écrivait à loisir le récit de son expédition, entre des amis qu'il chérissait et une nature qui lui reposait l'âme, après les brûlures de l'Afrique.

J'habitais encore rue Boissy-d'Anglas, auprès de ma mère que je ne voulais pas laisser seule, livrée aux grands-parents et à son chagrin. Mes études de médecine étaient commencées. J'assistais régulièrement aux cours et conférences d'histoire naturelle, par lesquels on prélude aux travaux plus sérieux de laboratoire et d'anatomie. J'accomplissais ma besogne avec ponctualité, sinon avec enthousiasme. J'ai toujours été plutôt un sentimental qu'un scientifique, et la rigidité des formules, la sécheresse des faits me rebutent. Mais une fausse pudeur et les encouragements de mes maîtres m'empêchèrent d'abord d'avouer ma déception.

Je me liais peu. Ivres de n'avoir pas encore vécu, mes nouveaux camarades me semblaient grossiers et tapageurs ou trop orgueilleux de leur rudiment, ancrés dans ce matérialisme vulgaire qui résulte d'un contact prématuré avec l'énigme de la mort.

Depuis les heures dorées de Toulon j'étais repris par Dominique. Dès que j'avais quelques jours de congé, je partais pour Saint-Brunet. C'était l'hiver. Il faisait froid dans le wagon. Mon souvenir se reportait invinciblement au premier voyage dans le Midi, alors que mon père, assis en face de ma mère, me serrait contre lui sous sa couverture et me racontait des histoires. Ma vie, vue à vol de rêve, m'apparaissait courte, serrée, cruelle. On m'avait tenu le cœur dans un étau. Aujourd'hui avec l'âge je me libérais, mais qui me rendrait ce bonheur de la jeunesse auquel j'avais droit et qui m'avait manqué : une famille unie?

Je me jugeais et je me comparais : obéissant, confiant, timide, sensible à la caresse, à l'éloge et à la dureté, paresseux puis laborieux par saccades, j'eusse été, mieux guidé, un homme de valeur. Le régime moral de la pension Fourier était insuffisant pour mon intelligence. A Londres, chez master Slangman, je n'avais appris que le spleen. Ma mère était faible, distraite, absorbée par Fabère. La tutelle paternelle m'avait gravement fait défaut.

Par une chance exceptionnelle j'avais échappé aux pièges les plus dangereux de l'adolescence. Je rendais grâce à Thérèse, à son amitié, plus simplement à sa présence, qui avait apaisé mon jeune désir, donné pâture innocente à mon imagination, ce guide vers le bien et vers le mal. Puis tout au fond de moi, promenant ses feux sur ma conscience, le scrupule religieux veillait. L'ange gardien n'est pas un mythe, contrairement à ce que croyait la grosse Célestine. Il est la première pensée chrétienne, celle qui nous éclaire à l'aube de l'existence et nous accompagne jusqu'au bout.

En somme quand les grands-parents Prévix disaient de moi : *C'est une bonne nature*, ils n'avaient pas tout à fait tort. Mais le divorce de leur fille eût pu faire de leur petit-fils un Vergenet, un de ces innombrables vagabonds du sens moral qui sont à la merci d'une tentation.

Je m'endormais sur ces réflexions tristes. Je me réveillais à Avignon. Dominique m'attendait à la gare. Elle avait revêtu, à cause du mistral qui souffle et qui pique, un ample manteau de laine rouge et sa petite main était gelée. « Tout le monde va bien », telles étaient ses premières et rassurantes paroles. Nous montions dans la vieille calèche que conduisait le fils de Sartan. Autrefois mon amie me tutoyait. Maintenant nous nous disions *vous*, mais de temps en temps le *tu* revenait et nous faisait rire. Les nouvelles ne manquaient pas : Mon père achevait son troisième chapitre. La peinture des forêts africaines était quelque chose d'impressionnant qui ferait du bruit. Un éditeur américain lui offrait deux cent mille francs de son manuscrit. Marc-Antoine était à Nice pour affaires. Anselme s'était démis le pied en sautant un fossé ; rien de grave.

Dominique était devenue une ménagère sérieuse et attentive. On vantait sa beauté et sa raison. J'aimais sa voix qui gardait juste assez de soleil pour colorer les mots sans importance et mettait dans l'ombre les paroles confidentielles. Je lui disais : « Votre heure c'est le crépuscule, tout comme celle de votre père est le plein midi. » Elle ripostait : « Je ne suis pas encore vieille, pourtant. »

— Non, mon amie, mais votre sagesse est en avance et donne à vos regards une lumière apaisée.

Il y avait en elle la faculté d'émotion paternelle tempérée par quelque chose de calme qui lui venait évidemment de sa mère.

Souvent nous nous entretenions de cette femme admirable que sa fille n'avait pas connue, mais dont Marc-Antoine lui parlait :

— Je cherche maman en moi le soir avant de m'endormir, comme dans une ville où la nuit descendrait, où l'on distinguerait des silhouettes fuyantes. Je sais que je tiens d'elle une certaine propension à la mélancolie, l'amour des vastes plaines, du ciel et des nuages. Je la sens tout près de moi quand j'hésite devant ce qui me paraît être le devoir. Elle chuchote alors dans ma conscience.

Dominique avait un peu honte de ces réflexions toujours profondes, toujours énoncées simplement. Son plaisir était de me taquiner, de me demander pour quels motifs j'avais subitement cessé de lui écrire. J'éludais sa curiosité qui faisait néanmoins surgir tout là-bas, au delà des mers, l'étrange figure de Thérèse Fabère et ses prédictions.

— Pourquoi souriez-vous, Olivier ?

— Moi, rien, le souvenir de ce que m'avait annoncé jadis une sorcière.

— Et cela ne s'est pas réalisé ?

— Pas encore.

C'était son tour d'être intriguée. Nous arrivions à la Jasonne, qui avait changé d'aspect, qui s'était agrandie, mais où je pouvais cependant localiser mes impressions d'enfance, la grande scène entre mon père et ma mère, les contes moraux de l'abbé, les bouderies de ma bonne et la révélation d'une vie champêtre. Seulement les bancs de pierre, les arbres, l'horizon, la galerie, avaient des proportions plus restreintes, me paraissaient rapetissés. L'odeur des herbes de la garrigue était identique et je n'osais plus la comparer à celle des cheveux de mon amie.

J'occupais une chambre près de mon père, au fond d'un corridor dallé où les pas des serviteurs sonnaient durement. Je n'y restais guère. Je rôdais par les escaliers et l'appartement de grand'mère ainsi qu'à travers le passé. La chère vieille femme était si heureuse quand elle nous avait, Dominique et moi, auprès d'elle comme jadis, et pouvait nous parler de sa jeunesse, de son glorieux fils, des grands-parents Alevin,

Nous l'écoutions avec un respect attendri. Mais il nous eût été impossible de reconstituer ensuite ces récits dont la trame nous importait peu, puisque nous regardions l'avenir.

Entre mon père et moi la communication n'était pas constante. Il y avait des périodes, quand il était préoccupé, pendant lesquelles le courant ne passait pas. Au lieu qu'avec Dominique notre entente était ininterrompue et tacite. Il nous arrivait d'avoir la même pensée en même temps. Ou bien l'un de nous répondait à une question que l'autre n'avait pas exprimée. Marc-Antoine nous appelait « les deux complices »

Elle me dit un jour « Pourquoi étudiez-vous la médecine, Olivier? Manifestement cela ne vous intéresse guère. Vous ne parlez jamais de votre future profession et, quand le cousin Anselme met la conversation là-dessus, vous vous échappez... »

— C'est que, ma chère Dominique, n'ayant pas d'aptitude bien déterminée, je pourrai au moins être bon à quelque chose si je sais soigner les malades. Etant petit j'ai eu mal au genou, on m'a mené chez un célèbre chirurgien, le professeur Mahon ; je l'ai envié, je l'ai admiré, et j'ai eu l'imprudence d'écrire sur ma porte, à l'imitation d'un camarade : *cabinet du docteur Olivier*. Depuis lors, il a été convenu que j'avais la vocation scientifique. La plupart des carrières libérales ne se déterminent pas autrement.

— Vous n'avez donc pas une préférence, un goût sincère?

Cette question m'embarrassait. Je réfléchis une minute, puis je répondis :

— Comment aurais-je un goût sincère quand il m'a fallu, pendant toute mon enfance et une grande partie de ma jeunesse, avoir deux visages, deux attitudes, deux langages, deux humeurs, selon que je me tournais du côté Champdieu ou du côté Prévix, que j'étais rue de Médicis ou rue Boissy-d'Anglas? Vous qui avez bénéficié d'une éducation homogène, vous doutez-vous de ce que peuvent être ce dédoublement, cette hypocrisie perpétuelle? Songez que de neuf à dix-sept ans, au moment où se forme le caractère, où se déterminent les aptitudes, j'ai entendu dénigrer ici ce que l'on respectait là, admirer ou vénérer à droite ce qu'à gauche on déclarait stupide. Les Champdieu sont catholiques. Les Prévix étaient incroyants. Ma mère ne va à la messe que depuis le départ de mon beau-père. Ce beau-père lui-même m'enseignait qu'il faut être un âne pour admettre le miracle. Les Champdieu sont patriotes. Les Prévix méprisent les militaires. Les Champdieu vivent simplement et aiment la campagne provençale. Les Prévix ont le goût du luxe, des plaisirs de sociétés et détestent tout ce qui a trait au Midi. Pendant dix ans, pour avoir la paix, j'ai dû feindre, inventer, me taire surtout et garder pour moi mon avis. On ne m'a pas élevé; on m'a écartelé. Il est prodigieux que je ne sois pas devenu un menteur, un de ces malheureux pour qui la vérité est une ennemie et la parole un masque. Ah! Dominique, notre jeu de Robinson, je l'ai joué sur une plus grande île, et amèrement je vous le jure!...

Jamais encore je ne m'étais ainsi délivré Cela me faisait du bien. Mon amie, très troublée, me laissait aller sans m'interrompre avec des hochements de tête apitoyés. Quand j'eus fini, elle me prit la main et murmura : « Pauvre Olivier, pardon!... »

Je m'aperçus avec ravissement que ses yeux étaient pleins de larmes.

Le printemps vint, puis l'été, puis l'automne, et maman ne se consolait toujours pas. Je lisais, dans ses regards, son idée fixe et les grands-parents s'indignaient de ce qu'elle n'eût pas encore pris son parti de l'abandon.

Grand'mère soupirait : « Elle est folle » Elle déclarait à son mari : « Qu'on remarquait la tristesse de Françoise. C'était grotesque ; il fallait consulter un autre médecin que cet idiot de Vanne. » Elle n'en persistait pas moins à affirmer publiquement que tout allait pour le mieux, que personne ne regrettait le brutal Fabère. Il y avait des gens assez simples pour la croire et complimenter ma malheureuse mère. Il en résultait des scènes de larmes qui détrompaient promptement ces naïfs et les remplissaient de confusion.

Le train-train quotidien de l'existence avait repris. Les fournisseurs élégants, jadis bannis par Fabère, montraient à nouveau leurs faces obséquieuses. On n'avait pas encore osé démolir le laboratoire et restaurer les écuries, mais la voiture avait fait sa réapparition, traîné par deux chevaux de louage. Un cocher occupait l'ancienne chambre de la cuisinière, laquelle couchait elle-même chez Thérèse. Le cabinet de travail du bon gros avait été converti en petit salon. La porte de l'escalier avait disparu, de sorte que grand'mère pouvait pénétrer chez nous sans sonner, comme autrefois, à toute heure du jour.

Bref les Prévix-Armaud étaient rentrés dans leurs coûteuses habitudes et dans la possession apparente de l'immeuble, et peu à peu Mme Elie Fabère la véritable propriétaire, se trouvait reléguée au second plan. Nos domestiques mêmes furent remplacés par d'autres, tout dévoués aux maîtres du premier étage. Notre valet de chambre faisait en même temps les courses de grand-père. Sa femme coiffait grand'mère. On installa un groom dans le vestibule. On construisit une deuxième salle de bains perfectionnée. Il était clair que les grands-parents poussaient à la dépense avec un sans-gêne remarquable. Je me rappelai les accusations de Fabère et je rougis pour eux de leur attitude.

Maman, qu'ils en arrivèrent à ne plus consulter, acceptait ces modifications avec un sourire douloureux, figé, résigné. Elle était retombée sous la coupe de grand'mère, qui l'emmenait chez les modistes, les couturières, les papetiers, sous prétexte de lui remonter le moral, et commandait sans arrêter doubles chapeaux, doubles robes, doubles objets de maroquinerie. Le soir on l'entraînait au théâtre ou chez des amis intimes. Il n'y avait qu'un point sur lequel elle ne transigeait pas : ses devoirs religieux. Je voyais bien qu'elle y mettait une sorte de superstition, qu'elle faisait de sa tardive conversion un gage du retour de son mari.

Bien entendu, elle ne m'entretenait jamais de son indéracinable espérance ; mais je remarquais que le portrait en pied du bon gros était toujours à la même place dans sa chambre, un petit vase de fleurs fraîches devant lui. Elle avait réuni et fait relier les malheureuses communications du charlatan sur le cancer et son traitement. Elle me disait :

— Plus tard tu prendras connaissance de ces papiers ; tu verras comme c'est intéressant.

Enfin elle était abonnée depuis peu au *New-York Herold* et y cherchait avidement des nouvelles du fugitif.

C'est ainsi qu'elle apprit sa mort subite, un matin, la première, poussa un cri terrible que j'entendis de ma chambre et s'évanouit, le journal auprès d'elle. Tandis qu'elle reprenait ses sens lentement, sous les yeux plus irrités qu'inquiets des grands-parents aussitôt avertis, je lisais la sinistre dépêche :

On nous communique le décès prématuré du docteur professeur Elie Fabère, frère de William Fabère l'armateur bien connu, qui s'était installé depuis quelques mois dans notre cité. Ce savant s'était rendu célèbre par un traitement rationnel des tumeurs cancéreuses, lequel aboutit à l'Elixir Fabère, en vente chez Smithson et frères, pharmaciens, 25e avenue, n° 200. De nombreux certificats et le témoignage de l'Aca-

LE PORTRAIT ÉTAIT TOUJOURS A LA MÊME PLACE

démie des sciences de Paris, confirmé pa[r] celui de l'Académie de Boston, établissen[t] l'excellence de ce produit si remarquable, e[t] la grande perte faite par la médecine uni[-] verselle dans la personne du regretté inven[-] teur.

Le docteur Elie Fabère paraît avoi[r] succombé à une embolie cérébrale, consé[-] quence du surmenage. Un avertissement ul[-] térieur fixera la date des obsèques.

C'était tout. Nulle mention de Thérès[e] Fabère, ni d'une Mme Fabère demeurée e[n] Europe. Mon énigmatique beau-père dis[-] paraissait d'une manière ambiguë, bien conforme à son caractère, et sa triste fin servait de réclame à une drogue. Une pensée analogue à la mienne traversait les regards durs et sardoniques de grand-père et de sa femme. Ils étaient complètement vengés.

Maman murmura, fixant le portrait de son mari : « Adieu, Elie, je te pardonne. » Puis m'attirant vers elle avec une exclusive tendresse qui me bouleversa : « J'ai besoin de prier, emmène-les. »

Elle osa désormais, avec une dignité un peu hautaine, afficher un deuil et un regret qui l'isolaient dans son milieu, ne la laissaient confiante qu'avec moi. Elle eut des mots téméraires et touchants qui me prouvèrent la profondeur de son attachement.

— Je savais qu'il ne pourrait vivre sans moi Il aura passé sur la terre comme un génie incompris...

Une autre fois elle déclara : « Seule j'aurai pu apprécier l'infinie délicatesse de son cœur. »

Pourquoi la contredire, essayer de la détromper? Je l'embrassais sous ses voiles noirs. J'écoutais silencieusement ces éloges posthumes qui soulageaient un peu sa peine. Je n'en voulais plus à Fabère. Je n'avais de haine contre personne. Tout ce qui relevait de l'amour m'était sacré, et comme j'avais, dans une longue lettre, confié ces sentiments intimes à Dominique, elle me fit la joie de les approuver en termes émus :

Ce n'est pas douteux, Olivier, votre mère est la moitié de votre devoir; elle n'a que vous pour la plaindre et ce n'est pas faire tort à votre père que de vous associer à son chagrin. Tout le monde ici vous approuve. Nous ne serions pas des chrétiens si nous étions d'un autre avis. La rancune, la rivalité sentimentale, la mémoire inflexible des injures subies, tout cela est « bagage de païen », comme dit l'abbé mon oncle avec un geste de dégoût.

Ce Fabère eût pu vous maltraiter davantage, tirer plus cruellement parti de son influence. Il ne l'a pas fait. C'était un charlatan sans doute; mais dans quelles balances grossières pesons-nous la sincérité...

Grand'mère Champdieu, que nul ne saurait soupçonner d'être indulgente au divorce, a soupiré à ce propos : L'infortunée! *avec cet accent miséricordieux qui vient directement des évangiles...*

[illegible]ivais maintenant en qualité d'externe un service de chirurgie à l'Hôtel-Dieu. Je m'étais attaché à mon maître, le professeur Dabaisse, colosse aux yeux bons, à la voix brève, à la main sûre, qui ne rappelait que par la stature le fameux Mahon vieilli et retiré des hôpitaux. Le docteur Vanne m'avait recommandé comme un sujet exceptionnel. C'était exagéré évidemment et Dabaisse s'en aperçut bien. Les plaies saignantes, la charcuterie d'amphithéâtre, les cris des blessés, les brutalités de mes camarades me causaient une répulsion invincible. A certains moments j'avais envie de me boucher les yeux et les oreilles pour échapper à ce spectacle de désolation. Le pis est que je ne m'habituais point.

Tandis que le malheureux, étendu sur des coussins dans la salle d'opération, commençait à divaguer sous l'influence du chloroforme, je laissais partir ma pensée vers le ciel clair de la Provence. J'appelais ma délicieuse Dominique, comme une fée qui chasse le réel. J'avais beau me répéter : « Cette cruauté est nécessaire pour le soulagement. Cette torture a un but louable. » Quelque chose se soulevait en moi contre l'insensibilité professionnelle haute et basse, qui ne voit que la chair et qui nie le miracle.

L'honnête Dabaisse fut satisfait de lui quand il eut trouvé la formule : « Champdieu, vous êtes un idéaliste, vous n'aimez pas mettre la main à la pâte. » Oh! non, je ne touchais pas volontiers ces membres ulcérés et douloureux!

A la réflexion il y avait quelque chose de comique dans mon cas. J'étais le carabin par persuasion. Quand grand-père Prévix, qui affectait vis-à-vis de moi une certaine froideur, m'interrogeait : « Eh bien, cela t'intéresse? » je répondais : « Oui, beaucoup ». Cette acceptation était un reliquat de la timidité de mon enfance.

On se demandait si maman se déciderait à sacrifier le laboratoire, qui n'avait plus de raison d'être. A la stupéfaction générale elle déclara qu'elle voulait le conserver, l'aménager en *musée Fabère*. Vanne fut chargé de réunir tous les documents ayant trait à l'inoculation du cancer : livres, instruments et journaux. On écrivit même à William Fabère, lequel ne daigna pas répondre. Il fallut se passer de sa contribution à cette « œuvre de justice », comme disait ma mère avec orgueil.

Je crus que grand'mère Prévix en ferait une maladie. Cette glorification de celui qui les avait insultés et persécutés lui paraissait presque un sacrilège. Surtout cela détruisait la légende d'un Fabère détesté de sa femme et ne la tenant que par la terreur. La vérité sautait aux yeux de tous : Mme Fabère était une veuve inconsolable.

Dans le même temps, Geneviève Germard, malheureuse en ménage, se remit à fréquenter la maison, et j'en fus heureux pour maman que ses doléances distrayaient.

Paul Ovide avait eu la funeste idée de se loger près de ses parents, de sorte que chacune des scènes fréquentes qui éclataient entre le relieur et son Aglaé avait son retentissement chez lui. Peu habituée à ces rudesses, ayant la terreur de l'ivrognerie et n'aimant le peuple que de loin, Geneviève avait compris soudain l'étendue de son erreur et la folie de son mariage. Comme elle était capricieuse, elle prenait vite Paul en dégoût ; et celui ci, ne connaissant qu'un remède en matière de dissentiment conjugal, commençait aussitôt à la battre.

— Quittez-le. Allez-vous-en, concluait ma mère. Elle appréciait surtout dans Geneviève Germard l'ancienne amie de Thérèse Fabère et, par une malsaine curiosité, cherchait sans cesse à l'entrainer sur le terrain des confidences quant aux rapports de l'oncle et de la nièce. La jeune mariée de son côté était toute à ses désillusions amoureuses. Cela faisait le dialogue le plus discordant. Au bout d'un quart d'heure toutes deux pleuraient pour des motifs différents. Geneviève gémissait :

— Si encore nous avions passé par la mairie... Mais une union libre !... Comment la défaire ? Comment dénouer ce qui n'existe pas ?... Mon pauvre père en mourrait, pour sûr.

L'idée de Germard expirant pour la rupture d'un contrat sans valeur légale et qu'il avait d'abord désapprouvé, cette perspective saugrenue m'enchantait. Elle amenait l'esquisse d'un pâle sourire sur les lèvres décolorées de maman.

Il m'arrivait de rencontrer Paul Ovide, de causer quelques instants avec lui. Il ignorait naturellement les indiscrétions de sa femme et jamais il ne m'avoua ses ennuis de ménage. Au contraire il vantait son bonheur, la parfaite entente de la « petite patronne » et de ses parents, la distinction des filles de la bourgeoisie.

S'illusionnait-il ? Voulait-il me donner le change ? Avec cette race d'orgueilleux on ne sait jamais. Il s'excusait pourtant de ne pas m'inviter, avec une insistance un peu suspecte, comme s'il eût craint ma perspicacité.

— Ça sera pour quand nous serons riches, quand nous aurons de l'argenterie et du vin cacheté ; tu ne m'en veux pas, dis, copain ?

Un après-midi, revenant d'une contre-visite à l'Hôtel-Dieu, j'aperçus à la terrasse d'un café borgne une silhouette de bohème dépenaillé qui me frappa comme une vieille connaissance. Je m'approchai. C'était bien Gaston Vergenet. Il avait conservé une tête d'enfant sans barbe ni moustache, où saillait son gros nez sous des yeux perpétuellement humides. Il ne manifesta aucune surprise mais voulut à toute force m'offrir une absinthe, puis une cigarette

C'ÉTAIT BIEN GASTON VERGENET.

qu'il chercha longuement dans la poche de son paletot jaune :

— C'est que je gagne de la galette, mon vieux, à chanter dans les caboulots... Oui, c'est moi Sigurd de Meudon. Tu n'as pas remarqué mes affiches ?

Il n'avait pas renoncé à la vantardise. Il m'expliqua que le journalisme était un métier de dupe, qu'on lui avait offert deux cent mille balles pour fonder un grand quotidien d'informations et qu'il avait refusé. Il était fâché avec « son paternel », réconcilié avec sa mère ; et sa sœur Jeanne chantait comme lui, mais en province, avec moins de talent et moins de succès :

— Je lui avais conseillé de se mettre

dans les Anglaises. On siffle la gigue ou le cake-walk en levant sa jupe. C'est très demandé et assez rupin. Elle est entêtée, elle finira à la Porte-Saint-Denis.

Comme je m'ébahissais, Gaston m'expliqua avec un grand sérieux que les ratés des cafés-concerts échouaient généralement à la Porte-Saint-Denis, où des tenanciers d'ordre inférieur les engageaient à vingt sous le cachet.

L'inconscience de mon ex-camarade me stupéfiait. Il était fier de son sort, prêt à partir pour l'Amérique, où l'on avait besoin de célébrités. Il me montra un portrait de sa « petite amie », chanteuse comme lui : « Irma Framboise, c'est elle qui a créé mes villanelles ». Car il composait des romances, le malheureux, et il m'en fredonna quelques-unes, la tête rejetée en arrière, les pouces aux entournures de son gilet... Avant de le quitter, je dus lui promettre d'aller l'entendre aux Ambassadeurs :

— Je te présenterai des mômes un peu bath.

Cette rencontre m'atrtista pendant plusieurs jours. Je fis des réflexions mélancoliques. Ceux auxquels avait manqué la famille n'entraient point dans la vie par la bonne porte. A ménages mal assortis, enfants malheureux ; à fils de divorcés, jeunesse gâchée. Quiconque s'affranchissait des règles traditionnelles compromettait non seulement son avenir, mais celui de sa descendance. Thérèse Fabère, Paul Ovide, Gaston Vergenet étaient là pour prouver la nocivité des formules fausses et de l'émancipation prématurée.

Je pris ainsi l'inconduite en haine et l'anarchie morale en mépris. Les rapides liaisons du quartier Latin m'apparurent grosses de conséquences, pleines de pièges divers, entre lesquels l'habitude et la pitié n'étaient pas les moindres. La grimace de l'amour m'effraya. Je me répétais que seul le mariage indissoluble, fondé sur la tendresse et la confiance, parfumé d'éternité par un sacrement, garantit la destinée humaine.

Il n'est pas douteux que mon avis soit partagé par tous ceux qui ont souffert du divorce, connu comme moi les affres du partage, la dissociation du sentiment familial. Le législateur antichrétien a fabriqué sans s'en douter une génération plus prête qu'aucune autre à l'empreinte du dogme catholique, ciment et condition de la famille. Le vague rêve des jeunes romantiques a pris chez mes contemporains cette forme précise : des parents unis. Tous nous aspirons éperdument à la reconstitution du foyer.

Quelques jours à peine me séparaient de mon deuxième examen de doctorat, quand une dépêche de mon père, où l'inquiétude était sensible, m'annonçant que grand'mère Champdieu venait de tomber gravement malade. Ma mère comprit aussitôt :

— Pars vite, pars ce soir ; le reste ne compte pas.

La mort de celui qu'elle chérissait l'avait ouverte à la mansuétude vraie. Elle ajouta :

— Je prierai Dieu pour cette pauvre femme, qui n'a jamais cherché que la conciliation.

Les grands-parents Prévix, eux, n'avaient pas désarmé : ils me souhaitèrent bon voyage d'un ton glacial. Je me disais, tandis qu'on chargeait mon bagage sur la voiture, qu'ils n'étaient pas de l'école de Saint-Brunet. Tant pis pour eux, après tout.

A la gare le fils de Sartan pleurait sur son siège. Je n'obtins de lui que des renseignements confus et des exclamations. La Jasonne, au grand soleil de juillet, toute blanche, avec ses persiennes hermétiquement fermées, son silence, la litière de paille destinée à étouffer le bruit des roues, semblait dépouillée de sa joie, recueillie sur un drame intime.

— Suis-moi, murmura Dominique dans la fraîcheur du vestibule.

Elle était fiévreuse comme quand on a beaucoup veillé. A travers mon angoisse son tutoiement de naguère me parut délicieux.

Grand'mère avait eu une attaque l'avant-veille au soir en montant se coucher. Elle était un peu mieux depuis quelques heures. Anselme néanmoins ne paraissait pas rassuré. Elle m'avait réclamé plusieurs fois, parlant de « son petit Olivier » comme si, reportée à plusieurs années en arrière, elle ne possédait plus qu'une demi-conscience.

J'apprenais ces détails par l'abbé, mon père, Sartan et les serviteurs, qui se tenaient à tour de rôle dans le corridor et dans le vestibule, afin de ne pas fatiguer ni inquiéter la malade. Je m'aperçus alors que souvent j'avais imaginé la disparition de grand'mère et que les choses se passaient selon mes prévisions, dans une atmosphère de douleur trouble que je reconnaissais.

— Tu peux entrer... passe, tout doucement.

Dans la chambre de brocart rouge ne pénétrait qu'un filet de lumière, mais si vif qu'il éclairait les tisanes, le perroquet empaillé, les portraits de famille et le lit. Grand'mère était étendue toute petite, les yeux creusés, le front grave, le nez mince; auprès d'elle se tenait Marc-Antoine Alevin, avec un cadre que d'abord je ne reconnus pas.

— C'est lui, c'est Olivier qui vient vous embrasser.

— Ah! qu'il est bravet!... Par ici, petit homme... Vé, prends garde au fauteuil.

Je me penchai et mes lèvres frôlèrent une peau sèche et ardente. Une bouffée de souvenirs me serrait la gorge, me brouillait les regards.

— Tu vois, dit gaiement Marc-Antoine, nous étudions le plan de Sisteron. C'est que nous sommes pays, grand'mère et moi. Elle date de soixante ans, cette archive; elle a presque notre âge. C'est pour cela qu'elle nous intéresse. En tournant, à droite, la rue Passementière, on rencontrait un grand café que tenait le père Sastre, vous vous rappelez, l'oncle de Berthe...

— Oui, répétait grand'mère, de Berthe la ravaudeuse.

— C'est cela même. Vous avez une rude mémoire. Eh bien, ce Sastre était l'homme le plus joueur de la création, et il fit tant et si bien qu'il se ruina et mit ses quatre enfants sur la paille... Vous n'êtres pas fatiguée?

— Nullement.

La chère femme avait oublié ma présence. Elle était toute au passé, à sa jeunesse, au mirage de sa petite ville, et j'admirais le bon Marc-Antoine de lui avoir trouvé cette distraction suprême. Seuls les poètes ont de ces idées. Le terrible était que, si pieuse, la moribonde ne se rendait pas compte de son état et ne réclamait pas le secours de la religion. On hésitait à l'avertir.

Ce fut encore Marc-Antoine qui trouva le biais :

— Et les deux églises... Saint-Saturnin et Saint-Ambroise... A laquelle des deux avez-vous été baptisée? Je suis inscrit, moi, sur les registres de Saint-Ambroise.

— Ah! fit grand'mère, — un essai de sourire plissa son visage à demi paralysé. — Saint-Ambroise, c'est là que tous les miens...

Ici sa voix se raffermit et elle nous observa avec une profonde attention; puis, après un petit silence, elle reprit :

— L'abbé est à Saint-Brunet?

— Mais certainement.

— Est-ce que je pourrais... rester seule un moment avec lui?

Grand'mère Champdieu mourut sans agonie le lendemain à l'aube, comme chantaient les premiers coqs. La vieille servante Audiberte, arrivée de Sauvenières pendant la nuit, mon père, l'oncle et Marc-Antoine priaient, agenouillés au pied de son lit. J'étais bouleversé de voir disparaître celle qui, de toutes ses forces, avait combattu mon isolement, conservé à ma triste jeunesse un peu de tiédeur familiale. Je m'en voulais de n'avoir pas compris plus tôt la grandeur de ce rôle discret, effacé, qui avait exigé maints sacrifices d'orgueil. Seule une croyante pouvait supporter les nombreuses humiliations, les incessantes taquineries qui sont la menue monnaie du divorce, et par lesquelles les plus puissants se vengent des moins favorisés.

Je connus plus tard, par les brouillons d'une correspondance avec les hommes de loi, tout le détail de cette lutte émouvante que m'avait cachée jusqu'au bout cette femme énergique et généreuse. Le lien qui me joignait à elle était bien faible, bien fragile, puisque j'appartenais aux Prévix-Armaud, lesquels avaient à leur disposition la fortune, le monde politique et la magistrature. Pourtant jamais elle ne s'avoua vaincue, jamais elle ne renonça à la pauvre part d'influence qu'elle prétendait garder sur son petit-fils. Maintes fois, dans les premiers temps surtout, elle dut combattre la résistance et la mauvaise humeur de mon père, que ces débats irritaient, énervaient, et qui ne croyait pas au succès. Il en convint lui-même depuis en se le reprochant.

Le désarroi qui suit la mort rapprochait tous les hôtes de la vieille maison. On se cherchait, on s'interrogeait. Chacun rapportait une noble action, un trait délicat de la sainte femme qui venait de disparaître et qui, pendant de longues années, avait maintenu la bonne entente entre des caractères difficiles, ménagé les susceptibilités, empêché les conflits et les ruptures.

Je disais à Dominique : « Il y a une chose qui ne s'apprend pas : la conduite harmonieuse de la vie. Grand'mère, qui possédait ce don, a dû bien souffrir de notre désordre moral. Elle ne vous en a jamais parlé, à vous qui étiez sa confidente? »

Celle que j'interrogeais ainsi fit ce geste de la main sur la tempe, par lequel on assure la mémoire. Elle hésitait à me renseigner. Puis elle prit son parti bravement :

— Vous aurez été, Olivier, le principal ourment de grand'mère Champdieu. Elle ppréhendait pour vous une sécheresse u'excusait votre situation exceptionnelle. lle lisait longuement vos lettres. Elle les éditait. Elle avait, en parlant de vous, ette expression : *Il est sur les flots, pourvu u'il ne naufrage point.* Oh! comprenez-ioi! Elle ne doutait pas de votre cœur. lais elle craignait qu'il ne se fatiguât de ant d'oscillations et d'incertitudes, et ne e réfugiât dans l'égoïsme.

— Ce malheur aurait pu m'arriver. Il a un poison dans le partage, un poison utre que le déchirement dont je vous par-ais d'autre jour : l'indifférence. Tenez, en e moment, mon père est malheureux. Il dorait sa mère et il reportait sur elle la endresse dépensée en vain pour sa femme. h bien, je n'ai pas pu encore, malgré tout ion désir, trouver les paroles qui le con-oleraient, qui nous rapprocheraient. Le oir de son retour, à propos de religion, il passé entre nous une étincelle. Cela ne 'est pas renouvelé.

— Vous lui en voulez du divorce?

— Pas plus qu'à maman. Mais il y a ne certaine corde de la confiance absolue ui est brisée entre nous. Je sais que ni lui elle ne se serait sacrifié entièrement pour oi. Il me manque cette idée que j'étais ut pour eux.

— Il a résisté tant qu'il a pu. La rup-re s'est produite malgré lui.

— Vous raisonnez, Dominique. Mais je ens seulement qu'on m'a frustré... Pren-re parti entre son père et sa mère, c'est acrilège, voyez-vous. On s'en tire en les imant un peu moins l'un et l'autre.

L'étonnement se peignait sur le char-ant visage. J'ajoutai :

— Ces bizarreries du sentiment filial araissent claires aux petits du divorce, oscures aux petits de la famille. Il n'y a as plus de six mois que je les ai dégagées discernées en moi. Quand nous serons lé-ion, elles paraîtront banales. Vous avez erdu votre mère toute jeune, mais votre ère l'a remplacée. On ne remplace pas ce ui existe, ce qui est en antagonisme.

Ce m'était une grande douceur que de e confier ainsi. Dominique comprenait liptiquement, sans appuyer, avec de beaux ux graves si souvent contemplés par moi u'ils me devenaient couleur d'aveu, que je ortais témoignage à leur tribunal.

Elle avait l'habitude de saisir et de oisser une herbe dans sa main, tandis que nous marchions côte à côte, et je trouvais délicieux de lui prendre ce débris odorant et tiède, qui avait la forme de sa crispation. Les heures funèbres et lumineuses tombaient sur nous comme ces pluies mêlées de soleil qui hâtent les floraisons et avivent les nuances. Sous notre commune tristesse un lien plus fort se tissait de tout ce que nous n'exprimions pas.

Après la messe dite par l'abbé Alevin, et l'enterrement émouvant et simple auquel assistait une foule recueillie, mon père s'enferma pour pleurer. Trois fois je voulus frapper à sa porte, me jeter dans ses bras, lui confier mes doutes, mes remords au sujet de grand'mère, éparpiller à tout jamais le voile mystérieux qui s'était glissé entre nos âmes. Trois fois un mauvais scrupule me retint. J'avais peur de n'être pas compris.

La nuit venait. Le mistral s'était levé. Nous marchions, Dominique et moi, dans cette allée de pins qui nous avait vus tout petits. Nos cœurs battaient ensemble, réagissaient contre les tristes images flottantes autour de nous. Je parlais à mon amie de mes projets, du service militaire qui allait absorber un an de ma vie, puis de l'achèvement de mes études :

— Sitôt docteur, je viendrai m'installer ici à Saint-Brunet, je prendrai la suite du cousin Anselme. Je ne suis pas ambitieux et je hais la grande ville. Elle me rappelle trop de mauvaises heures indécises et tiraillées...

— Et votre mère?

— Hélas! je n'espère point l'attirer près de moi à Avignon. Grand'mère Prévix ne le permettrait pas. Et toujours en fin de compte grand'mère Prévix est la plus forte. Mais nous irons la voir. Je veillerai sur elle, puisqu'elle est maintenant sans défense, isolée, ainsi que l'avait prévu Fabère... Ces gens-là vraiment étaient prophètes...

Nous fîmes encore quelques pas. Il venait à nous de merveilleux parfums. Les herbes des rochers et de la garrigue se déliaient de la sécheresse du jour. On entendait au loin tinter ces clochettes qui annoncent le retour des mules et des chèvres. Une pâleur errante devançait la lune, parcourait le ciel, éclairait les cimes des arbustes.

— Dominique!

— Olivier.

— Il serait doux de fonder un foyer à la même place que nos vieux, de les continuer, de faire un grand serment ce soir, devant l'âme envolée et les premières étoiles.

Je n'avais pas achevé que l'adorable petite tête brune se laissait aller sur mon épaule, comme si la grand'mère Champdieu, d'un geste invisible, rapprochait pour toujours *ses* enfants.

MODERN-BIBLIOTHÈQUE

VOLUMES PARUS :

aul ADAM...............	Mlle Dhamelincour'
arbe_ d'AUREVILLY.	Les Diaboliques.
olonel BARATIER....	Epopées Africaines; Au Congo.
aurice BARRÈS, de l'Académie française	Le Jardin de Bérénice. Du Sang, de la Volupté et de la Mort.
ristan BERNARD.....	Mémoires d'un Jeune Homme rangé.
ean BERTHEROY.....	La Danseuse de Pompei. Le Double Amour.
ouis BERTRAND.....	Pepete le bien-aimé. Le Sang des Races
INET-VALMER......	Les Métèques.
enry BORDEAUX ... de l'Académie française.	L'Amour qui passe. Le Pays Natal. L'Amour en fuite. Le Lac Noir. La Petite Mademoiselle. La Peur de vivre.
OULENGER...........	Couplées.
lemir BOURGES......	Sous la Hache.
aul BOURGET, de l'Académie française.	Cruelle Énigme. Andre Cornelis.
ené BOYLESVE....... de l'Académie française.	La leçon d'Amour dans un parc. Mademoiselle Cloque.
dolphe BRISSON.....	Florise Bonheur.
ston CHERAU......	Monseigneur voyage.
ichel CORDAY........	Venus ou les deux Risques. Les Embrasés. Les Demi-Fous.
lphonse DAUDET....	L'Evangéliste. Les Rois en exil.
éon DAUDET..........	Les Deux Etreintes. Le Partage de l'Enfant. Les Morticoles. La Romance du Temps present.
aul DÉROULÈDE.....	Chants du Soldat.
ucien DESCAVES....	Sous-Offs.
enri DUVERNOIS....	Crapotte. Rounette. Le Mari de la Couturière.
eorges d'ESPARBÈS..	La Légende de l'Aigle. La Guerre en dentelles.
erdinand FABRE.....	L'Abbé Tigrane.
auo FERVAL.......	L'Autre Amour. Vie de Château. Ma Figure. Ciel Rouge.
éon FRAPIÉ..........	L'Institutrice de Province.
héophile GAUTIER..	Le Capitaine Fracasse (2 vol.) Mademoiselle de Maupin
E. et J. de GONCOURT.	Renée Mauperin. Germinie Lacerteux. Sœur Philomène. Chérie.
Gustave GUICHES.....	Céleste Prudhomat.
GYP	Le Cœur de Pierrette. La Bonne Galette. Totote. La Fée. Maman. Doudou. La Meilleure Amie.
Edmond HARAUCOURT	Dieudonat.
Myriam HARRY........	La Divine Chanson.
Abel HERMANT	Les Transatlantiques. Souvenirs du Vicomte de Courpière. Monsieur de Courpière marié. La Carrière. Le Sceptre. Le Cavalier Miserey. Chronique du Cadet de Coutras. Les Confidences d'une Aïeule. Le Char de l'Etat. Coutras, soldat. Serge. Coutras voyage. Ermeline.
Paul HERVIEU, de l'Académie française.	Flirt. L'Inconnu. Les Yeux verts et les Yeux bleus
Paul HERVIEU de l'Académie française.	L'Alpe Homicide. Le Petit Duc. Deux Plaisanteries. L'Armature. Peints par eux-mêmes. L'Exorcisée.
Charles-Henry HIRSCH	Eva Tumarche et ses Amis.
Henri LAVEDAN, de l'Académie française.	Sire. Le Nouveau Jeu. Leurs Sœurs. Les Jeunes. Le Lit. Les Marionnettes.
Jules LEMAITRE, de l'Académie française.	Un Martyr sans la Foi.
Jean LORRAIN	Histoires de Masques.
Pierre LOUYS	Aphrodite. Les Aventures du roi Pausole. La Femme et le Pantin. Contes Choisis. Les Chansons de Bilitis.
Maurice MAINDRON ...	Blancador l'Avantageux
Paul MARGUERITTE..	L'Avril. Amants. La Tourmente. L'Essor. Pascal Gefosse. Ma Grande. Le Cuirassier blanc. La Force des Choses. Sur le Retour

Marin MICHAELIS........ L'Âge dangereux.

Octave MIRBEAU...... L'Abbé Jules. — Sébastien Roch.

Eugène MONTFORT.... La Turque.

Lucien MUHLFELD... La Carrière d'André Tourette.

Marcel PRÉVOST, de l'Académie française.
- L'Automne d'une Femme.
- Cousine Laura.
- Chonchette.
- Lettres de Femmes.
- Le Jardin secret.
- Mademoiselle Jaufre.
- Les Demi-Vierges.
- La Confession d'un Amant.
- L'Heureux Ménage.
- Nouvelles Lettres de Femmes.
- Le Mariage de Julienne.
- Lettres à Françoise.
- Le Domino Jaune.
- Dernières Lettres de Femmes.
- La Princesse d'Erminge.
- Le Scorpion.
- M. et Mme Moloch.
- La Fausse Bourgeoise
- Pierre et Thérèse.
- Femmes.
- Lettres à Françoise mariée.
- Le Pas Relevé.
- Les Anges Gardiens.

Marcel PRÉVOST, de l'Académie française.
- L'Adjudant Benoît.
- Missette.
- Féminités.
- L'Accordeur aveugle.

Michel PROVINS....... Dialogues d'Amour. — Comment elles nous prennent. — Le Professeur d'Amour.

Henri de RÉGNIER, de l'Académie française. Le Bon Plaisir. — Le Mariage de Minuit.

Jules RENARD........ L'Ecornifleur. — Histoires Naturelles. — La Maîtresse.

Jean RICHEPIN, de l'Académie française. La Glu. — Les Débuts de César Borgia — La Chanson des Gueux. — Les Caresses.

Ch. ROBERT-DUMAS.. Amour Sacré.

Édouard ROD.......... La Vie Privée de Michel Teissier. — Les Roches blanches.

André THEURIET, de l'Académie française. La Maison des deux Barbeaux. — Péché mortel.

Fernand VANDEREM. Les Deux Rives.

Pierre VEBER......... L'Aventure.

PARIS. — IMP. RAMLOT ET Cie, 52, AVENUE DU MAINE. — 1927.

www.ingramcontent.com/pod-product-compliance
Ingram Content Group UK Ltd.
Pitfield, Milton Keynes, MK11 3LW, UK
UKHW020329180726
13839UKWH00002B/602